NINA OHLANDT
Friesische Morde

W0371465

Weitere Titel der Autorin:

Küstenmorde
Möwenschrei
Nebeltod
Sturmläuten
Eisige Flut
Dünengeister
Schweigende See

Ist so kalt der Winter (Erzählung)
Schlaf in tödlicher Ruh (Erzählung)
Nun schweigst auch du (Erzählung)

Titel auch als E-Book erhältlich

Über die Autorin:

Nina Ohlandt wurde in Wuppertal geboren, wuchs in Karlsruhe auf und machte in Paris eine Ausbildung zur Sprachlehrerin, daneben schrieb sie ihr erstes Kinderbuch. Später war sie als Übersetzerin, Sprachlehrerin und Marktforscherin tätig, bis sie zu ihrer wahren Berufung zurückfand: dem Krimischreiben im Land zwischen den Meeren, dem Land ihrer Vorfahren. Mit ihren Romanen um Hauptkommissar John Benthien von der Flensburger Kripo begeistert sie ein großes Publikum und steht regelmäßig auf den Bestsellerlisten.

Nina Ohlandt

Friesische Morde

Zwei Fälle für John Benthien in einem Band

lübbe

Dieser Titel ist auch als Hörbuch und E-Book erschienen

MIX
Papier aus verantwortungsvollen Quellen
FSC® C014496
www.fsc.org

Copyright © der digitalen Originalausgaben 2016 und 2017
by »be« – das eBook-Imprint von Bastei Entertainment
Copyright © dieser Ausgabe 2020 by Bastei Lübbe AG, Köln
Umschlaggestaltung: Christin Wilhelm, www.grafic4u.de
Satz: hanseatenSatz-bremen, Bremen
Gesetzt aus der Sabon LT Std
Druck und Verarbeitung: GGP Media GmbH, Pößneck
Printed in Germany
ISBN 978-3-404-17974-9

2 4 5 3 1

Sie finden uns im Internet unter
www.luebbe.de
Bitte beachten Sie auch: www.lesejury.de

Nina Ohlandt

Keine Seele weint um mich

Nordsee-Krimi

Hinweis für die Leser:
Die Kurzromane um John Benthien und sein Team
sind zeitlich *vor* den Romanen angesiedelt!

1. Karfreitag, 21. April

Am Ufer der Flensburger Förde

»Mama«, rief das kleine Mädchen, »Mama, guck doch mal!«

Es beugte sich hinunter und berührte seinen wunderbaren Fund vorsichtig mit den Fingerspitzen. Die blau und grün changierenden Schuppen leuchteten im Sonnenlicht und erinnerten das kleine Mädchen an ein besonders schönes Bild in seinem Märchenbuch. Wassertropfen funkelten wie Diamanten, hüftlange Haare umgaben das Zaubergeschöpf, das vor dem Kind im Sand lag, wie ein nachtschwarzer Umhang. Der elegante Fischschwanz wurde immer wieder von den anlaufenden Wellen überspült und glitzerte wie ein silbern überhauchter Regenbogen.

»Mama!«, rief das Kind nun energisch, da keine Reaktion erfolgt war. »Ich hab eine kleine Seejungfrau gefunden! Komm her und guck!«

Die junge Mutter, die an diesem schönen vorösterlichen Frühlingstag schon zeitig an den Strand von Solitüde gefahren war, konzentrierte sich darauf, die Strandtasche auszuräumen und eine widerspenstige Sonnenliege aufzustellen, deshalb hörte sie nur mit halbem Ohr hin. Noch waren sie allein an diesem idyllischen, hellen Sandstrand an der Flensburger Förde. Aus dem Frühdunst tauchten gerade die ersten Segelboote auf dem Wasser auf.

Das kleine Mädchen kam angerannt und griff nach der

Hand der Mutter. »Ich hab eine kleine Seejungfrau gefunden!«, wiederholte das Kind, nun schon spürbar ungeduldig. »Guckst du jetzt endlich? Ich glaube, sie schläft. Und du hast mir erzählt, es gibt keine Seejungfrauen!«

»Was redest du da?«

Doch sie ließ sich mitziehen, quer über den Strand bis an die Stelle, wo die Fördewellen sachte ans Ufer plätscherten. Dort blieb sie mit einem Ruck stehen und schnappte nach Luft, dann zog sie die Kleine, die heftig protestierte, fast gewaltsam mit sich.

»Aua!«, schrie ihre Tochter. »Du tust mir weh!«

»Setz dich auf die Liege und rühr dich nicht vom Fleck!«, befahl die Mutter mit so strenger Stimme, dass die Kleine nicht mehr zu widersprechen wagte. Dann kramte Petra Rohwedder ihr Handy hervor und wählte mit zitternden Händen die 110.

Das rot-weiße Flatterband der Polizei sperrte in einem Halbkreis den gesamten Strand von Solitüde ab. Jenseits des Bandes warteten etliche Sonnenhungrige, beladen mit Taschen, Luftmatratzen, Schwimmflügeln, Bällen, Eimern und Boule-Kugeln, und schimpften lauthals, weil sie nicht an den Strand durften. Zur Entschädigung wollten sie wenigstens etwas von dem Drama am Ufer mitkriegen, doch die Uniformierten drängten sie immer weiter zurück.

»Hier gibt es nichts zu sehen«, sagten sie immer wieder, »bitte räumen Sie den Platz!«

Tatsächlich gab es außer einigen Polizeiwagen, einem Bus der Spurensicherung, einem Leichenwagen und etlichen amtlichen Personen am Ufer nichts zu entdecken, denn irgendjemand hatte ein Zelt angeschleppt und über der Leiche aufgestellt.

»Es ist eine Seejungfrau«, schluchzte das kleine Mädchen, »und ich habe sie gefunden. Sie ist doch nicht tot, Mama? Sie schläft doch nur, oder nicht?«

Sie knuffte ihre Mutter in die Seite. Beide waren von zahlreichen Neugierigen umgeben, die pausenlos auf sie einredeten und Fragen stellten.

Dann kam ein Mann in Jeans, blauem Hemd und einer schön patinierten Lederjacke, mit Dreitagebart und wuscheligen, kragenlangen Haaren auf sie zu, der trotz seines legeren Aussehens offenbar zur Polizei gehörte. Widerwillig trat die Menge ein paar Zentimeter zurück, es wurde still. Schließlich wollten alle hören, was der Mann zu sagen hatte.

»Sind Sie die Zeugin, Frau Rohwedder?«, fragte er und berührte die junge Mutter am Arm.

»Meine Tochter hat sie gefunden«, sagte die Frau erschöpft. »Wann können wir endlich nach Hause?«

»Bald«, versicherte der Polizeibeamte, der sich als Oberkommissar Fitzen vorstellte. »Jetzt kommen Sie erst einmal mit mir.« Er hob das Flatterband hoch und begleitete Mutter und Tochter zu einem Polizeibus. Er bot ihnen Mineralwasser an, nachdem sie sich im Innern des Busses an einem Tisch niedergelassen hatten.

»Aber wir haben nichts und niemanden gesehen, nur die Tote«, sagte Petra Rohwedder, »und die lag schon da, als wir ankamen. Weit und breit war niemand in der Nähe.«

»Es dauert nicht lange«, beruhigte sie der Polizeibeamte. »Ich muss nur eben Ihre Aussage aufnehmen.«

»Schätzungsweise seit drei oder vier Tagen«, sagte die Rechtsmedizinerin im Zelt, das am Strand aufgestellt worden war, auf die eine, die wichtigste Frage, die ihr bei einem Leichenfund immer als Erstes gestellt wurde. »Zumindest liegt sie so lange schon im Wasser. Ob sie ertrunken ist, kann ich erst nach der Obduktion sagen. Ich vermute aber, sie ist schon früher und an anderer Stelle gestorben.« Sie strich der Toten sachte eine der langen Haarsträhnen zurück. »Sehen Sie das hier? Sieht aus, als ob sie geschlagen wurde. Die Schädeldecke ist aufgeplatzt, und es kam zu einer leichten Blutung. Aber das wird nicht die Todesursache gewesen sein.«

Lilly Velasco wunderte sich. Der brummige und wortkarge Rechtsmediziner, der sonst immer ihre Leichen untersuchte, war im Osterurlaub, und seine Vertretung war erstaunlich kooperativ und gesprächig. Das war sie nicht gewohnt, wusste es aber zu schätzen.

Sie wechselte einen erfreuten Blick mit John Benthien, ihrem Chef, dem Ersten Hauptkommissar der Flensburger Kripo, der den kunstvoll gearbeiteten Nixenschwanz des Mädchens musterte.

»Wie alt könnte sie sein?«, fragte Lilly und strich eine schimmernde Haarsträhne, die ihr immer wieder ins Gesicht fiel, energisch hinters Ohr.

»Auf jeden Fall zu jung zum Sterben«, antwortete die Ärztin.

Alle drei betrachteten voller Mitgefühl die Tote. Sie musste, dachte Lilly, im Leben sehr hübsch gewesen sein. Selbst das aufgedunsene Gesicht und der leichte Fischfraß an der rechten Wange konnten dies nicht verbergen. Sie hatte einen schlanken Hals und einen zarten Knochenbau, fast wie ein Kind, obwohl Lilly sie auf Anfang zwanzig schätzte. Außer ihrem Nixenkostüm – einem hautfarbenen Trikot mit einem glänzenden Fischschwanz – trug sie nichts weiter am Leib.

»Wenn sie bereits seit ein paar Tagen im Wasser liegt, muss sie vermisst worden sein«, sagte Lilly. »Wir sollten die Vermisstenmeldungen durchgehen.«

»Ich denke gerade über ihr Kostüm nach«, erwiderte Benthien und kratzte sich am Kopf. »Hat sie sich das selbst geschneidert, und wenn ja, warum? Oder gibt es Schwimmkurse, die Nixenschwimmen lehren, so wie in Kalifornien, wo sie zur Überraschung der Touristen unter den Glasbodenbooten schwimmen? Vielleicht soll das auch hier an der Förde ein neuer Trend werden?«

»Was für eine geniale Idee«, kommentierte Lilly sarkastisch. »John, die Flensburger Touristikbranche sollte dich als kreativen Berater hinzuziehen …«

»Wer ist hier genial und kreativ?«, fragte Tommy Fitzen, der sich vom Polizeibus her näherte. »John etwa? Das wüsste ich aber, ich kenne ihn ja lange genug. Und ich weiß nichts dergleichen!«

»Klappe!«, schnauzte Benthien seinen alten Freund an.

Lilly unterdrückte ein Lächeln. Sie war seit einem Jahr beim Team der Flensburger Kripo und hatte den Wechsel nie bereut. In Lüneburg war es eher hierarchisch zugegangen, der Chef war korrekt, aber auch streng gewesen. Hier dagegen herrschte ein viel lockererer Ton. Benthien legte Wert auf ein gutes Betriebsklima, ließ im privaten Bereich auch mal fünfe gerade sein und war oft selbst an den Tatorten unterwegs und machte Feldarbeit, weil es ihn langweilte, nur am Schreibtisch zu sitzen. Lilly liebte die Kabbeleien zwischen ihm und Fitzen. Beide waren ungefähr gleich alt, Anfang vierzig, waren auf Sylt aufgewachsen und kannten sich seit Kindertagen. Fitzen war undercover im Drogenmilieu in Hamburg unterwegs gewesen, Benthien hatte erst bis zum Vorexamen Psychologie studiert und später, als er bereits im Polizeidienst war, Seminare zur Ausbildung als Profiler gemacht. Er galt als Verhörspezialist, und Lilly war froh, von ihm und Fitzen den einen oder anderen Kniff lernen zu können.

Die Ärztin begutachtete gerade die schmalen Arme der Toten. Sie nahm erst den einen, dann den anderen hoch und betrachtete sie lange und genau.

»Sehen Sie da was?«, fragte Fitzen ungeduldig.

»Ich sehe Hämatome und Schnitte, sogar eine ganze

Menge«, sagte die Rechtsmedizinerin und legte den Arm wieder sanft zu Boden. »Könnte sein, dass sie sich geritzt hat.« Sie blickte auf. »Ich rufe Sie jedenfalls so bald wie möglich an!«

»Nette Frau«, bemerkte Fitzen, als sie zu dritt im zivilen Polizeiwagen wieder nach Flensburg zurückfuhren. »Sehr kompetent. Mit der kann man besser arbeiten als mit Radtke. Und wesentlich attraktiver ist sie auch!«

»Was hat denn ihr Aussehen mit ihrer Kompetenz zu tun, du alter Chauvi?«, fragte Lilly angriffslustig.

Fitzen, der hinten in der Mitte saß und sich nach vorne beugte, sodass sich sein Kopf zwischen den beiden Rückenlehnen befand, grinste. »Dich kann man so leicht auf die Palme bringen, Lillykind. Da, willst du einen Kaugummi?«

»Nenn mich nie wieder Lillykind!«, fauchte Lilly und riss ihm den Kaugummi aus der Hand.

»Sonst ...?«, fragte Fitzen.

»Tommy, benimm dich und hör auf, Lilly zu ärgern«, ging Benthien dazwischen und nahm reichlich kühn eine Kurve. »Erzähl uns lieber, was deine Zeugen gesagt haben, die Mutter und das Kind. Ich nehme an, sie kannten die Tote nicht?«

»Da liegst du richtig. Die Kleine war völlig außer sich, als sie erfuhr, dass ihre schöne Seejungfrau tot war und nicht etwa schlief, wie sie gedacht hatte. Armes Kind. Das wird sie noch lange verfolgen. Gesehen haben sie leider nichts und niemanden, sie waren, als sie die Tote fanden, ganz allein am Strand. Es war ja noch früh.« Er fabrizierte eine kunstvolle Kaugummiblase. »Aber was erwarten wir denn? Dass der Mörder durch die Büsche linst? Das Mädchen war seit ein paar Tagen im Wasser, und der Täter wird über alle Berge sein!«

»Oder«, sagte Lilly, »er befand sich unter den Schaulustigen, die vor der Absperrung herumstanden. Hat es alles schon gegeben.«

»Kann auch sein«, gab Fitzen gleichmütig zu. »Bruno hat sie jedenfalls alle fotografiert.«

Lilly genoss die Fahrt zurück nach Flensburg. An vielen Bäumen war bereits frisches Grün zu sehen, in den Gärten der Häuser und am Straßenrand blühten die Osterglocken. Der Himmel zeigte ein mildes Blau, und für die Jahreszeit war es überraschend warm. Sie konnte sich vorstellen, dass die Zeugin, Petra Rohwedder, sich mit ihrer kleinen Tochter einen anderen Tagesverlauf am schönen Sandstrand von Solitüde vorgestellt hatte. Auch sie hatte sich das diesjährige Osterfest anders ausgemalt. Die Feiertage würden für die Mitglieder der Mordkommission nun zweifellos gestrichen.

***

... dich kennenlernte, war ich der glücklichste Mensch auf Erden. Du heilst meine tödlichen Schmerzen, mein wunderbarer Engel, dank dir bin ich heute gesund.

Polizeidirektion in Flensburg

Als sie die Polizeidirektion Flensburg erreichten, die in dem schönen gründerzeitlichen Gebäude Norderhofenden 1 residierte, setzte sich Lilly als Erstes mit Juri Rabanus zusammen, einem engagierten Kollegen, der seit einem Jahr den Tod seiner Frau betrauerte und sich in die Arbeit stürzte, um sich abzulenken, wann immer es ging. Er hatte bereits die Vermisstenmeldungen der letzten Wochen herausgesucht, aber nichts gefunden. »Ein Großteil der vermissten jungen Mädchen, die infrage kämen, sind wieder aufgetaucht«, teilte er Lilly mit. »Die anderen passen vom Alter her nicht.«

Und richtig, ein junges Mädchen, das ihrer Nixe ähnelte, war nicht darunter, obwohl sie ja bereits seit Tagen verschwunden sein musste. Irgendjemand hatte sie getötet und in die Förde geschmissen wie einen Sack Müll. Warum wurde sie nicht vermisst? Lilly und Rabanus überlegten kurz, ob sie vielleicht mit ihrem Mörder zusammengelebt hatte, der sie natürlich nicht als vermisst gemeldet hatte und inzwischen vielleicht längst untergetaucht war, aber es war klar, dass sie mit solchen Spekulationen nicht weiterkamen.

Als Lilly das Zimmer betrat, das sich Benthien mit Fitzen teilte, hing John am Telefon, während Fitzen mit dem Handy am Ohr auf dem Balkon stand. Lilly schüttelte den Kopf, zum Zeichen, dass sie nichts erreicht hatte, als Fitzen ins Zimmer trat und verkündete: »Ich habe sie vielleicht gefunden!«

Gleichzeitig rödelte das Faxgerät auf Benthiens Schreibtisch und spuckte ein Blatt Papier aus. Es kam aus der Rechtsmedizin und zeigte ein Foto der toten Nixe. Man hatte sie geschminkt, überdies hatte der Fotograf sie so aufgenommen, dass man den Fischfraß nicht sah und damit das Bestmögliche aus dem Foto gemacht. Auch den auffälligen Nixenschwanz hatte er dokumentiert.

»Das ist gut«, sagte Fitzen, »dass das Foto schon da ist, dann kann ich es gleich nach Westerland faxen.«

»Nach Westerland?«, fragten Lilly und Benthien wie aus einem Mund.

»In Westerland«, sagte Fitzen feierlich, »gibt es in der *Sylter Welle* seit einigen Wochen einen Kurs für Nixen. Sieben junge Frauen werden dort für ihre Auftritte geschult. Ist quasi ein Ferienjob während der Saison. Die Nixen tauchen bei Piratenfahrten auf und spielen ein bisschen Theater, dann dürfen sie von den Kindern gerettet werden, oder sie schwimmen mit den Kids in der *Sylter Welle*. Man kann sie dort aber auch für Geburtstagsfeiern buchen. Nun müssen wir nur noch herausfinden, ob unsere Nixe dort bekannt ist.«

Nach zwanzig Minuten wussten sie es. Der Manager der Bade-Events rief zurück und bestätigte, dass er dieses Gesicht und dieses Nixenkostüm kenne. »Es handelt sich um Julia Rixen«, sagte er, und man hörte das Entsetzen in seiner Stimme. »Soweit ich weiß, wohnt sie in Wenningstedt-Braderup bei ihrer Mutter. Oh mein Gott, ihre Mutter! Soll ich ...?«

»Nein«, sagte Benthien hastig, »überlassen Sie das bitte uns! Wir werden heute noch nach Sylt fahren!«

»Julia Rixen«, sagte Fitzen nachdenklich, nachdem Benthien aufgelegt hatte. »Irgendwie kommt mir der Name bekannt vor. Euch nicht?«

»Mir nicht«, sagte Lilly. »Aber ich bin ja auch erst seit einem Jahr hier.«

Sie beobachtete Benthien, der sich stirnrunzelnd wieder seinem Computer zugewandt hatte und Google aufrief. Offenbar hatte er schnell gefunden, was er suchte.

»Vor fünf Jahren gab es einen Prozess mit Julia Rixen als Angeklagter, aber sie wurde freigesprochen«, sagte er, die Augen noch immer auf den Bildschirm gerichtet.

»Sie war Angeklagte?«, fragte Lilly ungläubig.

»Jetzt erinnere ich mich«, sagte Fitzen und bot wieder eine Runde Kaugummi an. »Hatte sie nicht ihren Exfreund niedergeschlagen, weil er Nacktfotos von ihr ins Netz gestellt hatte?«

»Sie hatte ihn mit einem Messer angegriffen. Ja, der Fall schlug hohe Wellen und ging durch alle Medien«, berichtete Benthien, während er für seine Füße ein gemütliches Plätzchen auf seinem Schreibtisch suchte. »Sie war damals zarte siebzehn und lebte in Lübeck, besuchte dort das Gymnasium. Als sie sich von ihrem Freund, Matteo B., trennte, konnte der das nicht verkraften und stalkte sie, stellte Nacktfotos von ihr auf verschiedenen Seiten ein und schickte sie sogar an die Schule. Anonym natürlich, aber er stellte sich dabei so blöd an, dass es rauskam. Julia machte einen Selbstmordversuch, den sie überlebte. Monate später kam sie offenbar auf die Idee, sich zu rächen, indem sie mit einem Messer auf ihren Exfreund losging und ihn ... na ja, einigermaßen ernsthaft verletzte. Er war nicht in Lebensgefahr, musste aber operiert werden.« Er wandte sich wieder dem Computer zu und rief eine andere Seite auf.

»Es ist doch immer dasselbe«, regte sich Lilly auf. »Die Kerle können es einfach nicht akzeptieren, wenn ihre Partnerin das Interesse an ihnen verliert. Die denken, wir Frauen sind ihr Eigentum. Ist er wenigstens bestraft worden für sein Stalking?«

»Sozialstunden«, sagte Benthien zerstreut. »Aber ich habe mich vorhin geirrt, Julia R. wurde doch verurteilt, allerdings auf Bewährung. Sie ist dann mit ihrer Mutter aus Lübeck weggezogen.«

»Und jetzt, fünf Jahre später, wird sie tot in der Förde gefunden«, bemerkte Fitzen. »Was für ein seltsamer Zufall!«

»Das wohl kaum«, meinte Lilly.

Benthien fuhr seinen Computer herunter. »Also dann, auf nach Sylt. Wollt ihr euch schnell ein paar Sachen von zu Hause holen? Ich nehme an, wir werden einige Tage auf der Insel bleiben müssen.«

»Ja, und Ostern können wir vergessen!«, sagte Fitzen bitter. »Katharina hat sich die Feiertage im Krankenhaus extra frei gehalten. Die wird mich umbringen, wenn sie hört, dass ich mich beruflich auf Sylt verlustiere!«

»Vielleicht kannst du ja am Ostersonntag kurz rüberfahren, oder Katharina und Jenny kommen nach Sylt. Das sehen wir dann, Tommy«, tröstete ihn Benthien.

Westerland/Sylt

Es war schon später Nachmittag, als Benthien mit seinen Kollegen in Niebüll auf das Sylt-Shuttle fuhr. Auf dem Weg nach Westerland hatten sie sich noch einmal ausführlicher mit dem Fall Rixen und dem Prozess beschäftigt. Julias Freund war auf dieselbe Schule gegangen wie Julia, in die Parallelklasse. Die beiden waren seit knapp einem Jahr ein Liebespaar gewesen, als sich Julia von ihm getrennt hatte. »Ohne mir je den Grund zu nennen«, so Matteo vor Gericht. »Weil er extrem eifersüchtig war und mich einengte«, hatte Julia geklagt.

Matteo war ein Junge aus sogenanntem »guten Hause«. Sein Vater, ein Amerikaner italienischer Herkunft, war Bauunternehmer, die Mutter Rechtsanwältin. Matteo war ein guter Schüler, attraktiv und allseits beliebt, besonders bei den Mädchen, sogar bei den Lehrern, und außerdem Schulsprecher. Doch die Trennung von Julia hatte ihm offenbar sehr zugesetzt. Er rief sie pausenlos an, verfolgte sie, bis er eines Tages plötzlich damit aufhörte. Er hatte nämlich etwas Besseres gefunden, hatte einen Racheplan ausgebrütet. Zuerst stellte er erotische Fotos von ihr ins schuleigene Intranet, dann kursierte ein Video von Julia im Netz, in dem sie sich vor Matteo aufreizend und lasziv in Szene setzte und sich zuletzt nackt auf dem Bett räkelte. Dass es ihr Spaß machte, war offensichtlich.

Julias Mutter zeigte Matteo an, und er bekam etliche Sozialstunden aufgebrummt. Julia hatte, nach einem gewaltigen Shitstorm, einen Selbstmordversuch mit Tabletten hinter sich und weigerte sich, diese Schule noch länger zu besuchen. Über Matteos Strafmaß schien sie enttäuscht zu sein, denn eines Tages lauerte sie ihm abends auf der Straße auf und griff ihn mit einem Messer an. Der anschließende Prozess gegen sie machte deutschlandweit Schlagzeilen, obwohl er unter Ausschluss der Öffentlichkeit stattfand. Radikale Feministinnen beglückwünschten sie zu ihrer Tat. Julia wurde zu einer Jugendstrafe auf Bewährung verurteilt und verschwand kurz darauf von der Bildfläche. Auch die Mutter, seit Langem schon Witwe, zog aus Lübeck weg. Das war das Ende der Geschichte. Bis zu diesem sonnigen Tag im April hatte niemand mehr von Julia Rixen gehört. Und nun lag sie im Nixenkostüm tot am Fördestrand.

»Wer hätte das gedacht, dass die beiden auf Sylt leben, gar nicht so weit von hier«, sagte Fitzen, der wieder hinten saß und sich ebenfalls mit seinem Laptop beschäftigte. »Übrigens, Julia war ein sehr attraktives Mädchen. Kurz bevor das alles geschah, wurde sie auf einem Jahresabschlussball zur Schulschönheitskönigin gewählt.«

»So ein Kokolores«, meinte Lilly. »Dass die Schulen diesen Unsinn jetzt auch schon mitmachen …«

»Ich wusste gar nicht, dass du so eine Emanze bist«, stichelte Fitzen, um Lilly zu ärgern.

»Leute, fangt jetzt nicht schon wieder an!«, meldete sich Benthien. »Überlegt euch lieber, wo ihr schlafen wollt, bei mir oder in einer Pension.«

Benthien war stolz auf sein altes Kapitänshaus, das er oder vielmehr sein Vater Benjamin Karl Benthien von seinen Vorvätern geerbt hatte. Es stand auf einer Düne in List, mit Blick auf das Wattenmeer und die dänische Küste. Da immer irgendwas daran zu arbeiten und zu werkeln war, befand sich sein Vater bereits seit Wochen im Haus und freute sich nun, dass sein Sohn über Ostern auf Sylt sein würde. Karin, Benthiens Lebensgefährtin, und deren Tochter Celina freuten sich weniger. Im Grunde war er in derselben Situation wie Fitzen. Immer abrufbereit, nie war er sicher, dass er die Feiertage auch tatsächlich mit der Familie verbringen konnte. Und so unglaublich viele Beziehungen von Polizeibeamten gingen in die Brüche …

»Hast du denn genug Platz für uns?«, fragte Lilly.

»Sein Haus hat elf Zimmer«, sagte Fitzen so stolz, als handelte es sich um sein eigenes Haus. Benthien wusste, dass Fitzen immer noch seiner Zeit auf Sylt nachtrauerte. Er hatte meistens bei seiner Großmutter gewohnt, bis das Haus verkauft worden und sie in ein Seniorenheim auf dem Festland gezogen war. Umso mehr genoss er es, wenn er, beruflich oder privat, auf die Insel fahren konnte. Und meistens wohnte er dann im Benthien'schen Haus.

Inzwischen war der Autozug in den Bahnhof von Westerland eingefahren. Lilly lenkte den Wagen in Richtung Wenningstedt, dirigiert von Benthien. Sie fanden die genannte Adresse im Ortsteil Braderup, ein kleines, eher bescheidenes Backsteinhaus älteren Baujahrs. Leider öffnete auf ihr Klingeln niemand, obwohl das Haus nicht unbewohnt aussah. Dass auf dem Klingelschild der Name »Bewerunge« stand, irritierte Benthien. Aber die Adresse stimmte. Vielleicht hatte Julias Mutter wieder geheiratet?

Da niemand an die Tür kam, gingen sie durch den kleinen Vorgarten um das Haus herum. Im Garten blühten Tulpen und Osterglocken, ein kleines Bäumchen inmitten eines Beets von Stiefmütterchen stand in voller Blüte. An einem unbelaubten Busch blinkten bunte Ostereier. Ein Strandkorb war noch winterfest eingepackt.

Benthien spähte durch eins der Fenster, dessen Gardine nicht ganz zugezogen war. Er sah ein Wohnzimmer, in dem Kissen, Zeitschriften und zwei Essteller auf dem Boden lagen. Einige Schubladen waren herausgerissen worden, eine Stehlampe hing schräg über der Couch. Er klopfte gegen die Terrassentüre, doch im Haus rührte sich nichts.

»Hier ist eindeutig Gefahr im Verzug«, sagte Fitzen und

musterte die Fenster, um eines zu finden, das vielleicht gekippt war und das er leicht öffnen konnte. In diesem Augenblick bog eine junge Frau um die Ecke.

»Was machen Sie da?«

Sie war klein, stämmig, energisch und marschierte mit großen Schritten auf sie zu. Benthien musste fast schmunzeln, ihm imponierte ihr Mut. Schließlich konnte sie nicht wissen, wer sie waren und was sie hier wollten. Und sie stand allein gegen drei. Um sie zu beruhigen, zückte er schnell seinen Polizeiausweis und stellte anschließend auch Fitzen und Lilly vor.

»Ist irgendwas passiert?«, fragte die junge Frau. »Ich bin übrigens Ingken Blome, zeitweise die Nachbarin zwei Häuser weiter. Ist mit Anne etwas passiert?«

»Zeitweise? Wie dürfen wir das verstehen?«

Sie lachte und steckte die Hände in die tiefen Taschen ihres Overalls. »Ich bin nur an manchen Tagen da, führe den Haushalt, aber ich wohne in Westerland. Ist Anne schon zurück?«

»Anne Bewerunge?«, fragte Lilly. »Ist das Julias Mutter?«

Ingken Blome nickte. »Sie ist im Krankenhaus, ihr ging es nicht gut, aber eigentlich sollte sie heute entlassen werden, soviel ich weiß.«

Fitzen deutete auf das unordentliche Wohnzimmer. »Es sieht aus, als wäre da eingebrochen worden …«

»Was ist hier los?«, ertönte plötzlich eine weitere Stimme.

Ein Mann Anfang sechzig betrat das Grundstück. Auch er trug einen Overall, ein kariertes Holzfällerhemd, das an den Seiten heraushing, und hielt eine Heckenschere in der Hand. Offenbar war er trotz des Feiertags bei der Gartenarbeit gewesen. Sein flächiges, rundes Gesicht strahlte eine innere Heiterkeit aus, die kleinen dunklen Augen erinnerten Benthien an einen eifrigen Biber. Er stellte sich als Gerd Lauinger vor und war der Nachbar, bei dem Ingken Blome hin und wieder als Haushälterin arbeitete. »Du hast Erde im Gesicht, Gerd«, flüsterte sie ihm zu. Daraufhin fuhr er sich mit seiner erdbehafteten Hand über die Stirn, wodurch sich die Flecken eher noch vermehrten.

»Ist hier irgendwas nicht in Ordnung?«, fragte er beunruhigt.

Benthien wechselte mit Fitzen einen Blick. Bevor er nicht Julias Mutter informiert hatte, wollte er die Todesnachricht nicht weitergeben.

»Wissen Sie, wo Julia steckt?«, fragte Fitzen, gerade so, als ob er das Mädchen gut kennen würde.

Beide, Ingken und Lauinger, schüttelten den Kopf. »Ich dachte, sie wäre hier. Vor ein paar Tagen habe ich sie noch gesehen«, sagte die Frau.

»Sind Sie mit Anne Bewerunge befreundet?«, erkundigte sich Lilly. »Kennen Sie sie gut?«

»Man kann nicht gerade sagen, dass wir eng befreundet sind«, beantwortete der Mann Lillys Frage. »Aber man kennt sich eben, wie das in einer Siedlung so ist. Man hilft sich aus, man erfährt auch mal das eine oder andere über die Nachbarn.«

»Was denn zum Beispiel?«, fragte Benthien.

»Nun ja, man kriegt Eheprobleme mit, Auseinandersetzungen, den Auszug von Hauke Bewerunge, jugendliche Liebhaber …«

»Was für jugendliche Liebhaber?«, warf Fitzen ein, doch Näheres konnte ihm der freundliche Herr Lauinger nicht sagen.

»Ich weiß nur, dass es um Julia ging, aber sie und Anne hielten sich da sehr bedeckt. Es war mal jemand da, am späten Abend, der einen ziemlichen Krawall veranstaltet hat, aber gesehen habe ich ihn nicht. Letztendlich ist die Polizei gekommen.«

»Ich muss gehen«, sagte Ingken Blome fast entschuldigend,

»meine Kinder von der Oma abholen. Gerd, brauchst du mich morgen? Essen für zwei Tage steht im Kühlschrank! – Er kann nämlich überhaupt nicht kochen«, flüsterte sie Lilly zu.

Lauinger schüttelte den Kopf. »Morgen nicht, ich rufe dich an. Irgendwann müssen wir mal die Gardinen waschen.«

Ingken winkte und ging, und Lauinger sagte etwas verschämt: »Ich kann nicht kochen, so viel Mühe ich mir auch gebe. Es schmeckt immer scheußlich, nach zu viel oder zu wenig Salz oder nach Essig oder ranzigem Öl. Seit meine Frau verstorben ist, habe ich von Brot und Dosen gelebt, bis ich Ingken kennenlernte. Ihr Mann hilft mir manchmal im Garten aus.« Er schwang lächelnd seine Heckenschere, doch dann schien ihm einzufallen, dass es hier im Hause Bewerunge ja offensichtlich ein Problem gab, und er riss sich zusammen. »Kann ich Ihnen denn irgendwie helfen?«

»Wissen Sie, weshalb Frau Bewerunge im Krankenhaus war?«, fragte Benthien.

»Anne ging es in letzter Zeit nicht gut«, sagte Lauinger. »Ich glaube, sie hatte einen Virus. Vielleicht hat sie sich durchchecken lassen?«

»Hat sie einen Beruf?«, fragte Lilly.

»Anne? Natürlich hat sie einen Beruf. Sie ist Fotografin, besitzt ein kleines Atelier in Westerland. So habe ich sie kennengelernt, ich brauchte neue Passfotos. Wir waren dann ganz erstaunt, als wir merkten, dass wir so nah beieinander wohnen. Aber ich war damals ja auch erst hergezogen.«

»Letzte Frage: Wissen Sie, wo Herr Bewerunge jetzt wohnt?«, wollte Benthien wissen.

»Nicht genau, aber irgendwo in Westerland. Oder in Tinnum.« Er lächelte verschmitzt. »Ich glaube, in letzter Zeit gab es wieder so etwas wie eine Annäherung zwischen den beiden. Ich habe Hauke jedenfalls öfters hier gesehen.«

Benthien war leicht überrascht. Er hatte angenommen, dass

zumindest von Lauingers Seite ein gewisses Interesse an Frau Bewerunge bestand. Aber so arglos, wie er von einer neuerlichen Annäherung zwischen den beiden Eheleuten sprach, war das offenbar nicht der Fall.

Lauinger schien verstanden zu haben, dass er nun nicht mehr gebraucht wurde, und wandte sich zum Gehen. Doch Lilly hielt ihn auf. »Kann es sein, dass Sie einen Schlüssel zu Frau Bewerunges Haus haben? Wir sind etwas beunruhigt, weil das Wohnzimmer in Unordnung ist, und wollten mal nach dem Rechten sehen, ehe Frau Bewerunge nach Hause kommt.«

»Ja, doch, ich habe einen Schlüssel. Oh mein Gott! Warten Sie, ich hole ihn eben.« Lauinger warf einen alarmierten Blick über Lillys Schulter in Richtung Terrassentür, dann lief er davon.

Als er zurück war, war er taktvoll genug, nur den Schlüssel abzuliefern und dann gleich wieder zu verschwinden.

***

… meine Einzige, mein Engel, mein Licht, nicht nur als Gast will ich auf ewig bei dir wohnen. Ich glaube, noch nie in meinem Leben war ich so froh! Ich hoffe so sehr für dich, dass alles sich zum Guten wendet, dass ich dich auffangen kann, so wie du mich wunderbar behütet und getröstet hast …

Im Haus Bewerunge in Braderup

»Es ist hier zwar alles durcheinander, aber nach einem Einbruch sieht es nicht aus«, stellte Benthien fest, nachdem sie das kleine Häuschen flüchtig inspiziert hatten.

»Es gibt nirgendwo Einbruchspuren«, bestätigte Fitzen. »Sieht nur so aus, als ob ein Mini-Hurricane hier durchgesaust wäre.«

»Vielleicht hat sie was gesucht«, meinte Lilly, »ehe sie ganz schnell ins Krankenhaus musste. Ich denke, wir sollten hier verschwinden.«

»Sehe ich auch so«, stimmte Benthien zu.

Sie verließen das Haus gerade in dem Augenblick, als ein Taxi vorfuhr, dem eine sehr schlanke, gut gekleidete Frau entstieg. Benthien betrachtete sie aufmerksam. Trotz der Wärme trug sie einen Kaschmirmantel, lange Winterhosen und einen grünen Rollkragenpulli. Ihr schmales Gesicht war sehr bleich, ihr Gang unsicher. Erstaunt blickte sie auf ihre Besucher.

»Wer sind Sie? Was machen Sie hier?«

Sie hatte eine weiche, klare, wenn auch etwas zittrige Stimme. Der Schlüssel, den sie in der Hand hielt, drohte jeden Augenblick zu Boden zu fallen.

Benthien dachte kurz darüber nach, der Mutter, die offensichtlich noch immer krank war, die Nachricht vom Tod ihrer Tochter zu einem späteren Zeitpunkt beizubringen, wusste aber zugleich, dass das nicht möglich war. Er hatte einen Mordfall zu bearbeiten, und je schneller er an Informationen kam, desto besser war die Chance, das Verbrechen zeitnah aufzuklären. Daher zückte er wieder seinen Ausweis, stellte die Kollegen vor und führte Anne Bewerunge ins Haus. Als sie das Wohnzimmer betrat, zuckte sie angesichts der Unordnung leicht zusammen, aber Erschrecken sah anders aus.

Erschöpft sank sie, noch immer im Mantel, in einen weißen Sessel. Schweiß sammelte sich auf ihrer Stirn. Benthien schaltete eine kleine Tischlampe ein, denn allmählich wurde es dunkel.

»Kann ich Ihnen einen Kaffee machen?«, fragte Lilly besorgt, denn Anne Bewerunge war womöglich noch blasser geworden.

»Ein Wasser genügt«, sagte die Frau, lehnte sich zurück und schloss die Augen.

»Möchten Sie, dass wir einen Arzt holen?«, fragte Benthien.

Anne Bewerunge zwang sich zu einem flüchtigen Lächeln. »Ich komme gerade aus der Nordseeklinik. Was soll ich jetzt hier mit einem Arzt? Ärzte gab's da genug.«

Ihr schönes, blasses, fast eingefallenes Gesicht, umrahmt von nussbraunen Haaren, die sicher einmal geglänzt hatten, jetzt aber stumpf und strähnig auf die Schultern fielen, drückte reine Erschöpfung aus. Sie nahm Lilly das Glas aus der Hand, trank schnell ein paar Schlucke, zog eine Grimasse und legte die Hand auf den Magen, als hätte sie Krämpfe.

»Tut Ihnen etwas weh?«

Anne Bewerunge stellte das Glas zurück auf den Tisch. »Hören wir auf, von mir zu sprechen. Sagen Sie mir lieber, warum Sie hier sind. Ist Hauke etwas passiert?«

Benthien fand es interessant, dass sie zuerst nach ihrem Exmann fragte. »Nein, es geht um Julia, Julia Rixen. Sie … sie wurde heute tot aufgefunden. In Flensburg. In einem Nixenkostüm.«

Es hatte keinen Sinn, lange drum herumzureden. Aber er fand Anne Bewerunges Reaktion interessant. Als sie vom Tod ihrer Tochter hörte, hatte sich nichts in ihrem Gesicht gerührt, was wohl auf den Schock zurückzuführen war. Erst als er das Nixenkostüm erwähnte, zeigte sie so etwas wie Entsetzen und Fassungslosigkeit. Jetzt aber saß sie mit geschlossenen Augen da, regte sich nicht und sagte auch nichts. Langsam begann es in ihrem Gesicht zu zucken.

»Haben Sie Ihre Tochter nicht vermisst?«, fragte Fitzen.

»Sie ist zweiundzwanzig, sie kann tun und lassen, was sie will«, sagte Anne Bewerunge tonlos, immer noch mit geschlossenen Augen. Doch jetzt rollten Tränen über ihre Wangen. »Können Sie mir mehr über ihren Tod sagen? Ist sie ertrunken? Ich meine, wegen des Nixenkostüms?«

Benthien warf Fitzen einen Blick zu. Der verstand, ging hinaus in den dämmrigen Garten und rief die Rechtsmedizinerin in Kiel an. Benthien hoffte, dass sie die Obduktion inzwischen beendet hatte.

Anne Bewerunge trank noch ein paar Schluck Wasser, langsam diesmal; Lilly schenkte ihr nach. Als Fitzen zurückkam, sah er zu Benthien, der ihm zunickte.

»Ihre Tochter wurde zwar am Strand der Förde gefunden, aber sie ist nicht ertrunken«, sagte er. »Sie war schon tot, als sie in die Förde ... eh, ja. Sie hatte eine Kopfwunde und etliche Schnittwunden am Körper. Wissen Sie, ob Julia sich geritzt hat? An den Armen zum Beispiel?«

Anne Bewerunge sah ihn verstört an. »Sie meinen diese psychische Störung? Borderline-Syndrom oder so was? Nein, ganz gewiss nicht. Julia hat ein sehr gutes Selbstwertgefühl, sie hat sich nicht geritzt, auf so eine Idee wäre sie gar nicht gekommen!« Sie rieb sich mit beiden Händen das Gesicht. »Sie sagen, Julia ist tot? Sie war doch immer so ... *lebendig*! Und was hat sie in Flensburg gemacht?«

»Das wollten wir gerade Sie fragen«, sagte Benthien.

»Ich weiß es nicht. Wir kennen niemanden in Flensburg.« Es klang hilflos, Anne Bewerunge war sichtlich überfordert.

Benthien überlegte gerade, was er mit ihr machen sollte, denn sie konnte auf keinen Fall allein gelassen werden, als er hörte, wie draußen die Tür aufgeschlossen wurde. Ein hochgewachsener, blonder, auffallend attraktiver Mann in Jeans, T-Shirt und legerem Sportjackett betrat den Raum. Verblüfft betrachtete er die vielen Menschen, die sich darin aufhielten, und die immense Unordnung. Offenbar gingen ihm so viele Gedanken durch den Kopf, dass es ihm schwerfiel, einen davon auszusuchen und in Worte zu fassen.

»Ich wollte dich doch von der Klinik abholen«, war das Erste, was ihm dann einfiel. »Aber als ich ankam, warst du schon weg.«

»Julia ist tot«, sagte Anne Bewerunge tonlos. »Sie starb in einem Nixenkostüm in Flensburg.«

»Was?«

Wieder einmal stellte Benthien sich vor, dann fasste er kurz zusammen, was geschehen war. »Sie sind Hauke Bewerunge, nehme ich an?«, schloss er seinen Bericht mit einer Frage.

Der Mann nickte. Er setzte sich auf die Sessellehne neben seine Frau, nahm ihre beiden Hände in seine und streichelte sie unentwegt, fast mechanisch. Dabei sah er sich im Zimmer um. »Was ist denn hier passiert? Ein Einbruch?«

Anne entzog ihm ihre Hände. »Das war, bevor ich in die Klinik kam, da ging es mir sehr schlecht. Ich hatte Krämpfe und Gleichgewichtsstörungen und dachte, ich werde ohnmächtig. Ich habe mein Handy gesucht, um einen Arzt anzurufen. Dabei ist das passiert.« Sie machte eine schwache Armbewegung, die den ganzen Raum umfasste.

Hauke Bewerunge legte den Arm um sie. »Und was ist bei der Untersuchung rausgekommen?«

»Sie wissen es nicht genau, vermuten aber eine Magen-Darm-Störung, vielleicht eine Entzündung. Oder einen Virus.«

»Was ist denn das für eine Diagnose?«, sagte Hauke erregt. »Und wie kann man dich in diesem Zustand entlassen?«

»Es geht mir schon besser als vor vier Tagen«, beruhigte Anne ihn. »Zu Hause sowieso. Aber Julia ...« Sie sah sich um, als könnte ihre Tochter jeden Augenblick aus dem Garten kommen oder sich in einer dunklen Ecke materialisieren, »Julia ist nicht mehr da.« Sie sagte es im Ton äußerster Verwunderung, wie ein Kind, das entdeckt, dass der lang erwartete Osterhase gar nicht gekommen ist.

Abends im Friesenhaus in Mellhörn/List

»Ich kenne Anne Bewerunge. Sie ist ein äußerst netter Mensch und eine gute Fotografin«, sagte Benthiens Vater Ben und lud noch eine Portion Bratkartoffeln auf seinen Teller. »Will noch jemand Matjes?«

Alle wollten noch Matjes und Bratkartoffeln, und Ben ließ die Schüsseln an dem großen Esstisch die Runde machen.

»Wen kennst du eigentlich nicht auf Sylt, Vater?«, fragte John.

Lilly fühlte sich wohl in dieser Runde. Sie hatte eine Schwäche für Benjamin Benthien, Johns Vater. Er war Mathe- und Sportlehrer gewesen und besaß trotz seiner 77 Jahre noch immer eine sportliche Figur, dazu einen wilden weißen Haarschopf und sogar eine gewisse Anziehungskraft auf Frauen, die er bevorzugt auf Wattwanderungen kennenlernte. Seit einigen Jahren war er Witwer, doch seinen Lebensmut hatte er nie verloren. Lillys eigener Vater dagegen war nach dem Tod ihrer Mutter vom umtriebigen Tierarzt zum schweigsamen Eigenbrötler geworden, der sich in das große Haus in der Lüneburger Heide zurückzog und nur noch für seine Hobbys lebte, den Garten und die Tiere. Lilly hatte er in Flensburg bisher noch nicht besucht.

Benthiens Vater dagegen kam Lilly wie ein eifriger Hütehund vor, der sich umso mehr freute, je mehr Besucher er in seinem Haus versammeln und betüddeln konnte. Und der darauf achtete, dass nur ja auch alle zusammenblieben; zumindest abends – diesen Kompromiss machte er immerhin – wollte er alle seine Schäfchen um den Tisch versammelt sehen.

Lilly hatte ein Gästezimmer bekommen, Fitzen eine schmale ehemalige Vorratskammer, in der der Boden knarrte und ein alter Schrank ächzte. »Hier schlafe ich immer«, sagte er gespielt resigniert zu Lilly, »wenn ich bei John zu Besuch bin. Alle anderen haben nämlich Angst vor diesem Horrorkabinett, in dem wahrscheinlich Spinnen und Mäuse hausen. Aber ehrlich gesagt, wenn ich wieder in Flensburg bin, fehlt mir das Knarren und Knarzen schon sehr; dann ist es so still, dass ich nicht schlafen kann.«

Was Lilly gefiel, war das Rauschen des Meeres, das sie durchs Fenster hören konnte. Immerhin lag das Meer in Sichtweite, jenseits der Dünen. Eine schönere »Begleitmusik« zum Einschlafen konnte sie sich kaum vorstellen.

»Wenn auf einen Schlag alle Touristen weg wären«, erklärte Johns Vater am Abendbrottisch, »wäre ganz Sylt ein Dorf. Anne Bewerunge kenne ich, weil wir im Literaturclub mal einen Sylt-Bildband von ihr besprochen und rezensiert haben. Und dieses Foto«, er zeigte auf ein Foto von sich und seiner Frau, »hat sie vor ein paar Jahren gemacht und auch das von deiner Mutter mit den Ohrringen, das oben auf meinem Nachttisch steht. Sie ist schon eine tolle Fotografin. Ist mit ihr irgendwas?« Er legte erschrocken die Gabel nieder. »Seid ihr ihretwegen hier? Sie ist doch nicht etwa ermordet worden?«

»Sie nicht, aber ihre Tochter Julia«, erklärte Fitzen. »Kennst du die vielleicht auch, Ben?«

»Anne Bewerunge hat keine Tochter!«

»Natürlich hat sie eine, das wirst du vergessen haben, Vater«, sagte Benthien.

Ben runzelte die Stirn. »Ich habe Anne vielleicht seit drei, vier Jahren nicht mehr gesehen. Dann muss ihre Tochter aber noch sehr klein sein, wenn sie in dieser Zeit zur Welt kam. Und die ist tot?«

»Vater, sie ist zweiundzwanzig!«

»Unmöglich!«, sagte Ben störrisch. »Eine so alte Tochter hat Anne nicht!«

Benthien wechselte einen Blick mit Lilly und Fitzen. Lilly wusste, dass sein Vater absolut klar im Kopf war, wieso beharrte er also darauf, dass Anne Bewerunge keine Tochter habe?

»Sie heißt nicht Bewerunge, sondern Rixen«, sagte sie, »vielleicht ist das die Erklärung. Sie stammt aus Annes erster Ehe.«

»Anne Bewerunge war nur einmal verheiratet, und zwar mit Hauke Bewerunge!«, erklärte Ben bestimmt. »Vorher hieß sie Oldsen und führte mit ihrem Vater den Fotoladen. Und soweit ich weiß, hatte sie kein uneheliches Kind. Als der Vater starb, hat sie Hauke geheiratet, da war sie schon dreißig. Hauke ist ein charmanter Nichtsnutz, der mit Arbeit nicht viel am Hut hat. Er war ein paar Jahre lang mein Schüler, daher kenne ich ihn. Auf sein Drängen hin hat Anne den Laden verpachtet, und beide sind nach Mallorca ausgewandert. Dort hat sie ebenfalls als Fotografin gearbeitet. Vor ein oder zwei Jahren sind sie zurückgekommen, sie ist wieder in ihr Elternhaus gezogen und hat das Atelier übernommen. Seitdem ist sie sehr erfolgreich. Was Hauke macht, weiß ich nicht. Ich weiß nur, dass er hinter den Frauen her ist. Seine letzte Freundin hieß … hieß Julia, habe ich gehört …«

»Julia Rixen ist Annes *Tochter*. Die, die wir gerade tot aufgefunden haben, Vater«, sagte Benthien geduldig.

Sein Vater starrte ihn an. »Unsinn! Diese Julia ist Haukes Freundin!«

»Vielleicht gibt es zwei Julias«, schlug Fitzen vor. »So selten ist der Name ja nun auch nicht.«

»Fragt doch Frau Discher«, schlug Ben vor, »die wohnt quer über die Straße. Von der habe ich die Geschichte. Sie hat eine Hilfe, die ihre Ferienwohnungen putzt, und die putzt auch bei Anne Bewerunge im Atelier. Und genau diese Frau hat ihr alles über die Bewerunges erzählt!«

»Ja, das ist Julia, Haukes Freundin!«, erklärte Frau Discher Benthien, der sie noch am Abend – allein – aufgesucht hatte. Alle drei Mann hoch, hatte er Lilly und Fitzen erklärt, wäre nun doch etwas zu viel für die alte Frau. Sie starrte auf das Foto der toten Nixe. »Aber warum hat sie die Augen zu?« Erschrocken trat sie einen Schritt zurück. »Sie ist doch nicht etwa …«

»Doch, sie ist tot«, sagte Benthien, innerlich seufzend. Bald würde sie es sowieso aus den Medien erfahren. Und er hatte den Eindruck, dass sie es recht gut verkraften konnte. Dennoch konnte es ja wohl kaum stimmen, was sie ihm da erzählte. »Sie sind ganz sicher, dass dieses Mädchen Hauke Bewerunges Geliebte ist?«

»War«, korrigierte ihn Frau Discher, die ihre auberginefarbenen Haare zu einem großen Tuff auf dem Oberkopf aufgeschichtet hatte. »Bis zum letzten Herbst. Und natürlich bin ich sicher, ich habe die beiden nämlich gesehen; sie saßen im Auto auf dem Parkplatz vor dem Erlebniszentrum Naturgewalten und haben geknutscht. Aber so was von! Dass da keiner die Polizei gerufen hat … Aber dann hat Hauke mit Julia Schluss gemacht, weil er wieder zu Anne zurückwollte. So sind sie eben, die Männer!«

Benthien war leicht schockiert. Er konnte sich eigentlich nur denken, dass Hauke in diesem Fall wohl kaum Julias Vater sein konnte. Sonst würde man auf dieser Insel, wo jeder anscheinend alles über jeden wusste, diese Sache nicht so auf die leichte Schulter nehmen.

»Anne ist ein feiner Mensch«, fuhr Frau Discher fort und fuhr sich mit der Zunge über die Lippen, »sie hat Hauke immer wieder seine Seitensprünge verziehen. Dass sogar ihre Pflegetochter dazu gehörte, hat sie nie geglaubt oder vielmehr, sie hat wohl nie davon erfahren. Logisch, es hat ihr natürlich auch keiner erzählt. Aber wenn sie's gehört hätte, hätte sie es nicht geglaubt. So ist Anne.«

Jetzt war Benthien völlig konfus. »Ihre Pflegetochter? Aber ich dachte, Julia wäre …«

»Das war ja das Gemeine daran«, fuhr ihn Frau Discher an, »und das zeigt, was für ein Hundsfott dieser Hauke ist. Hat sie mit der eigenen Pflegetochter betrogen! Na ja, Anne hat sie immer wie eine Tochter angesehen, aber Hauke natürlich nicht! Dem wurde da ja quasi eine Freundin frei Haus geliefert. Nee, nee, die Welt ist schlecht, sage ich Ihnen, und ihr Männer seid alle Egoisten, das erzähle ich Ihrem Vater auch immer wieder, aber er will es ja nicht glauben!«

»Aber woher«, Benthien stotterte beinahe, »hatte sie denn diese Tochter? Hauke ist doch wohl nicht ihr Vater, nehme ich an?« Langsam hielt er auf dieser Insel alles für möglich.

Frau Discher musterte ihn, als zweifelte sie allmählich an seinem Verstand. »Aus Mallorca natürlich! Anne und Hauke haben sie mitgebracht, und Anne spielt die Zieh- oder Pflegemutter, obwohl das Gör dafür schon reichlich alt ist, finde ich. Deswegen war es ja so gemein, dass sich Julia mit diesem Mann eingelassen hat! Mit dem ihrer eigenen Pflegemutter!«

2. Ostersamstag, 22. April

Im Friesenhaus in Mellhörn/List

Als das Telefon in aller Herrgottsfrühe klingelte, wusste Benthien auf Anhieb, wem er diesen Weckruf zu verdanken hatte: Thyra Kortum, beliebte Oberstaatsanwältin, die immer mal wieder drohte, demnächst in Pension zu gehen. Benthien wusste, dass sie nicht im Traum daran dachte, ihre Drohung so bald wahr zu machen. Außerdem war sie eine langjährige Freundin seiner Mutter gewesen. Daher unterdrückte er sein Gähnen nicht, als er sich meldete. »Thyra! Kannst du es mal wieder nicht abwarten, bis ich dich anrufe? Übrigens, frohe Ostern auch dir!«

»Sagt man das nicht erst am Ostersonntag?«, entgegnete Thyra fröhlich. »Wie läuft es denn mit unserem Fall? Hast du gestern die Nachrichten gesehen? Die Tote aus der Förde ist auf allen Kanälen, und die Presse rennt mir die Türen ein. Bring mich mal auf den neuesten Stand.«

Benthien sammelte sich, bettete seinen Kopf bequemer aufs Kissen und zog die Decke über sich, denn im Zimmer war es empfindlich kühl. Dann berichtete er. »Wir sind ja erst seit dem späten Nachmittag auf Sylt, deshalb haben wir noch nicht mit allzu vielen Leuten sprechen können. Und alles, was wir gehört haben, ist äußerst widersprüchlich.«

»Dann wundere ich mich, dass ihr nicht schon auf den Beinen und unterwegs seid und den Leuten die Bude einrennt. Sag mal, bist du in einem Zelt oder telefonierst du unter dem Badelaken? Du klingst so komisch!«

Benthien schlug die Bettdecke zurück. »Meine Liebe, ich muss Schluss machen, Fitzen steht in der Tür und scharrt mit den Hufen. Du hörst wieder von mir!«

»Das will ich hoffen, mien Jung!«, sagte Thyra energisch und legte auf.

Benthien warf sich zurück in die Kissen, zog die Decke wieder höher und blickte auf seinen Wecker. 6:35 Uhr war es gerade mal und draußen noch nicht hell! Wahrscheinlich hatte sich Thyra mal wieder um eine Stunde vertan, das passierte ihr hin und wieder, vielleicht auch mit Absicht. Aber egal, jetzt war er wach, jetzt konnte er Revue passieren lassen, was sie gestern erfahren hatten. Julia Rixen war also sowohl die Ziehtochter von Anne und Hauke Bewerunge gewesen als auch Haukes Geliebte – möglicherweise seine verflossene Geliebte –, und das Ehepaar hatte sie auf Mallorca kennengelernt. So weit, so unklar.

Da ergaben sich natürlich unzählige Fragen. Was war mit ihrer leiblichen Mutter passiert? Warum lebte Julia nicht bei ihr, sondern bei Fremden? Wie lange war sie schon mit den Bewerunges zusammen? Und warum? Schließlich war sie alt genug, um auf eigenen Füßen zu stehen. Was für ein Interesse hatten die Bewerunges an ihr? Und warum hatte niemand sie als vermisst gemeldet? Weil Anne Bewerunge im Krankenhaus gewesen war und deshalb Julias Verschwinden nicht bemerkt hatte? Was für einen Virus hatte sie, und wie lange war sie überhaupt in der Klinik gewesen? Inwieweit konnte man ihr trauen? Oder ihrem Mann, Hauke? Andererseits, Ben war ein guter Menschenkenner, er irrte sich nur selten in einer Person. Wenn er sagte, Anne sei ein netter Mensch, dann konnte er durchaus recht damit haben.

Benthien schwang die Füße auf den Boden. Angesichts der vielen offenen Fragen hielt ihn nichts mehr im Bett.

Morgens im Haus Bewerunge in Braderup

Anne Bewerunge war erstaunt, Lilly und Benthien so früh schon wiederzusehen. Sie sah ein bisschen besser aus als am Vortag, hatte mehr Farbe im Gesicht und wirkte weniger erschöpft. »Möchten Sie mit in die Küche kommen? Ich mache gerade Pralinen. Das ist eine Leidenschaft von mir, schon seit meiner Kindheit. Und Julia habe ich auch damit angesteckt.« Sie lächelte traurig. »Wir haben einigen Leuten Pralinen zu Ostern versprochen und wollten die eigentlich zusammen herstellen. Jetzt bin ich total im Verzug.«

»Es ist sicher nicht verkehrt, sich zu beschäftigen«, sagte Lilly und überlegte bei sich, wie sie sich wohl verhalten würde, wenn sie plötzlich erführe, dass ein geliebter Mensch ermordet worden wäre. Sie konnte es sich kaum vorstellen. Aber irgendwo rumzusitzen, betüddelt zu werden, sich gut gemeinte Allgemeinplätze anzuhören und die Wände anzustarren konnte auch nicht die Lösung sein. Insofern konnte sie Anne Bewerunge und ihren Wunsch nach Beschäftigung gut verstehen.

In der Küche duftete es wunderbar nach Sahne und warmer Schokolade. Die Pralinen befanden sich in verschiedenen Stadien der Fertigstellung. Ein Teil der Trüffel aus dunkler Schokolade und Eierlikör lag bereit, um in die Kühlung zu kommen. Andere mussten noch dekoriert werden. Kleine, viereckige Blättchen aus Goldfolie sollten die Pralinen umhüllen. Anne Bewerunge hatte gerade einen kleinen Spritzbeutel mit einem Gemisch aus geschmolzener weißer Schokolade und Eierlikör zubereitet und spritzte nun ein dekoratives Streifenmuster über die fertigen Pralinen. Und auf einem Tablett warteten weitere Schoko-Hohlkörper auf ihre Füllung.

Sie hielt Lilly und Benthien das Tablett unter die Nase. »Sie sind zwar noch nicht gekühlt, aber probieren Sie mal; ich bin gespannt, wie sie Ihnen schmecken.«

Lilly und Benthien nahmen sich jeder eine der noch weichen Pralinen und steckten sie in den Mund. Lilly fand, dass sie köstlich schmeckten, durch die herbe Schokolade nicht zu süß, mit einer sanften bitteren Note, auch mit einer leichten Schärfe durch den Alkohol. »Wunderbar!«, lobte sie. »Ich esse nur sehr selten Pralinen, weil sie mir meist zu süß sind, aber diese sind fantastisch.«

Benthien leckte sich dezent die Finger ab. »Wir hätten da noch ein paar Fragen an Sie.«

Anne nickte. »Fragen Sie alles, was Sie wollen!«

»Wann haben Sie Julia das letzte Mal gesehen?«

»Am Tag, als ich ins Krankenhaus kam. Letzten Montag. Als ich das Taxi rief, weil es mir so schlecht ging, war sie zwar nicht zu Hause, aber sie besuchte mich in der Klinik. Wir konnten allerdings nicht lange reden, weil sie mich dann zur Untersuchung holten. Das war das letzte Mal, dass ich Julia …« Sie verstummte abrupt.

»Wissen Sie, was Julia an diesem Tag noch vorhatte?«, fragte Lilly behutsam.

Anne Bewerunge wischte sich mit einem Stück Küchenpapier über die Augen. »Nein, darüber haben wir nicht gesprochen.«

»Was hat Ihre Tochter überhaupt so gemacht im Leben?«, fragte Benthien. »Beruflich, meine ich.«

Anne nahm eine neue Spritze, gab die Eierlikör-Schokoladensahne hinein – Lilly lief die Spucke im Mund zusammen –, bat um zehn Sekunden Geduld und füllte mit geübten Bewegungen die Hohlkörper. Dann richtete sie sich mühsam auf, wobei sie sich an der Arbeitsplatte festhielt. »Julia hatte keine richtige Ausbildung. Als wir sie auf Mallorca trafen, bewegte sie sich dort in einer bestimmten Szene. Drogen, Alkohol, am Strand herumgammeln, das war damals ihre Welt. Sie hatte merkwürdige Freunde, und von was die lebten, will ich lieber nicht wissen.« Ihr Blick war aus dem Fenster in die Ferne gerichtet, vielleicht sah sie Felsen, Sandstrände in der Sonne, Eimer mit Alkohol und lärmende junge Männer anstatt des blühenden, adretten Gartens in Braderup. »Leider konnte ich Julia bisher noch nicht dazu bringen, sich Gedanken über ihre Zukunft zu machen. Sie hat hier meistens gekellnert, war Verkäuferin in einem Strandkiosk, und zuletzt hat sie diesen Nixenschwimmkurs gemacht, um im Sommer Kinder zu bespaßen. Nach Saisonende wollte sie eventuell bei mir eine Lehre machen, aber sie war sich noch nicht ganz sicher.« Sie zwang ihren Blick zurück in die Küche. »Lassen Sie mich die Pralinen eben noch in die Kühlung stellen, dann können wir rübergehen.«

Das Wohnzimmer, in das sie ihre Gäste führte, war inzwischen aufgeräumt worden. Lilly fiel auf, dass es österlich geschmückt war. An Zweigen mit Weidenkätzchen, die in einer Bodenvase standen, hingen bunt bemalte Ostereier. Kleine Vögel aus Federn steckten zwischen den Zweigen. Den weißen Schrank im Landhausstil schmückte ein Osterkranz, und zwei kunstvoll bemalte Osterhasen tummelten sich auf einer Kommode neben einer Holzschale mit eingepackten Schokoladeneiern. Ein Strauß aus gelben Forsythien stand auf der breiten Fensterbank, und ein großer, kunstvoll geschnitzter Osterhase mit langen Ohren saß vor der Terrassentür und spähte ins Zimmer.

Als Anne Bewerunge Lillys Blick bemerkte, traten ihr Tränen in die Augen. »Wir wollten heute Abend alle zusammen zum Osterfeuer gehen, Julia und ich und ein paar Freundinnen.

Ich kann es nicht fassen, dass Julia tot ist. Ich komme mir vor wie in einem surrealen Theaterstück.«

Sie setzten sich. »Ich wundere mich, dass von Julias leiblicher Mutter gar nicht die Rede ist. Lebt die nicht auch auf Sylt?«, fragte Benthien.

»Ihre Mutter ist vor gut drei Jahren ganz plötzlich an einem Herzinfarkt verstorben. Nach der Sache mit dem Prozess in Lübeck war sie mit ihrer Tochter weggezogen, ins Sauerland, da hatte sie noch Verwandte. Julia hat es dort aber nicht ausgehalten, sie war völlig aus der Bahn geworfen … Sie kennen doch die Geschichte mit ihrem Stalker?« Lilly und Benthien nickten. »Julia hat jedenfalls kurz nach dem Umzug die Schule abgebrochen und ist von zu Hause weg, hat eine Zeit lang in Köln bei Freunden gelebt und ist dann mit denen nach Mallorca gezogen, unstet wie fahrendes Volk. Ihre Mutter wusste lange Zeit gar nicht, wo sie ist. Erst nach einiger Zeit hat Julia sporadisch mit ihr Kontakt aufgenommen.« Anne Bewerunge zog eine Kleenex-Dose, die auf dem Tisch stand, näher an sich heran. »Das Tragische ist, dass sie ihre Mutter vor deren Tod nicht mehr wiedergesehen hat. Kurz darauf lernten wir sie kennen.«

»Auf welche Weise?«, fragte Benthien.

Anne lächelte unter Tränen. »Ich hatte einen Fototermin mit einem Hochzeitspaar an der Cala Tuent, und Julia versuchte, eine meiner Kameras zu klauen, die ich auf einem Felsen abgelegt hatte. Hauke hat es bemerkt, er hat sie verfolgt und ihr die Kamera wieder abgenommen.« Mit einem Kleenex-Tuch wischte sich Anne übers Gesicht. »Ja, so haben wir Julia getroffen. Wir haben von einer Anzeige abgesehen, als sie uns ihre Geschichte erzählt hat. Damals war ihre Mutter gerade gestorben, und Julia wusste überhaupt nicht, was sie tun sollte und wohin mit sich. Ich hatte auch den Verdacht, dass sie Drogen nahm … nichts Hartes, Marihuana vielleicht. Damit sie aus dieser unguten Freundesclique herauskam, haben wir uns um sie gekümmert und ihr einen Unterschlupf gewährt, wann immer sie wollte. Bald hat sie ganz bei uns gewohnt. Und als wir zurück nach Sylt gingen, haben wir sie natürlich mitgenommen.«

Anne verstummte, und Lilly fragte sich, ob schon damals Julias Affäre mit Hauke Bewerunge begonnen hatte. Und waren die Beweggründe der Bewerunges, sich um das Mädchen zu kümmern, wirklich so uneigennützig gewesen, wie Anne es jetzt darstellte? Waren ihre Tränen echt?

Als hätte sie ihre Gedanken erraten, sagte Anne Bewerunge: »Ich hatte kurz nach unserer Hochzeit eine Fehlgeburt. Seitdem kann ich keine Kinder mehr bekommen.« Sie sah auf ihre Hände. »Dabei hatte ich mir ein Leben lang eine große, fröhliche, chaotische Familie gewünscht.« Sie warf Lilly und Benthien einen Blick zu. »Haben Sie Kinder?«

Sie sah aus, als erwartete sie wirklich eine Antwort, und Lilly tat ihr den Gefallen. »Nein, haben wir nicht.«

Anne holte tief Luft. »Julia war einerseits sehr forsch, aufmüpfig, rücksichtslos, andererseits aber auch sehr sensibel, sehr zerbrechlich. Das, was ihr bisher im Leben geschehen war, hatte sie geprägt, sie war traumatisiert durch die plötzliche Ablehnung ihrer Mitschüler, durch den ungeheuren Shitstorm, der über sie hereingebrochen war, aber auch durch ihre eigene, unbesonnene Tat, als sie diesen Matteo angriff.« Anne lächelte leicht. »Sie war so etwas wie ein Wechselbalg, und sie tat mir unendlich leid. Können Sie das verstehen? Ich wollte für Julia da sein, sie war ein Kind ohne Mutter, dessen Welt aus den Fugen geraten war und das Nähe und Zuneigung brauchte. Im Grunde war sie ein sehr einsamer Mensch, sehr isoliert, ohne Weg und Ziel im Leben. Und nun ist sie tot, das ist unfassbar.«

Lilly bemerkte, wie Benthien ihr einen Blick zuwarf. Der Gedanke schoss ihr durch den Kopf, dass es interessant gewesen wäre, Haukes Beweggründe zu erfahren, weshalb er Julia mit nach Sylt nehmen wollte – ganz bestimmt sah er sie ja nicht als Tochter an –, und Anne Bewerunge nach der Beziehung zwischen ihm und Julia zu fragen, aber das ging zu diesem Zeitpunkt natürlich nicht. Anne war viel zu fragil, um sie jetzt mit diesem Thema zu konfrontieren.

Es klingelte an der Tür. Anne entschuldigte sich. Als sie aufstand, schwankte sie leicht, doch sie schaffte den Weg nach draußen zur Eingangstür. Kurz darauf kam sie mit einem jungen Mädchen zurück, das eine große Frischhaltedose in der Hand hielt.

Im Friesenhaus in Mellhörn/List

Fitzen saß gemütlich am Frühstückstisch, schmierte sich das dritte Marmeladenbrot und griff nach seinem Handy. Er beschloss, Hinnerk Petering, einen jungen Westerländer Streifenbeamten, den er und Benthien seit Jahren gut kannten, privat anzurufen, denn höchstwahrscheinlich hatte er heute keinen Dienst.

Hinnerk meldete sich kauend. »Wer stört?«

Fitzen schluckte seinen Bissen herunter. »Ich! Und es ist dienstlich, mein Lieber. Also hör zu! Vor ein paar Wochen hattet ihr nachts einen Einsatz in Braderup, Üp de Hiir, vor dem Haus von Anne Bewerunge, weil da jemand randaliert hat. Kannst du mir sagen, wer das war? Und warum der Typ überhaupt dort war, was hat er mitten in der Nacht da gewollt?«

»Wer zum Teufel ist *ich*?«

Fitzen schnaubte. »Lass die Witze, Hinnerk! Die Sache ist ernst! Die schöne Julia – Julia Rixen, Anne Bewerunges Tochter – wurde bei uns in der Förde tot aufgefunden. Und wir suchen ihren Mörder. Also, wer war es?«

»Der Mörder? Wie soll ich das wissen?«

Trotz des flapsigen Tonfalls spürte Fitzen, dass Hinnerk erschüttert war. Und er bemerkte auch, dass Benthiens Vater, der sich gerade die letzte Tasse Kaffee eingeschenkt hatte, seine Zeitung sinken ließ und aufmerksam zuhörte.

»Du weißt, was ich meine«, sagte er deshalb nur milde.

»Ich war an dem Abend nicht auf Streife«, murmelte Hinnerk, »aber ich weiß, wer es war. Ich rufe ihn an und melde mich dann gleich zurück, okay?«

Das tat er und teilte Fitzen mit, dass der Ruhestörer ein gewisser Matteo Biondi war, ein junger Mann von zweiundzwanzig Jahren. Er war angetrunken gewesen und hatte Julia lautstark beschimpft, bis die Polizei eingetroffen war.

»Wohnt der hier auf Sylt? Ist er sonst schon mal auffällig geworden?«, fragte Fitzen.

Hinnerk gab ihm eine Adresse in Kampen und die Auskunft, dass Biondi der Sylter Polizei bisher unbekannt war.

Doch Fitzen wusste es besser. Er informierte den Kollegen, dass Matteo Biondi der Mitschüler war, der Julia Rixen gestalkt und den sie Monate später mit einem Messer angegriffen hatte. Als er das Handy weglegte, war er gleich in viel besserer Stimmung. Julias Stalker war hier auf Sylt? Wie erfreulich! Vielleicht ging er ja dann auch als Mörder ins Rennen. Das musste er sofort John und Lilly mitteilen. Er griff wieder zum Handy.

Ben raschelte mit der Zeitung. »Glaubst du, dieser Kerl hat sie umgebracht?«

Fitzen, der die Anwesenheit von Johns Vater völlig vergessen hatte, zuckte zusammen. »Ben! Du hast nichts von mir gehört, verstanden? Erzähle bloß John nichts davon!«

»Natürlich nicht. Ich habe den Namen Matteo Biondi nie gehört! Aber schön wäre es, wenn er der Missetäter wäre. Dann hättet ihr den Fall gelöst, und wir könnten in Ruhe Ostereier suchen!«

* * *

... du meine Kerze in der Dunkelheit, du wanderst treu mir zur Seite, ich bewundere deine Kraft und deine Freude an jedem neuen Tag!
Lass mich dich fest an mein Herz drücken und dir so viel Liebe und Zuversicht geben, wie ich es vermag, und dir sagen: Lass nicht das, was vergangen ist, dein Herz noch länger quälen.

Morgens im Haus Bewerunge in Braderup

»Meine Eltern haben dir Essen gekocht für die nächsten Tage«, sagte das junge Mädchen. Benthien fiel auf, dass sie leicht zusammenzuckte, als sie ihn und Lilly erblickte. »Ein Gemüseauflauf, mit Käse überbacken. Meinst du, du kannst das vertragen?«

Anne lächelte beruhigend. »Das ist lieb von deinen Eltern, sag ihnen bitte herzlichen Dank!« Dann stellte sie das Mädchen, das etwa in Julias Alter war, als Jeanette Debus vor. »Jeanette ist eine Freundin von Julia«, erklärte sie. »Sie kennen sich, seit sie zusammen hier in einem Hotel gekellnert haben.«

Dem Mädchen traten die Tränen in die Augen. »Ich kann es nicht fassen, dass Julia tot ist«, sagte sie leise.

»Setz dich, ich bringe eben das Essen in den Kühlschrank.« Anne verschwand in der Küche.

Benthien, der schon von Berufs wegen eine scharfe Beobachtungsgabe hatte, ohne sich das jedoch anmerken zu lassen, fiel auf, dass Jeanette sich unwohl fühlte und nur widerwillig auf dem Sofa Platz nahm. Das konnte daran liegen, dass sie entweder sehr schüchtern war oder dass sie etwas zu verbergen hatte. Teilte sie etwa ein Geheimnis mit ihrer Freundin Julia? Am liebsten wäre sie wohl sofort wieder gegangen.

Auch sie war hübsch und glich Julia ein bisschen mit ihren langen dunklen Haaren, den haselnussbraunen Augen und einer zierlichen Nase, die seine Mutter als Himmelfahrtsnase bezeichnet hätte, aber Julia hatte mehr Charisma gehabt. Jeanettes Charme wirkte alltäglicher, sie war eher der berühmte Typ zum Pferdestehlen.

»Wissen Sie, warum Ihre Freundin nach Flensburg gefahren ist?«, fragte Lilly, doch das Mädchen schien genauso wenig eine Ahnung zu haben wie Anne Bewerunge.

Benthien beugte sich vor und sagte mit unterdrückter Stimme: »Ich nehme an, Sie wissen besser über Julias Leben und ihre Freunde Bescheid als ihre Mutter. Können Sie sich vorstellen, dass es da jemanden gibt, der ihr den Tod wünschte?«

Dem Mädchen schoss eine unnatürliche Röte ins Gesicht. Sie zögerte etwas, doch dann schüttelte sie den Kopf. »Alle mochten Julia«, sagte sie ausweichend.

Anne Bewerunge kehrte ins Zimmer zurück. Sie brachte ein Körbchen mit Pralinen mit und stellte sie auf den Tisch. »Bitte greifen Sie zu, wenn Sie mögen«, forderte sie ihre Besucher auf. Die Arbeit mit den Pralinen – oder der Besuch der Polizei – schien sie doch sehr mitgenommen zu haben, denn sie war blasser als vorhin und schloss für kurze Zeit die Augen, nachdem sie sich in einen Sessel gesetzt hatte. Lilly stellte ihr dieselbe Frage, doch auch Anne konnte sich niemanden vorstellen, der Julia etwas Böses wollte.

»Mein Gott, sie war ein junges Mädchen, sie hatte keine Feinde. Sie war jung und wollte sich amüsieren, aber sie war doch ganz unschuldig.« Sie griff nach einer Praline.

Benthien überlegte kurz, ob er Anne nach der Beziehung fragen sollte, die Julia, den Gerüchten zufolge, mit ihrem Mann unterhalten hatte, entschied sich aber dagegen. Sie schien ihm nicht stabil genug dafür zu sein, weder körperlich noch seelisch.

»Wie war denn eigentlich das Verhältnis Ihres Mannes zu Julia?«, fragte Lilly, begriff aber, als Benthien ihr einen Blick zuschoss, dass dieses Thema vorerst nicht zur Sprache kommen sollte.

Doch Anne schien ganz arglos zu sein. »Sehr gut«, sagte sie unbefangen. »Hauke mochte sie, aber er sah sich natürlich nicht als ihren Vater an, eher als einen guten Freund. Julia warf ihm manchmal vor, dass er zu viel flirtete.« Sie lächelte versonnen, wie jemand, der ein kleines, aber unbedeutendes Geheimnis hütet. »Sie haben ihn ja gesehen ... er ist recht attraktiv und kann Frauen den Kopf verdrehen. Julia hat ihm das übel genommen, war manchmal sogar ein klein wenig eifersüchtig. Aber sie hat schnell gemerkt, dass Hauke seine Flirts eher sportlich sieht und rasch wieder zur Vernunft kommt.«

Lilly betrachtete interessiert Jeanettes errötendes Gesicht und notierte sich ihren Eindruck für später. Sie wandte sich an Anne. »Man murmelt auch, dass Ihr Mann wieder Interesse an Ihnen zeigt«, sagte Lilly, um vom Thema Julia abzulenken. »Sind Sie eigentlich geschieden? – Tut mir leid, dass wir so indiskret sein müssen, aber solche Fragen gehören nun mal zu den Ermittlungen dazu.« Auch sie griff sich eine Trüffelpraline und steckte sie in den Mund.

»Wir sind nicht geschieden«, sagte Anne bereitwillig. »Dass Hauke zu mir zurückkommen will, stimmt. Er hat ein bisschen seine Freiheit gekostet, und jetzt will er wieder nach Hause zurück.« Sie seufzte. »So ist er nun mal. Fast wie ein großes Kind, er will spielen. Ich habe im Lauf der Zeit gelernt, das alles nicht mehr so ernst zu nehmen.«

Jeanette, die der Unterhaltung schweigend gefolgt war und nun unbewegt vor sich hin starrte, stand auf und wollte sich verabschieden. »Warte«, sagte Anne und verschwand wieder in der Küche. Als sie zurückkam, trug sie vier kleine, mit Ostermotiven bedruckte Papiertüten. Sie waren bis zum Rand mit kugelähnlichen Gebilden gefüllt, die alle in Goldfolie eingepackt waren. Selbst gemachte Pralinen, vermutete Benthien. Eine der Tüten gab sie dem Mädchen, die anderen drückte sie Benthien in die Hand. »Für Sie beide und Ihren Kollegen von gestern, eine kleine Aufmerksamkeit des Hauses«, versuchte sie zu scherzen, konnte aber nicht verhindern, dass ihr die Stimme dabei wegbrach. »Julia hat in den letzten Wochen, im Hinblick auf Ostern, einen kleinen Vorrat gemacht. Es ist sozusagen eine Erinnerung an sie.« Anne umarmte Jeanette und versicherte ihr, sie würde während des Osterfeuers an sie denken.

»Dann findest du es nicht schlimm, dass ich hingehe? Willst du nicht vielleicht mitkommen? Julia würde es bestimmt romantisch finden, wenn wir in den Dünen sitzen, ins Feuer starren und uns dabei an sie erinnern.«

»Wenn es mir besser ginge gern«, sagte Anne und lächelte unter Tränen. »Aber geh du nur, du hast ja recht. Julia mochte keine Trauerklöße.«

»Wir kommen nachher noch bei Ihnen vorbei«, kündigte Benthien an und schrieb sich Jeanette Debus' Adresse auf. Er stellte die Tüten auf dem Wohnzimmertisch ab. »Wir würden uns gern Julias Zimmer ansehen und ihren Computer mitnehmen. Ginge das?«, fragte er sehr höflich, nachdem das Mädchen gegangen war.

Anne nickte und wies auf den Flur. »Die Treppe hoch, das erste Zimmer rechts. Ich warte hier auf Sie.«

Julias Zimmer war ein typisches Mädchenzimmer, abgesehen von einem pompösen, mit Schnitzereien verzierten Schrank. Vielleicht ein Erbstück der Familie? Sie hatte Spiegel aufgehängt, viele Fotos, auf denen meist sie selbst und eine Freundesclique vor mediterranem Hintergrund zu sehen waren. Neben dem Bett gab es einen opulent bestückten Kosmetiktisch und einen kleinen Schreibtisch mit einem zugeklappten Laptop darauf, den sich Benthien unter den Arm klemmte.

»Da liegt ja auch ihr Handy«, sagte Lilly erstaunt und steckte es ein. »Welches junge Mädchen lässt denn sein Handy zurück, wenn es aus dem Haus geht?«

»Ich weiß nicht«, erklang Annes Stimme von der Tür her, »was Julia überhaupt mitgenommen hat. Ihr Rucksack ist noch da, ihre Lieblingshandtasche, ihre Wildlederstiefel, ihre beiden Outdoor-Jacken.«

Lilly war bereits dabei, den Rucksack und die Handtasche zu untersuchen, und wurde fündig. Sie zog ein abgegriffenes Portemonnaie mit einem Design von roten Rosen heraus, in dem sich ein Fünfzig-Euro-Schein, Kleingeld und ein Personalausweis befanden. Und vier Fotos von Hauke und Julia, auf denen sie herumalberten und sich küssten, aufgenommen in einer Fotokabine in Westerland. Das Datum war der 2. April dieses Jahres, also nur zwei Wochen bevor Julia verschwand.

Anne riss die Augen auf, als sie den Fotostreifen sah, und nahm ihn zitternd in die Hand. Benthien wusste nicht so recht, worüber sie mehr entsetzt war ... über die Tatsache, dass Julia möglicherweise nicht freiwillig das Haus verlassen hatte, oder weil sie hier zum ersten Mal von der Beziehung ihres Mannes zu Julia erfuhr.

Kaum saßen Benthien und Lilly im Auto, als die Rechtsmedizinerin anrief. Benthien stellte das Handy laut, damit Lilly mithören konnte.

»Noch ein paar ergänzende Informationen zu gestern. Ich kann jetzt sagen, dass das Mädchen seit ungefähr vier Tagen tot ist, plus/minus etwa zehn Stunden. Die Bestimmung des Todeszeitpunktes ist schwierig, da mir die Körperkerntemperatur aufgrund der Tatsache, dass die Leiche so lang im kalten Wasser lag, nicht viel hilft. Genau aus diesem Grund gibt es auch keine Insektenbesiedelung, die man sonst zur Todeszeitbestimmung hinzuziehen könnte. Aber ich habe dennoch etwas für Sie: Das Mädchen hatte Nahrungsmittel aus dem China-Restaurant im Magen, die noch nicht ganz verdaut waren, Nudeln, Sojasoße, Rindfleischstreifen, bestimmte charakteristische Gewürze ...«

Benthien war erfreut. »Das ist ein guter Anhaltspunkt!«

»Ja, das dachte ich mir.« Er hörte an ihrer Stimme, dass sie lächelte. »Zu den Schnitten gibt es auch noch etwas zu sagen. Ich weiß jetzt, dass sie sich diese nicht selbst beigebracht hat, das sieht man an der Verteilung. Und es muss auch ein dickes, stabiles Glas gewesen sein, von einem Fenster oder einer Glastür. Das Tragische ist, dass sie an einem besonders tiefen Schnitt, der die Aorta im Bauchbereich durchtrennt hat, innerhalb kürzester Zeit verblutet ist. Das war die Todesursache.«

»Aber hätte es nicht auch ein Unfall sein können?«

»Sie hat Hämatome an beiden Oberarmen, als hätte sie jemand dort festgehalten, und sie hat diese Kopfwunde, die zwar nicht tödlich war, aber nach der Hutkrempenregel auch nicht von einem Unfall herrühren kann«, erklärte die Rechtsmedizinerin.

»Was ist mit DNA-Spuren? Anhaftungen unter den Fingernägeln?«

»Nein, gar nichts, tut mir leid.«

»War das Mädchen schwanger?«, schaltete sich Lilly ein.

Nachdem die Rechtsmedizinerin versichert hatte, dass das nicht der Fall war, beendeten sie das Gespräch.

»Gute Frage«, lobte Benthien. Gerade wollte er den Wagen starten, als Fitzen anrief und ihnen mitteilte, dass Matteo Biondi, Julias Exfreund und Stalker, möglicherweise noch auf der Insel war. »Er war derjenige, der vor dem Haus randaliert hat«, erklärte er. »Und wisst ihr was? Väterchen Biondi, der nicht ganz arm ist, besitzt eine kleine Hütte auf Sylt. In Kampen. Und dort wohnt Sohnemann derzeit! Ist das nicht ein herzallerliebster Zufall?«

Seine Stimme bettelte geradezu, deshalb tat ihm Benthien den Gefallen. »Also gut, Tommy. Nimm den Wagen meines Vaters und fahr zu diesem Biondi! Aber melde dich dann! Wir befragen jetzt gleich eine Freundin von Julia.«

»Aber vorher haben wir noch ein paar weitere Fragen an Anne, oder sehe ich das falsch?«, sagte Lilly und machte Anstalten, wieder auszusteigen.

»Zwei Köpfe, ein Gedanke«, erwiderte Benthien und lächelte Lilly an. »Mit dir macht Polizeiarbeit einfach Spaß, Lilly!«

»Aber ich hatte diesen Vorfall völlig vergessen!«, sagte Anne Bewerunge verwirrt. »Das ist doch schon ein paar Wochen her!«

Sie war nass und trug nur einen lose umgehängten Bademantel, der ihr von den Schultern zu rutschen drohte und enthüllte, wie abgemagert sie war. Wassertropfen glänzten auf ihrer Haut. »Finden Sie es auch so warm hier drin?«, fragte sie stöhnend. Sie griff nach einer Wasserflasche, setzte sie an den Mund und trank die halbe Flasche leer. Dann warf sie sich in einen Sessel. »Was wollten Sie noch mal von mir?«

Lilly war über diesen plötzlichen Umschwung verwundert und fing an, sich Sorgen zu machen. Hatte die Frau getrunken, und inzwischen zeigte sich die Wirkung? Die Entdeckung, wie nahe sich Julia und Annes Mann Hauke wirklich gestanden hatten, musste ein Schock für sie gewesen sein. »Frau Bewerunge, ist Ihnen nicht gut? Sollen wir einen Arzt rufen? Sie sehen aus, als ob Sie Fieber hätten.«

Anne Bewerunge fing an zu lachen. »Mir geht's gut. Hey, es ist Ostern, und es gibt viele bunte Eier. Und ein Hase steht vor der Tür.« Sie deutete mit weit ausholender Geste auf den bemalten Hasen vor der Terrassentür. Dann runzelte sie die Stirn. »Wollten Sie mich nicht irgendwas fragen, oder weshalb sind Sie hier?«

»Matteo Biondi«, sagte Benthien und betrachtete sie aufmerksam, »sagt Ihnen der Name etwas?«

»Ja, das war doch der Idiot, der kürzlich bei uns Rabatz gemacht hat. Meine Tochter hat dann die Polizei gerufen.«

»Er war auch derjenige, der vor ein paar Jahren Nacktbilder von Julia ins Netz gestellt hat.«

»Stimmt, das war derselbe Matteo Biondi.« Anne fing an

zu lachen. »Aber Julia hat's ihm gegeben. Wussten Sie, dass sie ihn rausgeschmissen haben? Er wird die heiligen Hallen von Harvard in seinem Leben nicht mehr von innen sehen. Und das geschieht ihm recht.« Wieder lachte sie, doch dann hielt sie plötzlich die Hand vor den Mund und würgte.

Lilly griff geistesgegenwärtig nach der Schale mit den Pralinen, leerte sie aus und hielt sie Anne Bewerunge hin, die einen Teil ihres Mageninhaltes würgend und hustend von sich gab. Gerade als sie die Schale erschöpft auf den Boden stellte, wiederholte sich die Szene vom Vortag: Die Haustür wurde geöffnet, und Hauke Bewerunge trat ins Zimmer. Erschrocken eilte er zu seiner Frau. »Anne! Was ist los mit dir?«

Anne lächelte verzerrt. »Ich denke, ich habe zu viel Süßkram gegessen. Das verträgt mein Magen noch nicht. Mein Gott, ist mir heiß und schlecht!« Sie blinzelte, und Tränen liefen über ihre Wangen. »Bleibst du jetzt bei mir, Hauke?«

»Natürlich, Liebling.« Hilflos sah der Mann die beiden Polizeibeamten an. »Können Sie mir sagen, was passiert ist?«

Benthien stand auf. »Wir sind selbst erst seit ein paar Minuten hier. Vorhin ging es Ihrer Frau noch einigermaßen gut. Ich rate Ihnen dringend, einen Arzt zu rufen.« Er wandte sich an Anne. »Wir wollen Sie jetzt nicht länger belästigen, Frau Bewerunge. Aber tun Sie mir den Gefallen, und lassen Sie sich untersuchen.«

Anne blickte zu ihm hoch und lächelte unter Tränen. »Wenn ich Sie nur schon vor zehn Jahren getroffen hätte! Aber wissen Sie was? Sie sollten Ihre Haare nicht rot tragen, Herr Hauptkommissar! Und dazu gelbe Socken! Dunkel passt viel besser zu Ihren blauen Augen.«

Lilly war wie erschlagen, als sie wieder im Auto saßen.

»Was war denn das eben? Weder hast du rote Haare noch gelbe Socken an! Sollte das ein Witz sein?«

»Hast du ihre Augen gesehen, Lilly? Die Pupillen? Sie waren ganz weit und starr. Weißt du was? Ich rufe jetzt den Rettungswagen. Wer weiß, ob Bewerunge das tut, ich denke eher nicht. Aber sie muss dringend ins Krankenhaus, anders kann ich das nicht verantworten.«

In Keitum

Zu Lillys Erstaunen wohnte Jeanette Debus in Keitum in einem schönen Reetdachhaus mit Blick über Heideland. Wie sich herausstellte, gehörte eine Doppelhaushälfte ihren Eltern, die etliche Ferienobjekte betreuten. Sie wohnten im Erdgeschoss und hatten ihrer Tochter ein kleines Apartment im Dachgeschoss überlassen.

»Arbeiten Sie für Ihre Eltern?«, wollte Lilly wissen, als Jeanette sie in ihr kleines Zimmer führte, das einfach eingerichtet war und in dem sie offensichtlich auch schlief.

»Oh nein, das würde nicht gut gehen«, wehrte das Mädchen ab. »Ich mache eine Ausbildung zur Hotelfachfrau in einem Hotel in Westerland. Dort haben Julia und ich uns auch kennengelernt.«

Benthien und Lilly setzten sich auf ein kleines Zweisitzersofa, Jeanette nahm auf einem Futon Platz, der übersät war mit Kleidungsstücken. Obwohl sie im Schneidersitz scheinbar entspannt vor ihnen saß und ihre Hände locker auf den Knien ruhten, kam sie Lilly nervös vor.

Benthien stellte gleich seine wichtigste Frage. »Haben Sie Julia am Montag, dem 17. April, gesehen?«

Jeanette musste nicht lange überlegen. »An dem Tag hatte ich frei. Julia war bei ihrer Mutter in der Klinik, dort habe ich sie wie verabredet mit dem Auto abgeholt, dann sind wir nach Westerland gefahren. Wir wollten ein bisschen shoppen gehen. Allerdings war Julia in einer seltsamen Stimmung, sehr angespannt und aggressiv.«

»Wissen Sie, warum?«, fragte Lilly.

»Nein, nicht wirklich. Sie hat nur ein paar Andeutungen gemacht. Dass jetzt jemand kriegen wird, was er verdient. Dass sie hinters Licht geführt wurde. So was eben. Ich habe sie natürlich gefragt, aber mehr hat sie nicht verraten.«

»Und Sie haben keine Ahnung, wen sie gemeint haben könnte?«, wollte Benthien wissen.

Jeanette schüttelte den Kopf. »Julia war nicht besonders zum Reden aufgelegt. Manchmal gab sie sich gerne geheimnisvoll.«

»Haben Sie in der Stadt etwas gegessen?«, fragte Lilly gespannt.

»Nein. Oder doch, ein Eis, aber so auf die Hand.« Jeanette runzelte die Stirn. »Ist das wichtig?«

»Sie haben nicht chinesisch gegessen? Denken Sie nach«, drängte Benthien, »das könnte uns weiterhelfen.«

Jeanette riss die Augen auf. »Wir mussten unsere Einkaufstour abbrechen, weil es Julia nicht so gut ging. Ihr wäre schwindlig, alles würde vor ihren Augen verschwimmen, sagte sie. Und obwohl ihr schlecht war, hatte sie Hunger. Sie haben recht, Julia wollte unbedingt was vom Chinesen kaufen, und das haben wir dann auch getan und es mit nach Hause genommen. Also nach Braderup, meine ich. Julia hat ein bisschen davon gegessen, aber danach war ihr wieder übel, und sie hat sich aufs Sofa gelegt und nur noch gestöhnt. Ich bin dann gegangen … ich meine, sie wollte, dass ich gehe«, verteidigte sie sich, »sonst wäre ich natürlich geblieben.«

»Wie spät war es da?«, wollte Lilly wissen.

»Kurz nach sechs, glaube ich. Danach habe ich sie nicht mehr wiedergesehen. Aber ich habe sie mehrmals am Abend angerufen, gegen sieben Uhr, eine Stunde später und zuletzt gegen zehn, doch sie ging nicht ans Handy, und übers Festnetz habe ich sie auch nicht erreicht.«

»Und Sie haben nicht nach ihr geschaut?«, forschte Lilly.

»Ich musste am Abend arbeiten!«, brauste das Mädchen auf und warf die langen braunen Haare mit Schwung auf den Rücken. »Am Dienstag war ich den ganzen Tag im Hotel, aber gegen Abend bin ich nach Braderup gefahren, weil ich Julia immer noch nicht erreichen konnte. Das Haus war dunkel, und niemand war da. Was hätte ich da machen sollen?«

»Eine Vermisstenanzeige aufgeben?«

»Aber ... aber das konnte ich doch nicht«, stotterte Jeanette. »Das hätte Anne machen müssen. Julia hätte ja bei Freunden sein können, dann hätte sie mich gelyncht, wenn ...«

»Bei welchen Freunden?«, fragte Benthien.

Jeanette wurde rot. »Ich weiß es nicht. Vielleicht hatte Julia ja Freunde, von denen ich nichts gewusst habe.«

»Hauke Bewerunge zum Beispiel?«

Auf ihrem Hals bildeten sich rote Flecken. »Hauke? Wieso Hauke?«, stotterte sie.

Benthien und Lilly tauschten einen Blick aus. »Julia hatte eine Affäre mit Hauke Bewerunge«, sagte Lilly. »Das müssten Sie als ihre Freundin doch wissen.«

»Aber das war doch längst beendet! Die hatten keine Affäre mehr!«

Jeanette sprang auf, ging zum Kühlschrank in ihrer kleinen Einbauküche und holte eine Cola-Flasche heraus, aus der sie hastig ein paar Schlucke trank.

»Kennen Sie Hauke Bewerunge gut?«, fragte Benthien freundlich.

Das Mädchen lief erneut rot an. »Ich weiß nicht, was Sie meinen. Natürlich kenne ich ihn, so wie ich auch Anne kenne. Sie haben uns öfters mal zu Ausflügen mitgenommen oder wenn sie aufs Festland fuhren. Auch mal nach Wacken, da wollte Julia unbedingt hin. – Können Sie jetzt gehen? Ich muss gleich weg, ich bin mit Freunden verabredet.«

»Ja, zum Osterfeuer in Hörnum«, sagte Benthien, »das wissen wir. Aber wir sind hier noch nicht ganz fertig, wir haben noch ein paar Fragen an Sie.« Er musterte Jeanette mit einem intensiven Blick. Lilly musste daran denken, dass eine Zeugin mal gesagt hatte, dass Benthiens Blick, aus blauen Augen abgeschossen, mit der Schärfe eines Diamanten in jeden Gedanken, jede Fantasie, jede Träumerei einschneiden konnte wie ein Messer durch Butter ... und einem das unheimliche Gefühl geben würde, er könnte in einem lesen wie in einem offenen Buch.

Auch das Mädchen fühlte sich unwohl unter diesem Blick, was sicherlich beabsichtigt war.

»Matteo Biondi«, sagte Benthien und machte eine Pause. Jeanette drehte eine Haarsträhne um ihren Finger und sah weg, zupfte an der Decke des Futons herum. »Kennen Sie ihn? – Und sagen Sie jetzt nicht Nein!«

Jeanette, die gerade den Kopf hatte schütteln wollen, hielt mitten in der Bewegung inne. »Er ist ... war ... der Typ, der Julia belästigt hat, ihr Ex. Julia hat mir davon erzählt. Er war auf ihrer Schule.«

»Aber Sie wissen schon, dass er jetzt auf Sylt lebt?«

Man konnte es dem Mädchen ansehen, dass sie dem Thema »Matteo« am liebsten aus dem Weg gegangen wäre, doch nach Benthiens strengem Blick traute sie sich nicht. So sagte sie gar nichts, sondern ließ nur den Kopf hängen, um niemanden ansehen zu müssen.

»Irgendeine Beziehung zwischen Julia und Matteo muss es auch hier auf Sylt gegeben haben«, beharrte Benthien, »und wir glauben, dass Sie davon wissen. Jeanette! Wollen Sie uns nicht dazu etwas sagen? Es wäre doch sicher auch im Interesse Ihrer Freundin!«

»Glauben Sie, *er* hat sie getötet?«, fragte Jeanette mit so leiser Stimme, dass man sie fast nicht verstehen konnte. Wieder riss sie an ihren Haaren. Das Mädchen schien schwer geschockt zu sein, und Lilly fragte sich, warum. Die Geschichte, die sie nun erzählte, gab keine rechte Erklärung für ihr Verhalten ab. Danach waren sie und Julia auf der Terrasse eines Bistros in der Friedrichstraße von Matteo angesprochen worden. Er war überrascht, Julia zu sehen, zeigte aber keinerlei Aggressionen. Im Gegenteil. »Er hat sich bei ihr entschuldigt«, fuhr Jeanette mit ihrer leisen Stimme fort. »Er sagte, es tue ihm leid, was er getan habe, aber er sei damals eben sehr verletzt gewesen, weil Julia plötzlich nichts mehr von ihm wissen wollte. Und außerdem jung und dumm. Und ob sie ihm verzeihen könne. Julia wusste gar nicht, was sie sagen sollte. Er war auf einmal so *nett*, nachdem sie ihn jahrelang nicht gesehen hatte!«

»Glauben Sie, das war echt?«, fragte Lilly.

»Damals, letzten Sommer, glaubte ich das schon«, sagte Jeanette und schniefte. »Er war so total überrascht, Julia plötzlich in Westerland zu sehen, also wenn das gespielt war, hat er einen Oscar verdient! Er wirkte auch viel netter als damals in der Schule, hat mir Julia erzählt, viel reifer und nicht so arrogant.«

»Und wie ging es weiter?«, fragte Lilly.

»Wir haben uns unterhalten. Matteo hat uns ganz stolz erzählt, dass er bald auf eine Elite-Uni in den USA gehe und dass er gute Chancen habe, da angenommen zu werden. Julia war zuerst sehr zurückhaltend, aber dann taute sie plötzlich auf. Ich war ganz erstaunt, als die beiden sich für einen Clubabend verabredeten.« Jeanette wirkte angespannt, sprach nicht weiter, doch dann wiederholte sie ihre Frage von eben: »Glauben Sie, Matteo hat Julia getötet?«

»Hatte er denn einen Grund dafür?«, fragte Benthien.

Das Mädchen zögerte; Lilly hatte den Eindruck, dass etwas in Jeanette arbeitete, das herauswollte. Aber noch war sie nicht bereit dafür. Hing sie etwa mit drin?

»Julia hat es nicht ernst gemeint«, bekannte sie dann. »Also mit Matteo. Sie hat nur so freundlich getan, weil … ja, weil sie ihn reinlegen wollte. Sie wollte sich für alles rächen, dafür, dass er sie vor aller Welt bloßgestellt hatte, dass sie die Schule verlassen musste, dafür, dass sie in der neuen Schule nicht zurechtgekommen und weggelaufen war, eben für ihr ganzes verpfuschtes Leben. Jedenfalls hat sie das so gesagt.«

»Und was hat sie getan?«, fragte Benthien, und Lilly hielt den Atem an.

»Sie sagte, sie würde jetzt ihm sein Leben verpfuschen, Auge um Auge, Zahn um Zahn. Dafür hat sie sich wieder mit ihm eingelassen oder jedenfalls so getan, als wollte sie das. Sie hat ihn zu sich nach Hause eingeladen, und da gab es eine versteckte Kamera. Die hat sie Anne irgendwie abgeluchst, ich glaube, unter einem Vorwand. Sie hat sich ausgezogen, und Matteo hat sich ausgezogen, und sie haben rumposiert und rumgealbert, bis Julia dachte, dass sie jetzt genug Material habe. Dann hat sie ihm erzählt, dass ihre Mutter gleich käme und er jetzt gehen müsse. Sie hat ihn einfach rausgeschmissen. Matteo war natürlich stinksauer, besonders weil Julia danach für ihn nicht mehr zu sprechen war. Aber bis dahin hatte er noch nicht geschnallt, was sie wirklich mit ihm vorhatte.«

Lilly klopfte das Herz. »Und was hatte sie mit ihm vor?«

Kampen, am Nachmittag

»Und wissen Sie, was sie damit vorhatte, diese elende Bitch?«

Matteo Biondi, ein athletisch gebauter junger Mann mit lockigem Haar und einer Stupsnase in einem ansonsten hübschen, aber ziemlich weichlichen Gesicht, stapfte wütend durch das großzügig geschnittene Zimmer mit den zimtfarbenen Ledermöbeln. »Sie wollte mir die Karriere verderben, sie wollte mein Leben ruinieren! Die Harvard University in Massachusetts! Schon mal davon gehört? Eine Elite-Uni, die beste der Welt! Kennedy, die Obamas, Bill Gates, Mark Zuckerberg, die haben alle dort studiert!«

»Und jetzt beinahe auch Sie«, warf Fitzen ein, der bequem auf einem der breiten Sofas saß, ein Bein auf dem Knie des anderen, einen Notizblock in der Hand. Er betrachtete gelassen den wütenden jungen Mann, der noch immer durchs Zimmer stapfte.

»Wieso beinahe?«, fuhr ihn dieser an. Unbewusst hob er sein T-Shirt und kratzte sich an seinem Sixpack. »Nächste Woche fahre ich zu einem Vorstellungsgespräch nach Boston. Wissen Sie, dass nur die aussichtsreichsten Bewerber dazu eingeladen werden? Wissen Sie, dass sich fast 40.000 Studenten jedes Jahr bewerben, und gerade mal knapp 2000 werden genommen? Wissen Sie, dass man eine Abinote mit einer Eins vor dem Komma haben muss und dass man Tests ohne Ende durchläuft und dass das ganze Bewerbungsverfahren fast ein Dreivierteljahr dauert? Und glauben Sie, das alles lasse ich mir von einer solchen Bitch kaputt machen?« Er fing an zu schwitzen. »Wissen Sie, dass sie meine Nacktfotos direkt an das Sekretariat der Uni geschickt hat? Eine Woche später, im März, haben sie die Einladung an mich verschickt! Okay, ich habe auch Mist gebaut, damals, aber das war doch harmlos! Ich meine, wer regt sich denn heute noch über einen nackten Körper auf?«

»Die Harvard-Leute vielleicht?«

»Nein, eben nicht! Sonst hätten sie mich doch nicht zu einem Gespräch eingeladen.«

»Auf jeden Fall qualifiziert Sie alles, was Sie mir gerade erzählt haben, dazu, als Mörder von Julia Rixen ins Rennen zu gehen«, sagte Fitzen in aller Gemütsruhe. »Deshalb sagen Sie mir jetzt, wo Sie am Montagabend waren!«

»Hier, zu Hause. Ich habe gelernt. Wenn man auf eine Ivy-League-Uni will, hat man wenig Freizeit.«

»Ich nehme an, Sie waren alleine hier?«

»Ja. Sind Sie jetzt fertig?«

»Nein. Warum haben Sie abends vor Julias Haus randaliert?«

Der Junge baute sich vor Fitzen auf. »Weil sie mir an diesem Tag eine E-Mail mit meinen Nacktfotos und der Meldung geschickt hat, dass sie die Fotos nach Harvard gesendet habe. Wären Sie da nicht auch ausgerastet? Aber dann kam, wie ich schon sagte, die Einladung, und da war die Sache für mich gegessen. Ich hatte überhaupt kein Motiv, diese blöde Kuh zu ermorden. Und meinen Sie, ich bin so dumm und versaue mir die Zukunft?« Immer noch wütend griff er in eine Schüssel mit Ostereiern, pellte eins aus dem Papier und warf es sich in den Mund, als sein Handy klingelte. »Mein Vater«, sagte er und ging in den Flur.

Fitzen stellte fest, dass Matteos Stimme jetzt ganz anders klang, beherrscht und verbindlich, wie jemand, der sich alle Mühe gibt, als Papis braver Sohn durchzugehen.

Er stand auf und schlenderte durchs Zimmer, das mit Antiquitäten und syltweißen Massivholzmöbeln eingerichtet war. An den Wänden hingen wertvolle Lithografien, und durchs Fenster grüßte aus der Ferne der weiß-schwarze Leuchtturm von Kampen. Fitzen hatte früher selbst auf Sylt gewohnt und seine Kindheit auf der Insel verbracht. Seitdem träumte er von einem kleinen, bescheidenen Ferienhäuschen oder einer Wohnung auf der Insel. Aber dazu, dachte er resigniert, musste er wohl erst im Lotto gewinnen. Und ein Haus wie dieses, noch dazu mit einem gelben Porsche vor der Tür, der vermutlich Papa Biondi gehörte, würde er sich in hundert Jahren nicht leisten können.

Ein Stapel Post fiel ihm ins Auge, der auf einem Sekretär lag. Als er näher hinsah, entdeckte er einen Brief der Harvard Universität, der erst kürzlich gekommen war; das Absendedatum war der 12. April. Der Umschlag war noch ungeöffnet. Hatte Matteo Angst vor dem Inhalt, Angst davor, die Universität könnte seine Bewerbung nun doch noch abschlägig bescheiden? Wenn man mit etwa fünf Tagen Versandzeit rechnete, konnte der Brief kurz vor Julias mutmaßlichem Todestag eingetroffen sein. Hatte der Junge geahnt, was darin stand? Hatte ihn das so wütend gemacht, dass …

Matteo kam wieder ins Zimmer. »Ist sonst noch was?«, fragte er in einem Ton, der verriet, dass der verbindlich-devote Sohnemann wieder in die Rolle des großspurig-aggressiven Porschefahrers geschlüpft war.

Fitzen drückte ihm den Briefumschlag in die Hand. »Ich an deiner Stelle würde ihn aufmachen«, empfahl er. »Ach ja, und noch was: Ohne unsere Erlaubnis fährst du nirgendwohin. Auch nicht nach Amerika. Ansonsten fahnden wir nach dir und benachrichtigen deine Eltern. Ciao!«

Matteos Gesicht verzerrte sich. Ob vor Wut oder weil er sein Weinen unterdrücken wollte, war Fitzen nicht ganz klar.

Im Friesenhaus in Mellhörn/List

Als Fitzen im Friesenhaus ankam, hörte er zu seiner Verwunderung, gleich nachdem er geklingelt hatte, jemanden zur Tür rennen. Ben war zwar noch sportlich für sein Alter, aber dass er durchs Haus spurtete, hatte er noch nie erlebt. Jemand riss die Tür auf, und seine kleine Tochter Jenny fiel Fitzen in die Arme. Hinter ihr erschienen Katharinas dunkler Haarschopf und Karins kupferfarbene Locken. Auch Celina, Karins Teenagertochter, kam herbei, um ihn zu begrüßen. Tommy freute sich, dachte aber auch, dass es nun ziemlich eng werden würde im Friesenhaus.

Zuerst einmal gab es eine Diskussion mit Ben, wer wo schlafen würde, denn Ben lehnte Tommys Vorschlag, nun doch ins Hotel zu ziehen, kategorisch ab.

»Es wird eng werden mit dem Badezimmer!«, wandte Fitzen ein, doch auch das ließ Ben nicht gelten.

»Waschen sich eben ein oder zwei Leutchen im Gästeklo unten«, sagte er, »früher hat man auch nicht jeden Tag geduscht.«

Katharina, die Anästhesistin war, lachte. »Da hast du wirklich recht, Duschen wird überbewertet.«

Und wieder gab es ein großes Hallo, als kurz nach Fitzen auch Benthien und Lilly eintrafen. Allerdings machte Karin ein saures Gesicht, als Benthien nach der Begrüßung gleich eine kleine Arbeitskonferenz einberief. »Kannst du nicht einmal deinen Beruf hintenanstellen?«, fragte sie, was Benthien nur mit einer Grimasse beantwortete.

Fitzen war es natürlich recht, die neuesten Informationen

auszutauschen. Für ihn war völlig klar, dass die Frauen, wenn sie länger bleiben würden, sich darauf einrichten müssten, auch über Ostern nur die zweite Geige zu spielen. Das wäre sogar an Weihnachten so, wenn ihnen da ein Mord in die Quere käme, daran musste sich die Familie eines Polizisten eben gewöhnen. Mit schlechtem Gewissen dachte er an Ulli. Er hatte sie einige Monate zuvor kennengelernt, und selbst sein alter Freund John wusste nicht, dass er sich inzwischen fast schon regelmäßig mit ihr traf. Dabei wollte sich Tommy keineswegs von Katharina trennen und womöglich seine kleine Tochter nur noch alle paar Wochen sehen. Aber er war es leid, ihre ständigen Vorwürfe zu hören, dass er nicht mehr Zeit für die Familie habe. Da war Ulli pflegeleichter; sie freute sich schon, ihn überhaupt zu sehen.

»He, Papa«, Jenny stupste ihn an, »was sagst du dazu? Wir gehen heute Abend zum Osterfeuer! Ist das nicht toll? Und ich darf ganz lange aufbleiben, bis es dunkel wird! Ich habe noch nie ein Osterfeuer gesehen.« Ihr Gesicht strahlte, und Tommy wurde es warm ums Herz. Da hatte John doch mal eine gute Idee gehabt. Was ihn ebenfalls freute, war die Bescheidenheit seiner kleinen Tochter. Sie lebte für den Augenblick, war auch mit kleinen Dingen glücklich und lamentierte nicht darüber, dass sie morgen Nachmittag schon wieder nach Hause fahren würde. Er beugte sich zu ihr hinunter. »Und du kriegst ein Eis, versprochen!«

Als ihm nun auch Katharina ein strahlendes Lächeln schenkte, fühlte er sich eins mit der Welt und beschloss, seine Beziehung zu Ulli doch noch einmal zu überdenken. Wieder mal. Aber eine intakte, gewachsene Familie, sagte sich Fitzen, war es allemal wert. Zumal John und Karin angefangen hatten zu streiten. Karin wollte unbedingt, dass John bis Dienstag mit nach Hause kommen sollte, damit sie auch dort noch einen schönen Ostertag verbringen konnten. Dass das nicht möglich war, wollte sie nicht einsehen. Und Karin, wusste Fitzen, konnte argumentieren, bis der Arzt kam. Nein, er bedauerte John wirklich nicht, der dem Streit einfach dadurch ein Ende machte, dass er Lilly und Fitzen zum Briefing in das kleine Arbeitszimmer seines Vaters winkte und die Tür hinter ihnen nachdrücklich schloss.

Abends in Hörnum

Nachdem Benthien, in dessen Wagen Lilly zusammen mit Karin und Celina nach Hörnum fuhr, endlich einen Parkplatz entdeckt hatte, fanden sie sich am Treffpunkt der Fackelwanderer vor dem Tourismus-Service ein, wo die Fackeln ausgegeben wurden. Dort trafen sie auch wieder auf Ben, Tommy, Katharina und Jenny.

»Ich dachte schon, ihr hättet euch verfahren, so lange, wie ihr gebraucht habt«, zog Ben seinen Sohn auf, der ihm eine Grimasse schnitt.

Dann ging es endlich los in Richtung Campingplatz, wo das Osterfeuer stattfand. Jenny beklagte sich bitter, dass sie keine Fackel tragen durfte, aber als ihr Vater sie sich auf die Schulter setzte und sie von ihrem Hochsitz aus die ganze Szenerie genau beobachten konnte, war sie hochzufrieden. Hinter ihnen lief eine Gruppe von Kindern, die lauthals Frühlingslieder sangen: *Der Mai ist gekommen* und *Alle Vögel sind schon da*. Jenny sang so laut mit, dass es Fitzen, dachte Lilly belustigt, in den Ohren gellen musste. Aber als er sich beschwerte, stieß Jenny ihm die Beine in die Seite, als säße sie auf einem Pferd, das sie antreiben musste, und Fitzen fing an zu galoppieren. Jedes Mal, wenn er langsamer wurde, schrie sie: »Hü, Pferdchen, hopp, hopp!«, und zog an seinen Haaren. Und Fitzen rannte weiter, weil ihm gar nichts anderes übrig blieb. Es war deutlich zu sehen, dass die beiden großen Spaß hatten.

Lilly, für die das alles neu war, fühlte sich zum ersten Mal seit Tagen entspannt. John und Karin hatten aufgehört zu streiten und trugen friedlich ihre Fackeln. Celina ging an Lillys Seite und erzählte ohne Punkt und Komma von einer Fahrt nach Kopenhagen, die die Klasse demnächst machen würde. Und Ben – Lilly musste innerlich schmunzeln – hatte schon wieder eine einsame ältere Dame ausgemacht, der er Gesellschaft leistete. Die beiden unterhielten sich lebhaft.

Ein Stück vor sich entdeckte sie Jeanette in einer gemischten Clique aus jungen Männern und Frauen. Sie hatten keine Fackeln, sondern Kerzen in der Hand, wohl im Gedenken an Julia, und wirkten ernst und feierlich. Wäre Julia noch am Leben, dachte Lilly, wäre sie jetzt sicher unter ihnen, nur die Stimmung wäre eine ganz andere.

Am Campingplatz, ganz nah am Strand, hatte man einen übermannshohen Scheiterhaufen für die Fackelwanderer vorbereitet, die ihn entzündeten, indem sie ihre Fackeln zwischen die aufgeschichteten Äste und Zweige steckten. Bald brannte das Feuer lichterloh. Die Kinder hatten viel Spaß, und die Erwachsenen labten sich an Getränken. Jenny war ein bisschen enttäuscht, dass sie nicht ganz dicht an den brennenden Haufen herangehen durfte. »Das ist viel zu heiß und zu gefährlich«, hatte ihre Mutter gesagt. Daher nahm Fitzen sie wieder auf die Schultern, damit sie wenigstens einen Logenplatz hatte und Pferdchen mit ihm spielen konnte. Lilly wanderte auf eine Düne, um das Spektakel von oben zu genießen und einen Blick auf das heute sehr ruhige Meer zu werfen.

Allmählich versank die Sonne in den Fluten. Eine Band spielte, und die Stimmung wurde ausgelassener. Gerade junge Leute rückten immer dichter an das Feuer heran. Plötzlich ein Schrei, Gedränge im Sand, ein Menschenauflauf, weitere hysterische Rufe … Lilly beobachtete, wie Fitzen und Benthien auf das Feuer zurannten, doch viel mehr konnte sie durch den dichten Menschenauflauf nicht erkennen. Dann schrien noch mehr Menschen, und Sanitäter eilten herbei.

Lilly lief die Düne hinab. Sie erkannte Benthien, zwei Sanitäter und ein Mädchen in ihrer Mitte. Dann kam ein Notarzt mit einer Trage, doch das Mädchen wehrte sich heftig, es wollte sich nicht auf die Trage legen. Lilly erkannte, dass es sich um Jeanette Debus handelte. Doch plötzlich blieb Jeanette stehen. Offenbar hatte sie eine lautstarke Auseinandersetzung mit den umstehenden Personen. Sie riss sich los, rannte allein in Richtung Strandweg und war alsbald in der Dämmerung verschwunden.

»Was war denn da eben los?«, fragte Lilly einige Umstehende, die ihr erzählten, dass ein »völlig zugekifftes« Mädchen zu dicht an den Scheiterhaufen gekommen sei, dann plötzlich das Gleichgewicht verloren habe und ins Feuer gefallen sei.

»Aber nur an den Rand, sonst wäre sie jetzt mindestens schwer verletzt«, korrigierte ein älterer Mann seine Frau. Man habe sie sofort von den Flammen weggezogen und das Feuer, das ihren Parka ergriffen hatte, gelöscht. »Ihre ganzen Haare waren verbrannt«, sagte eine andere Frau, doch ihre Aussage stieß auf Widerspruch. »Das ist Unsinn, nur ihr Parka hat ein bisschen gekokelt!« Die Gruppe geriet in einen Disput, daher ging Lilly rasch weiter, auf die Suche nach Benthien und Fitzen.

Fitzen fand sie alsbald, er verabschiedete offenbar gerade seine Lieben, die mit Ben, Karin und Celina nach Hause fahren wollten. Karin schoss auf Lilly zu. »Hast du Celina gesehen?«

Lilly musste zugeben, dass sie sie nicht gesehen hatte. Als Karin gerade Anzeichen machte, sich in einen ihrer nicht seltenen Erregungszustände hineinzusteigern, näherten sich Benthien und Celina.

»Ich habe dir doch gesagt, du sollst in unserer Nähe bleiben«, schimpfte Karin und warf im gleichen Atemzug Benthien vor, dass er sich nicht an die abgesprochenen Zeiten hielte. Ben machte dem sich anbahnenden Streit ein Ende, indem er einfach losstapfte, zurück zum Auto.

»Kommst du auch bald?«, fragte Karin noch in Richtung Benthien, aber der meinte, er müsste nach Jeanette sehen. Mit einem Seufzer wandte sie sich ab und lief den anderen hinterher.

Nun erfuhr Lilly endlich aus erster Hand, was geschehen war. Demnach war Jeanette John schon vorher aufgefallen, weil sie sich auffällig verhalten hatte. Sie hatte laut gerufen, war immer wieder in hysterische Lachanfälle ausgebrochen und ums Feuer getanzt, dem sie dabei sehr nahe gekommen war. Als ein älterer Familienvater, ein Tourist, der mit ihr eigentlich nichts zu tun hatte und sie nicht kannte, sie vorsorglich zurückziehen wollte, hatte sie ihn geohrfeigt. Dabei hatte sie das Gleichgewicht verloren, war getorkelt und ins Feuer gefallen, allerdings nur für ein, zwei Sekunden, dann hatte man sie rausgezogen und die Flammen an ihrem Parka und an den Spitzen ihrer langen Haare gelöscht.

»Ich hatte den Eindruck, dass sie unter Alkohol oder Drogen stand«, erzählte Benthien, während er auf den Strandweg zusteuerte. »Jedenfalls verhielt sie sich sehr exzentrisch. Und nach ihrem Unfall hat sie sich kategorisch geweigert, mit ins Sani-Zelt zu kommen. Ich denke, wir sollten mal nach ihr sehen.« Er steuerte auf etwas zu, das am Rand des sandigen Weges lag. Es war ein Parka mit Brandspuren, mit Sicherheit der von Jeanette. Er hastete weiter, und Lilly folgte ihm.

Der Strand lag weiß und leer vor ihnen. Nur in einiger Entfernung waren Menschen zu sehen, die sich im schwindenden Licht langsam näherten. Ein paar Strandkörbe standen im fahlen Sand so verloren wie Geister herum.

»Niemand da«, sagte Fitzen, der sie eingeholt hatte und sich nun fröstelnd seine Mütze über die Ohren zog. »Jede Wette, die wird schon längst auf dem Weg zum Club sein. Da steppt der Bär, da zieht es junge Leute hin.«

»Dort drüben, was ist das?«, fragte Lilly, die etwas Dunkles am Meeressaum erspäht hatte. »Für eine Robbe ist es zu groß.«

Benthien fing an zu laufen. Das dunkle Etwas war so schwer, dass es so bewegungslos wie ein großer Stein in den auslaufenden Wellen lag. Als sie näher kam, konnte auch Lilly sehen, dass es ein menschlicher Körper war. Die langen Haare schwappten anmutig wie tanzender Seetang um den Kopf des Mädchens.

Es war zweifellos Jeanette. Ganz alleine lag sie hier am Strand. Benthien war bereits in die Hocke gegangen und fühlte nach dem Puls, dann blickte er zu seinen Kollegen hoch und schüttelte resigniert den Kopf. Lilly holte ihr Handy hervor und alarmierte die Westerländer Polizei.

Zwei Stunden später, in einem Kellerraum der Nordseeklinik, stellte der Arzt, der allerdings kein Rechtsmediziner war, eine erste Vermutung an: Tod durch Ertrinken. Vielleicht auch Ersticken durch Erbrochenes. Oder beides zusammen.

»Äußere Verletzungen, Strangulierungsmerkmale, Petechien in den Augen kann ich nicht erkennen«, sagte der Arzt, ein müde wirkender junger Mann mit beginnender Glatze, der wahrscheinlich eine allzu lange Schicht hinter sich hatte. »Es gibt nur eine kleine, oberflächliche Brandwunde am rechten Handgelenk. Man hat das Mädchen ja, wie ich gehört habe, noch rechtzeitig aus dem Feuer gezogen. Erbrochen hat sie sich aber mit Sicherheit. Genaueres kann jedoch erst die Obduktion zeigen. Morgen wird sie nach Kiel in die Rechtsmedizin geflogen.«

Seine Zuhörer waren zahlreich: Lilly, Benthien, Fitzen, Hinnerk Petering, ein freundlicher, sommersprossiger Typ, der auch beim Osterfeuer gewesen war, und sein Chef Arndt

Schäfer von der Westerländer Kripo. Letzterer, ein drahtiger, sportlicher, leicht überheblich wirkender Kollege mit grauem Militärschnitt, schien, obwohl an die fünfzig, geradewegs dem Men's-Health-Magazin entstiegen zu sein. Schäfer würde den Fall Jeanette Debus vorerst übernehmen. Falls sich allerdings herausstellen sollte, dass das Mädchen nicht durch einen Unfall ums Leben gekommen war, würde der Fall der Flensburger Kripo gehören, da dann die Möglichkeit bestand, dass das Gewaltverbrechen mit dem Tod von Julia Rixen zusammenhing.

»Ich finde es schon sehr seltsam, dass eine Freundin Julias, dazu noch eine Zeugin, nur einen Tag nach der Entdeckung des ersten Opfers ums Leben kommt«, sagte Lilly nachdenklich im Auto, als sie mit Benthien und Fitzen auf dem Rückweg nach List war. Sie fand es unfassbar, dass sie vor wenigen Stunden noch mit dem Mädchen gesprochen hatte. Und nun war sie tot, gestorben unter noch ungeklärten Umständen. Konnte das ein Zufall sein? »Haben wir eigentlich zuverlässige Augenzeugen, die gesehen haben, wie Jeanette ins Feuer geriet?«

»Haben wir«, sagte Benthien, »nämlich mich. Ich war gerade auf dem Weg zu Jeanette, weil sie sich so seltsam verhalten hat. Du willst sicher wissen, ob jemand sie ins Feuer gestoßen hat, Lilly. Die Antwort lautet: nein. Es war niemand in ihrer Nähe, der sie hätte stoßen können, nachdem sie den Touristen geohrfeigt hatte. Sie ist getaumelt und dann gefallen. Ich glaube aber, wie gesagt, dass sie unter Drogen stand. Bei der Obduktion muss unbedingt ein Test gemacht werden. Ebenso bei Julia. Sehr wahrscheinlich stand auch Anne Bewerunge heute Morgen unter Drogen.«

»Das eröffnet ja ganz neue Ermittlungsansätze«, schnaufte Fitzen. »Da fragt man sich doch, ob alle drei diese Substanzen freiwillig und bewusst zu sich genommen haben.«

»Bis jetzt sind es nur zwei, und selbst das wissen wir nicht genau, Tommy. Hattest du eigentlich den Eindruck heute Nachmittag, dass auch Matteo Biondi was genommen hatte?«

»Er war reichlich aggressiv und wütend, aber ansonsten ganz normal – wenn es denn normal ist, dass man seine Post tagelang nicht öffnet.«

***

Mein Liebes, bitte verliere nicht die Hoffnung! Es kann doch noch ganz anders sein als befürchtet. Vergiss niemals: Ich bin an deiner Seite! Mein Arm hält dich, und ich werde dich tragen, wenn dir der Weg zu schwer wird. Ich liebe dich, mein Ein und Alles, ich weiß, die schwere Last dieser bösen Tage drückt unsere aufgeschreckten Seelen, jedoch sehe ich, dass …

3. Ostersonntag, 23. April

Im Friesenhaus in Mellhörn/List

Am Ostersonntag beschloss John Benthien, sich und seinen Kollegen ein paar arbeitsfreie Stunden zu genehmigen, die dem Ostereiersuchen gewidmet waren. Nach dem Gerangel um das Badezimmer hatten sie alle erst einmal ein verlängertes Frühstück eingenommen, mit Schokoladenhasen und kleinen bunten Zuckereiern auf dem Tisch. Danach durften Jenny und Celina im Dünengras Eier und andere Süßigkeiten suchen. John war gerührt, als er entdeckte, dass Ben, der schon in aller Herrgottsfrühe aufgestanden war, auch einige nette Kleinigkeiten für seine erwachsenen Besucher versteckt hatte. Einer der Schokohasen war anscheinend von einem echten Kaninchen angefressen worden, denn ihm fehlte ein Ohr mitsamt dem dazugehörigen Papier. Viel Gelächter gab es auch, als Ben die Schätze, die sie gefunden hatten, zählte und feststellte, dass noch zwei Dinge fehlten, ein kleines Plüschtier für Celina und ein Haarband für Jenny. Fitzen und Benthien, die ebenfalls nachzählten, kamen zu ganz anderen Ergebnissen, aber keines stimmte mit der tatsächlichen Anzahl von Geschenken überein. Eine erneute, intensive Suche brachte noch das Plüschtier sowie ein ganzes Überraschungsei und ein halbes zum Vorschein, dessen Spuren eindeutig auf Möwen als Räuber hinwiesen, doch das Haarband blieb zu Jennys großem Kummer verschwunden.

Nach einem späten Mittagessen fuhren Karin und Celina, Katharina und Jenny schweren Herzens wieder ab, während

Fitzen sich um Julias Notebook kümmern wollte und Lilly Julias Handy checkte. Benthien telefonierte mit Arndt Schäfer. Doch der konnte ihm zu Jeanettes überraschendem Tod noch nicht viel sagen, nur, dass andere Zuschauer bestätigt hatten, dass Jeanette nicht ins Feuer gestoßen worden war. Für weitere Erkenntnisse mussten sie erst die Ergebnisse der Obduktion abwarten. Nachdem sich Benthien von Schäfer verabschiedet hatte, rief er Thyra Kortum an, um ihr von den jüngsten Entwicklungen zu berichten.

»Wir haben Glück«, sagte Fitzen, nachdem Benthien aufgelegt hatte, »dass Julia nichts, weder den Computer noch ihre Dateien, passwortgeschützt hat. Bei verschiedenen Dienstleistern hat sie sogar ihre Passwörter gespeichert, zum Beispiel beim E-Mail-Anbieter. Ihr Computer ist sozusagen ein offenes Buch ... wirklich sehr leichtsinnig, aber perfekt für uns.«

»Und hast du schon was gefunden, das für uns wichtig ist?«, fragte Lilly.

»Ja, Matteos Nacktfotos. Aber ob die uns weiterhelfen? Das Mädchen war wirklich rachsüchtig. Für ihr Schreiben an die Harvard University hat sie ihr bestes Englisch zusammengekratzt. Sie hat ihnen haarklein verklickert, was Matteo ihr angetan hat und dass es zu einem Prozess gekommen ist und er zu Sozialstunden verdonnert wurde. Einschließlich einiger Links zu verschiedenen Presseartikeln.«

Lilly, die mit Julias Handy zugange war, sagte: »Sie hat die Fotos auch auf ihrem Handy gespeichert. Oh Mann, die sind schon reichlich deftig! Da hat sie ihn so richtig animiert, und alles für ihren Rachefeldzug.«

»Hat Jeanette uns nicht erzählt, dass Julia in dem Augenblick besonders freundlich zu Matteo wurde, als sie erfuhr, dass er sich in Harvard beworben hat?«, fragte Benthien. »Da muss ihr wohl der Gedanke gekommen sein, wie sie sich rächen könnte.«

»Ich werd nicht mehr!«, stöhnte Fitzen am Notebook, wobei Benthien nicht feststellen konnte, ob vor Begeisterung oder vor Entsetzen. Vielleicht sogar beides. »Sie hat den Harvard-Leuten einen Link zu Facebook geschickt, zu einer angeblichen Seite von Matteo, die sie aber gefakt hat. Dort hat sie die Fotos gepostet. Ich meine, Matteo ist mir nicht gerade sympathisch, aber so reingelegt zu werden, das hat nicht mal dieses Bürschchen verdient.«

»Ein besseres Mordmotiv kann man kaum haben«, kommentierte Benthien. »Ein Motiv und kein Alibi.«

»Hier könnte aber noch jemand seine Gründe haben«, sagte Lilly und zeigte den Kollegen Julias Handy. »Seht euch mal diese Fotos an! Insgesamt 108 Bilder, aufgenommen im Februar und März dieses Jahres.«

Zum Teil waren es verliebte Selfies von Julia und Hauke, aber auch Hauke allein in allen Lebenslagen und allen Stadien der Be- und Entkleidung. Davon, dass die Affäre beendet war, konnte wohl kaum die Rede sein.

»Aber Anne Bewerunge hat ein Alibi«, wandte Fitzen ein. »Sie war im Krankenhaus. Wie sollte sie nach Flensburg kommen? Und hätte sie die Kraft gehabt, Julia allein in die Förde zu werfen? Eher nicht. Und ganz abgesehen davon, sie war auf Sylt, ihr Lieben! Und zumindest offiziell hat sie nichts von der Affäre gewusst.«

Benthien stand auf. »Fahren wir zu Hauke Bewerunge. Wer will mitkommen?«

»Ich bleibe hier«, bestimmte Fitzen. »Ich habe mit dem Notebook noch genügend zu tun.«

Nachmittags in Westerland

Lilly genoss die Fahrt über die Insel, den blauen Himmel, die milde Sonne, die warmen, frühlingshaften Temperaturen und die bunten Gärten, in denen bemalte Eier an jedem Busch und an jedem Baum hingen. Als sie durch Kampen kamen, musste Benthien langsamer fahren, denn die Leute liefen so selbstvergessen auf der Straße herum, als wäre die L 24 eine Fußgängerzone und nicht die Hauptschlagader der Insel.

Außerdem gab es jede Menge mannsgroße Hasen und Hühner, die sich im flauschigen Ganzkörperdress unter die Menge mischten und die vielen kleinen Kinder bespaßten, die ihnen zwischen den Beinen herumliefen

»Was ist denn hier los?«, fragte Lilly erstaunt.

»Ostereierlauf im Strönwai, der Whiskymeile«, sagte Benthien lakonisch, während er anhielt, um ein rosa Kaninchen über die Straße zu lassen. »Ist was für die Kids. Man legt ihnen ein farbiges Ei auf einen Suppenlöffel, das müssen sie heil ins Ziel bringen, und am Ende werden Süßigkeiten verteilt. Für die Großen gibt es später an der berühmten Buhne 16 noch ein Osterfeuer.«

»Na, hier wird ja was geboten an Ostern!«

Wenig später kamen sie in Westerland an. Hauke Bewerunge wohnte in einem Apartmenthaus aus den 1980er-Jahren in einer Einzimmerwohnung mit Blick auf einen Parkplatz. »Falls er nicht da ist, fahren wir zu Anne«, sagte Benthien, doch auf ihr Klingeln surrte der Türöffner. Hauke Bewerunge empfing sie im Jogginganzug, offensichtlich mächtig erkältet. »Habe mir einen Virus eingefangen«, erklärte er und führte sie ins Zimmer. Trotz der fiebrigen Augen und einer roten Nase sah er mit seinen weit auseinanderstehenden Augen, den ebenmäßigen Gesichtszügen und einem attraktiven Blondton in den ziemlich langen Haaren gut aus; allerdings, dachte Benthien, musste er mit seinen vierzig Jahren für eine Zweiundzwanzigjährige doch ein Methusalem sein.

Lilly machte nicht viele Umstände und zeigte ihm Julias Handy mit den Fotos. »Was sagen Sie dazu?«

»Eh, ja.«

Sie warteten, doch mehr kam von ihm nicht.

»Ist das alles, was Sie dazu zu sagen haben?«

»Ich gebe zu, Julia hat mir für kurze Zeit den Kopf verdreht«, gestand Bewerunge. »Aber das war nichts Ernstes!« Er grinste nicht uncharmant. »Ich gebe zu, ich bin Frauen gegenüber schwach und nicht allzu konsequent. Aber jetzt gibt es für mich nur noch meine Frau. Wir haben beschlossen, wieder zusammenzuziehen.«

Benthien hatte solche Phrasen schon viel zu oft gehört. Konnte man Bewerunge überhaupt beim Wort nehmen? Nahm er seine Worte wenigstens selber ernst?

»Hat Julia Sie erpresst? Wusste Ihre Frau überhaupt davon? Wusste sie, dass Sie noch bis zuletzt mit Julia zusammen waren?«

»Aber das ist doch nicht wahr!«, brauste Bewerunge auf. »Ich habe im März mit ihr Schluss gemacht! Ja, und das wusste Anne. Bitte, ich kann es Ihnen beweisen.« Er angelte nach seinem Handy, wischte ein paarmal darüber und präsentierte Benthien eine Textnachricht vom 28. März: »Julia, das war jetzt das letzte Mal, dass wir uns getroffen haben, bitte nimm das zur Kenntnis! Ich liebe Anne und will mit ihr zusammen sein. Lass mich endlich in Ruhe!«

»Aber Julia wohnte doch bei Anne. Wenn Sie wieder bei Ihrer Frau eingezogen wären, hätten Sie Julia doch jeden Tag gesehen, Sie hätten mit ihr sogar unter einem Dach gelebt. Wie sollte das denn gehen? Nein? Warum schütteln Sie den Kopf?«

»Es war geplant, dass Julia auszieht. Anne wollte ihr für ein oder zwei Jahre eine Wohnung finanzieren oder ein Zimmer in einer WG, danach sollte sie auf eigenen Füßen stehen. Meine Frau war auch bereit, Julia als Lehrling in ihrem Fotostudio einzustellen, schließlich braucht der Mensch einen Beruf.«

Und damit, dachte Lilly, hätten wir das perfekte Motiv für Julia, Anne aus dem Weg schaffen zu wollen. Hauke wollte zu ihr zurückkehren, und Julia sollte das schützende, ach so bequeme Dach verlassen. Oder sich ansehen, wie die beiden erneut miteinander turtelten.

»Und war Julia damit einverstanden?«, fragte Lilly.

»Zuerst nicht, aber dann schien sie sich an den Gedanken zu gewöhnen. Generell mochte sie es nicht, bemuttert zu werden, wie Anne es gern tat. Aber sie hat wohl eingesehen, dass sie nicht auf ewig ins Blaue hinein leben konnte.«

Bewerunge wurde von einer heftigen Niesattacke heimgesucht; er stand auf und suchte hastig nach Papiertaschentüchern.

»Wo waren Sie am Montag, dem 17. April?«, fragte Benthien, nachdem Bewerunge wieder zurück war.

Der Mann zuckte zusammen und starrte erst Benthien, dann Lilly entsetzt an. »Was ist das für eine Frage? Sie halten doch nicht mich für den Täter, oder?«

»Wo waren Sie?«, wiederholte Benthien geduldig und warf Lilly einen Blick zu.

»Ich weiß es nicht«, antwortete Bewerunge brummig. »Ich glaube, ich habe Anne im Krankenhaus besucht … oder war das am Dienstag? Jedenfalls habe ich mir die Zeit nicht damit vertrieben, Julia zu töten.«

»Mit anderen Worten: Sie haben kein Alibi. Oder wollen es uns nicht sagen«, stellte Lilly fest.

Bewerunge starrte auf den Parkplatz, als könnte ihm von dort eine Eingebung zufliegen. Benthien folgte seinem Blick. Er sah zu seinem Erstaunen einen zivilen Polizeiwagen kommen, der vor dem Haus anhielt und dem Hauptkommissar Arndt Schäfer entstieg. Wenige Sekunden später ertönte die Türklingel.

Bewerunge seufzte übertrieben und ging zur Tür. Kurz darauf stand Schäfer im Zimmer. Er betrachtete die Kollegen erstaunt, aber nicht sonderlich begeistert.

»Derzeit scheine ich ja im Fokus jedweder Polizeiarbeit zu stehen«, murmelte Bewerunge sarkastisch, der Schäfer offenbar kannte. »Darf ich fragen, was *Sie* von mir wollen?«

Schäfer stand breitbeinig mitten im Zimmer und musterte Hauke Bewerunge von Kopf bis Fuß. »Ist Ihnen eine Jeanette Debus bekannt?«, fragte er mit sanfter Stimme, die in einem gewissen Gegensatz zu seinem leicht aggressiven Auftreten stand.

»Natürlich, sie ist eine Freundin meiner Tochter ... äh, ich meine, von Julia.«

»Ist sie nicht auch Ihre Freundin?«

Benthien musste sich beherrschen, um seine Überraschung nicht zu zeigen. Er spürte Lillys Blick und erwiderte ihn.

Bewerunge riss die Augen auf, aber seine Empörung kam Benthien nur vorgetäuscht vor. Ein guter Schauspieler war Hauke nicht. »Wie kommen Sie denn auf solch eine absurde Idee?«

»Wir haben mit Jeanette Debus' Eltern gesprochen. Sie erzählten uns, dass Sie und ihre Tochter – sehr zu ihrem Missfallen – seit ein paar Monaten eine Beziehung haben. Sie erzählten auch von Ihrem Streit in jenem Strandrestaurant, Sie erinnern sich? Sie hatten da ein Candle-Light-Dinner mit Ihrer Liebsten, nicht ahnend, dass auch deren Eltern ausgerechnet an diesem Tag dort einen Tisch reserviert hatten. Und so flog die ganze Geschichte auf. Wollen Sie das etwa abstreiten?«

»Was soll das alles? Haben ihre Eltern mich angezeigt? Jeanette ist volljährig, sie kann tun und lassen, was sie will!«

»Jeanette ist tot«, sagte Schäfer ungerührt.

Bewerunge sprang vom Sofa. »Wie bitte? Was reden Sie für einen Unsinn?«

»Wo waren Sie gestern Abend zwischen 18 und 22 Uhr?«

»Was soll das?« Hilfe suchend blickte Bewerunge von Benthien zu Lilly. »Wissen Sie, wovon er redet?«

»Jeanette Debus war gestern Abend beim Osterfeuer in Hörnum«, sagte Lilly. »Sie hatte einen kleinen Unfall, weil sie in den Scheiterhaufen fiel, wurde dabei aber kaum verletzt. Wenig später hat man sie tot am Strand gefunden.«

Schäfer warf ihr einen ärgerlichen Blick zu. »Vielen Dank, Frau Kollegin, aber würden Sie bitte mir die Befragung und die Erklärungen überlassen?«

Bewerunge war auf dem Sofa zusammengesunken und hatte die Hände vors Gesicht geschlagen. Benthien beobachtete ihn aufmerksam.

»Sie ist tot?« Er blickte auf. »Was soll das heißen? Wurde Jeanette denn auch ermordet?«

»Haben Sie meine Frage vergessen, Herr Bewerunge? Ich möchte wissen, wo Sie gestern Abend waren!« Schäfer, die Finger in seine Jeanstaschen verhakt, ging einen Schritt auf das Sofa zu.

»Zu Hause«, sagte Hauke Bewerunge stumpf. »Ich lag mit Fieber im Bett. Aber was ist denn mit Jeanette passiert?«

»Keiner, der Ihr Alibi bezeugen kann?«

»Verflucht!« Bewerunge funkelte den Hauptkommissar wütend an. »Ich möchte wissen, was mit Jeannie *passiert* ist! Ehe ich das nicht weiß, sage ich kein Wort mehr!« Er beendete den Satz mit einem Hustenanfall.

Arndt Schäfer blieb ungerührt. Benthien wusste, dass der Kollege ein harter Hund war, aber langsam fand er sein Verhalten nun doch etwas unangemessen. Lilly erzählte Hauke Bewerunge ungeachtet des Verweises von Schäfer, was sie über Jeanettes Tod wusste. »Wir vermuten«, sagte sie, »dass Jeanette unter Drogen stand. Jetzt mal ehrlich: Wussten Sie, dass Jeanette und vielleicht auch Julia Drogen konsumierten?«

»Jeanette nicht, nein, niemals, das passte gar nicht zu ihr. Julia war schon, bevor wir sie kennenlernten, mit Leuten zusammen, die dealten und auch selbst Rauschgift nahmen. Sie hat damit aufgehört, als sie mit uns nach Sylt kam, das war eine Bedingung von Anne. Kann sein, dass sie in letzter Zeit manchmal ein bisschen Hasch genommen hat, aber ganz sicher nichts Härteres.«

Benthien glaubte ihm nicht. Wenn er mit Julia zusammen gewesen war, musste er das genauer wissen und konnte jetzt nicht den Ahnungslosen spielen. Das allein sprach schon dafür, dass Julia doch Rauschmittel genommen hatte. Aber was hieß das jetzt für ihre Ermittlungen? Ging es hier letztendlich um Drogen? Aber passte denn das Szenario, Julia als Nixe verkleidet in der Förde, zu einem Drogenmord? Doch wohl eher nicht.

Sie ließen Bewerunge mit Arndt Schäfer allein. Als sie wieder im Auto saßen, sagte Benthien zu Lilly: »Dieser Mensch ist mir wirklich suspekt. Kann man ihm glauben, dass er seine Frau liebt und zu ihr zurückwill? Vielleicht aus wirtschaftlichen Gründen. Vielleicht hat ihn Julia aber auch erpresst und war ihm im Weg, und deshalb musste er sie töten. Langsam traue ich auch Julia fast alles zu.«

»Und Jeanette? Hat sie ihn ebenfalls erpresst?«, fragte Lilly zweifelnd. »Ich hatte den Eindruck, dass Bewerunge wirklich erschüttert war, als er von ihrem Tod hörte, und zwar mehr, als er es bei Julia war. Wo fährst du eigentlich so zielstrebig hin?«

»Zu Anne Bewerunge. Ich glaube, dass sie uns etwas verschweigt.«

Im Friesenhaus in Mellhörn/List

Fitzen saß noch immer vor Julias Notebook und las die wenigen E-Mails durch, die er fand. Sie hatte wohl hauptsächlich über ihr Handy kommuniziert, das Lilly jetzt bei sich hatte. Dann sah er sich Unmengen von Fotos an, darunter Haukes und Matteos Nacktbilder, aber auch Schnappschüsse von jungen Menschen am Strand, auf Partys oder anderen Events auf Sylt oder Mallorca. Sie schienen ausnahmslos Julias Freunde zu zeigen. Einige Fotos von Jeanette fand er ebenfalls und Unmengen von Selfies, auf denen entweder Julia allein oder zusammen mit ausgelassenen und manchmal reichlich albern grinsenden Freunden zu sehen war.

Er seufzte leise vor sich hin. Wenn sie diese Menschen alle überprüfen wollten, würde noch sehr viel Arbeit vor ihnen liegen.

Dann fing er an, den Browser und die Favoritenliste zu überprüfen. Da er systematisch begann, nämlich oben, stieß er zunächst auf die ältesten Seiten, die Julia gespeichert hatte. Zu seinem Erstaunen waren es mehrere Infoseiten darüber, wie man eine Niere spendet. Da ging es um die Voraussetzungen, die Risiken und um die Voruntersuchungen, denen sich der Spender unterziehen musste.

Fitzen ging noch einmal die E-Mails durch. Hatte Julia irgendwo irgendeinem ihrer Freunde gegenüber das Thema Nierentransplantation erwähnt? Er fand nichts, aber alle gespeicherten E-Mails waren auch nicht älter als zwei Jahre. Offensichtlich hatte Julia alles, was älter war, gelöscht.

Er nahm sein Handy und rief Lilly an. Sie war erstaunt zu

hören, was er entdeckt hatte, und versprach, gleich mal alle Textnachrichten auf Julias Handy zu checken. »Und fragt Anne Bewerunge danach«, sagte er noch, bevor er auflegte. Dann fing er an, den Papierkorb des Laptops nach gelöschten und versteckten Dateien zu untersuchen, kam aber nicht weit, da er dafür, wie er sehr genau wusste, zu geringe technische Kenntnisse besaß. Es blieb ihm wohl nichts anderes übrig, als das Notebook zur gründlichen Untersuchung solcher absichtlich verwischter Spuren nach Flensburg zu schicken.

»Ein Kaffee?«, fragte Ben, der gerade mit einer Thermoskanne aus der Küche kam. »Willst du auch ein Stück Zitronenkuchen? Habe ich gestern gebacken.«

Fitzen wollte beides. Danach hatte er immer noch Gelüste auf Süßigkeiten. Er fing an, weitere Osterpralinen auszupacken, die ihm Lilly und Benthien aus dem Hause Bewerunge mitgebracht hatten und die er schon seit dem Mittagessen futterte. Immer wieder warf er sich eine in den Mund, während er frisch gestärkt weiter das Notebook durchforstete.

Im Hause Bewerunge in Braderup

Anne Bewerunge wirkte erstaunlich frisch und ausgeruht, als sie Benthien und Lilly die Tür öffnete, ganz anders als bei ihrem letzten Besuch. Allerdings auch etwas erstaunt, die beiden schon wieder zu sehen. »Kann ich noch etwas für Sie tun?«, fragte sie freundlich, nachdem sie alle wieder im Wohnzimmer Platz genommen hatten. Aus der Küche waren Handwerkergeräusche zu hören, Werkzeuge, die auf Metall stießen.

»Ein Nachbar«, sagte Anne zur Erklärung. »Ich hatte ihn vor zwei Wochen gefragt, ob er mir eine neue Armatur installieren könne. Gerade heute hatte er nun Zeit. Dafür bekommt er aber auch ein gutes Osteressen.« Sie lächelte, doch dann verschwand ihr Lächeln abrupt. Vielleicht dachte sie daran, dass Julia nie wieder ein Osterfest erleben würde.

Benthien informierte sie als Erstes darüber, dass Jeanette tot aufgefunden worden war, was Anne sichtlich schockierte. Ihr zu erzählen, dass Hauke sowohl mit Julia als auch mit Jeanette ein Verhältnis gehabt hatte, hielt er in diesem Augenblick nicht für angemessen. Zumal er Anne nicht wirklich zu den Verdächtigen zählte. Nachdem sie sich wieder etwas beruhigt hatte, fragte er sie stattdessen nach Haukes Beruf.

»Er ist Diplomingenieur für Brücken- und Ingenieurbau, aber er findet hier auf der Insel, wie Sie sich vorstellen können, keine Arbeit, auch nicht auf dem nahen Festland. Das wussten wir allerdings schon vorher, bevor wir hierherkamen.«

»Weshalb sind Sie dann überhaupt nach Sylt gezogen?«

»Sehnsucht nach der Nordsee, und weil hier dieses Häuschen auf uns wartete. Und es gab die Möglichkeit, hier wieder in meinem Fotostudio zu arbeiten. Wissen Sie, Hauke ist ein Pferdenarr. Sein Traum war es immer, Pferde zu halten und zu züchten. Er ist ein überaus geschickter Reiter. Letztes Jahr wurde er Ringreiterkönig in Morsum, und bei weiteren Turnieren auf dem Festland hat er Preise gewonnen. Wir haben drei Pferde und zwei Ponys bei einem Bauern untergestellt, die Hauke letzten Sommer an Gäste vermietet hat, außerdem hat er Ponyreiten für Kinder angeboten.« Sie lehnte sich zurück und sah abwesend in den Garten. »Man lebt nur einmal. Warum soll man sich nicht das Leben so schön und erfüllt gestalten, wie es nur geht?«

Im Prinzip hat sie recht, dachte Benthien. Allerdings lebte Hauke Bewerunge auf Kosten seiner Frau, aber solange sie sich selbst nicht daran stieß, warum sollte es ihn stören? Er wechselte das Thema. »Gab oder gibt es jemanden in Ihrer Familie oder in Julias Freundeskreis, der nierenkrank ist?«

Annes Reaktion zeigte ihm, dass dem offenbar nicht so war. »Wie kommen Sie denn darauf?«, fragte sie erstaunt.

»Julia hat vor längerer Zeit Internetrecherchen zum Thema Nierentransplantation durchgeführt«, erklärte Lilly. »Können Sie sich das erklären? Hat sie das Thema jemals erwähnt?«

»Das höre ich zum ersten Mal«, sagte Anne, noch immer perplex. »Hat denn Julias Tod damit zu tun? Mit ihren Recherchen?«

»Wir müssen in alle Richtungen graben«, sagte Benthien lächelnd, »und uns durch einen Wust von Ermittlungsansätzen buddeln. Doch was am Ende dabei herauskommt, das weiß man selten vorher.«

»Sie haben uns das letzte Mal erzählt, dass Julias Mutter vor gut zwei Jahren an einem Herzinfarkt verstarb«, sagte Lilly. »Wissen Sie Näheres darüber? Ist sie krank gewesen?«

Anne schüttelte den Kopf. »Ich habe Julias Mutter nie kennengelernt. Sie war, als wir Julia trafen, kurz zuvor verstorben. Alles, was ich weiß, habe ich von Julia gehört. Der Tod ihrer

Mutter muss sie völlig aus der Bahn geworfen haben. Danach fing sie erst an, Drogen zu nehmen, obwohl sie das nie zugegeben hat. Allerdings hat sie auch bald wieder damit aufgehört, als sie bei uns lebte.«

Benthien und Lilly verständigten sich mit einem kurzen Blick. Nun musste es doch gefragt werden.

»Wussten Sie eigentlich, dass Ihr Mann und Julia eine Affäre hatten?«

Zu Benthiens Erstaunen lächelte Anne. »Was glauben Sie, was einem hier auf der Insel alles zugetragen wird. Ich habe es geahnt, und dann habe ich mir ein Herz gefasst und mit Hauke darüber gesprochen. Wissen Sie, ich kenne meinen Mann seit über zehn Jahren. Ich weiß, dass er ein Schürzenjäger ist, er kann Frauen einfach nicht widerstehen. Aber das ist nie etwas Ernstes …«

»Außer mit Ihnen«, warf Benthien ein.

»Ja, richtig, außer mit mir!«, sagte Anne fest. »Selbst jemand – oder gerade jemand – wie Hauke braucht einen schützenden Hafen. Dass er manchmal zu einem kleinen Abenteuer aufbricht, habe ich gelernt hinzunehmen, denn ich weiß ja, dass er immer wieder zurückkommt.«

»Und Sie haben es sich zu Ihrer Lebensaufgabe gemacht, der schützende Hafen für ihn zu sein?«

»Ich liebe ihn«, sagte Anne schlicht.

»Aber hat es Sie nicht gestört, dass Ihre, sagen wir, Adoptivtochter Sie so hintergangen hat?«, fragte Lilly verwundert.

»Natürlich, aber ich habe ihr verziehen. Sie ist noch so jung und ungefestigt …« Sie brach ab. Offenbar hatte sie kurzzeitig vergessen, dass Julia nicht mehr da war.

Jemand räusperte sich im Hintergrund. Es war der Nachbar, den sie am ersten Tag schon kurz kennengelernt hatten und der nun im Blaumann und mit dem Handwerkerkoffer in der Hand in der Tür stand.

»Herr Lauinger«, sagte Anne, sichtlich froh über die Ablenkung, »hat alles geklappt?«

»Sehr gut. Wollen Sie es sich mal ansehen?« Er lächelte Benthien und Lilly grüßend zu und hob kurz die Hand.

Als er wenig später aus dem Haus trat – Benthien und Lilly hatten sich inzwischen von Anne Bewerunge verabschiedet –, stieg Benthien aus dem Wagen, während Lilly versuchte, die Rechtsmedizinerin telefonisch zu erreichen.

Überrascht blieb Lauinger stehen. »Wollen Sie zu mir?«

»Nur kurz ein paar Fragen«, sagte Benthien beruhigend.

»Dann man zu!«

»Gehen wir noch ein Stück. Frau Bewerunge muss ja nicht mitkriegen, dass wir uns unterhalten.«

»Jetzt bin ich aber neugierig.«

Nach einigen Metern blieb Benthien stehen. »Wie gut kennen Sie die Bewerunges?«

Lauinger zuckte mit den Schultern. »Wie man Nachbarn eben so kennt. Wir unterhalten uns meist kurz, wenn wir uns sehen. Ich habe im Haus hin und wieder mal was repariert, dafür kocht mir Anne immer ein wunderbares Essen für zwei, drei Tage.« Er lächelte breit. »Ein guter Tausch, meine ich!«

»Sind Sie Installateur, Hausmeister, Malermeister, Schreiner …«

»Fast! Ich bin oder vielmehr war Kirchenmusiker. Heute klimpere ich noch manchmal in St. Severin auf der Mühleisenorgel, wenn sie mich lassen.« Er zog eine Zigarettenpackung aus seiner Hosentasche, klopfte eine Zigarette heraus und steckte sie sich zwischen die Lippen, zündete sie aber nicht an. »Aber die Handwerkerei war schon immer mein Hobby. Vor Jahren habe ich eigenhändig mein Haus gebaut, zusammen mit ein paar Freunden. Es macht mir Spaß, Anne zu helfen. Hauke hat ja, obwohl er Ingenieur ist, zwei linke Hände.«

»Was halten Sie von Herrn Bewerunge?«

Lauinger kniff ein Auge zu. »Ehrlich? Ich denke, Anne hat was Besseres verdient.« Er hob abwehrend beide Hände. »Verstehen Sie mich nicht falsch, ich meine damit nicht mich! Ich bin ja viel zu alt für sie. Aber Anne ist eine patente Frau, die hat einen Mann verdient, der sie zu schätzen weiß, nicht einen, der hinter jedem Rock herrennt.«

Benthien fragte sich, wann der Mann wohl mal seine Zigarette anzünden wollte. »Fehlt Ihnen Feuer? Ich habe leider keins, hab vor einigen Jahren mit dem Rauchen aufgehört.«

Lauinger fing an zu lachen. »Ich zünde meine Zigaretten nie an! Ich friemel sie nur zwischen den Lippen herum, bis ich den Geschmack so widerlich finde, dass ich sie wegwerfe. Keine schlechte Art, sich das Rauchen abzugewöhnen!«

Nun musste auch Benthien lachen. Doch er wurde schnell wieder ernst. »Können Sie sich erinnern, dass Sie Hauke Bewerunge am Montag, den 17. April, etwa zwischen 17 und 19 Uhr hier im Haus gesehen haben?«

»Letzten Montag? Tut mir leid, da kann ich Ihnen nicht helfen, da war ich selbst nicht zu Hause. Eigentlich wollte ich Anne im Krankenhaus besuchen, aber sie war nicht da, als ich kam. Weil mich Ingken, also Frau Blome, zum Essen eingeladen hatte, bin ich gleich in Westerland geblieben und habe, bis es so weit war, einen Spaziergang am Strand gemacht. Sie werden es nicht glauben, aber auch wir Insulaner sind nicht jeden Tag am Meer, da war das eine schöne Abwechslung.«

»Anne Bewerunge war nicht in ihrem Zimmer, als Sie kamen?«, fragte Benthien mit gerunzelter Stirn.

»Nein, man sagte mir, dass sie an die frische Luft gegangen sei.« Er riss die Augen auf. »Ist sie da gestorben? Julia, meine ich? Hier im Haus? Aber Sie glauben doch wohl nicht, dass Anne …«

»Natürlich nicht«, beruhigte ihn Benthien. »Und ob sie hier

gestorben ist, ist noch völlig unklar. Noch eine letzte Frage: Wissen Sie, ob Julia oder jemand in ihrer Familie an einer Nierenkrankheit litt?«

»Was? Nein, keine Ahnung.« Er schüttelte den Kopf, auf seiner Stirn zuckte eine Ader. »Ich habe, glaube ich, nie mit Julia geredet, außer ‚Hallo' und ‚Tschüss'. Sie war immer sehr kurz angebunden. Aber was mir gerade einfällt. Als ich von zu Hause wegfuhr, an diesem Montag, habe ich ein quietschgelbes Cabriolet ankommen und vor dem Haus der Bewerunges halten sehen. Ich kenne mich mit Automarken nicht so aus, aber dass es ein Porsche war, konnte sogar ich erkennen. Vielleicht können Sie damit was anfangen?«

Benthien horchte auf. »Hatte es eine NF-Nummer?«

»Ich meine ja.«

»Wissen Sie auch, welch einen Wagen Hauke fährt?«

»Einen grünen Landrover!«

»Sie haben mir sehr geholfen«, sagte Benthien. Mit dem Gefühl, ein ganzes Stück weitergekommen zu sein, tauschte er einen herzlichen Händedruck mit Lauinger aus.

Als er zum Wagen zurückkam, telefonierte Lilly immer noch.

»Okay, ich habe es zur Kenntnis genommen«, sagte sie gerade, als Benthien einstieg. »Aber Sie können sich ja wohl vorstellen, dass Ihr Alibi nicht sehr glaubhaft ist, jetzt, wo Jeanette nicht mehr lebt.« Sie lauschte einem Wortschwall am anderen Ende, dann verabschiedete sie sich kühl und drückte das Gespräch weg.

»Hauke Bewerunge«, sagte sie, als Benthien sie fragend ansah. »Er fühlte sich bemüßigt, uns nun doch ein Alibi für den 17. April zu geben.«

»Lass mich raten: Er war mit Jeanette zusammen?«

»Du sagst es. Jetzt, wo sie tot ist und wir über ihre Beziehung zu Hauke Bescheid wissen, meinte er, hätte es keinen Sinn, das noch länger zu verschweigen.«

»Matteo ist aber auch noch im Rennen«, sagte Benthien. »Lauinger hat mir eben von einem knallgelben Porsche erzählt, den er am Montagnachmittag in dieser Straße vor dem Haus der Bewerunges gesehen hat. Und Fitzen sagte doch, dass der Typ einen gelben Porsche 911 Carrera Cabriolet fährt.«

»Genau, auffällig wie ein bunter Hund, das scheint bei dem Knaben Programm zu sein! Übrigens, ich kann Fitzen nicht erreichen. Wollte er nicht Julias Notebook durchforsten? Apropos, ich habe eben auf Julias Handy nach Textnachrichten über das Thema Nierenkrankheiten gesucht. Nichts!«

Benthien nickte zerstreut. »Hast du die Pathologin erreicht?«

»Sie sagt, Julia hätte noch beide Nieren gehabt. Und nierenkrank sei sie auch nicht gewesen. Sie war in jeder Hinsicht kerngesund. Den toxikologischen Befund können wir aber nicht vor Dienstag oder Mittwoch bekommen.«

»Ja, das dachte ich mir schon.« Benthien starrte über das Lenkrad hinweg auf die Straße mit den gemütlichen kleinen Häusern in adretten Vorgärten. Dann erzählte er Lilly, dass Anne nicht im Zimmer gewesen war, als Lauinger sie besuchen wollte. »Im Grunde haben wir damit drei Verdächtige: Matteo, Hauke und nun doch auch Anne. Alle drei haben ein denkbares Motiv, sich den Tod von Julia zu wünschen. Die Frage ist nur, bei wem von den dreien es stark genug war, den Wunsch in die Tat umzusetzen!«

Im Friesenhaus in Mellhörn/List

Tommy Fitzen war sich sicher, dass er sich noch niemals in seinem Leben so elend gefühlt hatte wie jetzt. Seit Stunden, so schien es ihm, hing er über der Kloschüssel und kotzte sich die Seele aus dem Leib. Seine Knie taten ihm bereits weh, sodass er Lillys Bademantel – der für ihn am leichtesten zu erreichen war – vom Haken gezogen und unter seine Knie gebettet hatte. Allein die Vorstellung, dass er auf Lillys apricotfarbenem Bademantel vor der WC-Schüssel hockte, hatte einen Lachanfall bei ihm ausgelöst. Selbst in seinem benommenen, fieberglühenden Zustand kam dieser Umstand Fitzen befremdlich vor: Wie konnte jemand, der fast unaufhörlich seinen Mageninhalt ausspuckte, sich dabei kringeln vor Lachen? So sehr, dass er Schwierigkeiten hatte, überhaupt Luft zu bekommen, da immer wieder Erbrochenes seine Luftröhre verstopfte? So kotzte, hustete und lachte er abwechselnd und war hin- und hergerissen zwischen Euphorie, Panik und Weltuntergangsstimmung. Und heiß war ihm, ganz entsetzlich heiß. Er sehnte sich nach kaltem Wasser, nach erfrischenden Wellen, nach der flaschengrünen, salzigen See oder wenigstens nach einer kühlen Dusche. Immer mehr hatte er das Gefühl, innerlich zu verbrennen.

Als er glaubte, nun endlich wäre sein Magen so leer wie eine blank gewischte Schüssel, erhob er sich mit zitternden Knien, trank mehrere Gläser Wasser und sprang in voller Bekleidung unter die kalte Dusche, die er minutenlang laufen ließ. Er hielt das Gesicht in den Wasserstrahl, fing das Wasser auf, verschluckte sich und musste wieder lachen. Danach lief er tropfend durchs Haus. Er legte eine von Bens alten Vinylplatten auf und stellte die Stereoanlage auf höchste Lautstärke. Draußen auf der Terrasse standen drei Clowns mit Horror-Masken und schwingenden Baseballschlägern, denen er fröhlich zuwinkte. Er bekam erst Angst, als im Wohnzimmer das Fensterblatt drohend auf ihn zuhumpelte und die Efeutute ihre langen Triebe um seinen Hals schlang.

Fitzen stürzte in die Küche und trank einen halben Liter Wasser. Dann hörte er die Haustüre gehen. Wollten ihn die Horror-Clowns besuchen? Schwankend tastete er sich in die Eingangshalle. Als er seinen Besucher erkannte, konnte er nicht anders, er fiel zu Boden und wälzte sich vor Lachen. Bis die Efeutute, die in verbrecherischer Absicht auf seinen Fersen war, ihm die Kehle zudrückte.

Auf dem Rückweg nach List

»Weißt du, je mehr ich von Julia erfahre, desto unsympathischer wird sie mir«, sagte Lilly, als sie nach List zurückfuhren. »Sie muss ziemlich rachsüchtig gewesen sein und keineswegs das unschuldige Opfer, als das sie sich ausgegeben hat.«

»Zuerst wohl schon«, meinte Benthien, »Biondi hat ihr schon übel mitgespielt. Aber auch sie hat jede Grenze überschritten. Die Sache mit den Nacktfotos, die seine Elite-Karriere versauen sollten, war schon unterste Schublade. Ebenso die Affäre mit Bewerunge. Bei irgendeinem Menschen muss sie einen solchen Hass hervorgerufen haben, dass er nur noch einen Ausweg sah, nämlich sie umzubringen.«

»Für mich ist immer noch Matteo der Hauptverdächtige, zumal er angeblich allein zu Hause war, sein Porsche aber bei den Bewerunges gesehen worden ist. Außerdem hat er das beste Motiv. Dann Hauke und vielleicht auch Anne, denn auch sie hat nicht wirklich ein Alibi. Und wo Hauke zur tatrelevanten Zeit war, kann nur eine Tote bestätigen.«

»Ruf Anne an«, schlug Benthien vor, »und frage sie, wo sie am Montagnachmittag war. Und ob sie jemand gesehen hat.«

Anne erklärte Lilly am Telefon, dass sie nach dem frühen Abendessen am nahen Strand entlanggegangen sei. Etwa eine oder eineinhalb Stunden. Es sei ihr nach einer Spritze und einer Infusion wieder besser gegangen und sie habe das Bedürfnis nach frischer Luft gehabt. Und dass jemand sie gesehen hätte, der sie kennt, glaube sie nicht.

»Okay, hat also auch Anne kein Alibi«, kommentierte Lilly mit leiser Verzweiflung. »Eineinhalb Stunden reichen locker, um mit dem Auto nach Braderup zu kommen und mit Julia in Streit zu geraten. Allerdings müsste sie ein Taxi genommen haben, denn sie ist ja nicht mit dem eigenen Wagen in die Klinik gefahren. Das werde ich noch überprüfen. Und außerdem müsste ihr jemand geholfen haben, die Leiche nach Flensburg und an die Förde zu bringen. Vielleicht ihr Mann.«

»Ich kann mir nicht denken, dass Anne mit der Absicht nach Hause gefahren ist, Julia umzubringen. Es sei denn, Hauke hätte ihr erzählt, dass er nicht zu ihr zurückkommt, sondern mit Julia zusammen sein möchte. Was er jetzt uns gegenüber leugnet, um Anne zu schützen. Vielleicht«, Benthiens spekulative Fantasie nahm langsam Fahrt auf, »war Hauke sogar im Haus, zusammen mit Julia. Die beiden wähnten Anne sicher verwahrt in der Klinik, stattdessen hat sie sie in flagranti ertappt. Und da sind ihr erst die Augen aufgegangen, was wirklich mit Hauke und Julia los ist und wie sehr die beiden sie hintergehen.«

»Und du meinst, Hauke könnte nur so getan haben, als ob er mit Julia Schluss gemacht hätte und in Wirklichkeit mit Jeanette zusammen gewesen wäre, um Anne zu schützen? Weil sie dann ja kein Motiv mehr hätte, Julia etwas antun zu wollen? Seine Geschichte wäre demnach eine einzige Lüge? Aber wenn nicht, wenn er Jeanette wirklich geliebt hat – immerhin war er ganz schön erschüttert über ihren Tod –, und Anne wusste davon, warum hat sie dann nicht auch Jeanette ermordet? Oder«, Lilly setzte sich kerzengerade in ihrem Sitz auf und wirkte plötzlich angespannt, »vielleicht hat sie es ja getan? Zumindest indirekt? Immerhin ist Jeanette gestorben, einige Stunden nachdem sie bei Anne gewesen war.«

»Und Anne hat ihr eine ganze Tüte Pralinen mitgegeben!«

»Aber uns auch!« Lilly starrte Benthien an. »Hast du welche von den Pralinen gegessen?«

»Bisher nicht.«

»Ich auch nicht. Ich habe meine Tommy gegeben, um nicht in Versuchung zu kommen. Oh Gott, Tommy!«

Benthien hielt so abrupt auf dem Seitenstreifen an, dass ihn der nachfolgende Fahrer wütend anhupte und ihm den Stinkefinger zeigte. Benthien beachtete ihn nicht. »Das alles klingt verdächtig nach einer abstrusen Verschwörungstheorie ... Schließlich war auch Anne gesundheitlich so angeschlagen, dass sie ins Krankenhaus gebracht werden musste.«

»Aber, John, das könnte ein geschickter Schachzug gewesen sein! Sie nimmt gerade so viel von dem Zeug, was auch immer es ist, dass sie ein paar Symptome hat, übertreibt sie dann aber und wirkt dadurch kränker, als sie ist. Auf Gift wird sie sicher kein Arzt untersucht haben.«

Benthien atmete schwer. »Ruf du Tommy an, ich versuche, Karin zu erreichen. Sie hat, soviel ich weiß, ein paar der Pralinen in Goldfolie mit nach Hause genommen.«

Benthien stieg aus und blickte übers Wattenmeer, über dem langsam der Abend dunkelte. Am Himmel hingen schwere Wolken, die baldigen Regen versprachen. Dabei stapfte er durch den Sand und wartete mit wachsender Panik darauf, dass Karin sich meldete, was endlich nach dem neunten Klingelzeichen geschah. Als er fragte, ob schon jemand von den Pralinen gegessen habe, und erfuhr, dass dies nicht der Fall war, atmete er erleichtert auf. Er bläute Karin ein, alle Pralinen in Goldfolie wegzuschließen, in einen sicheren Schrank, und sie dort zu lassen, bis ein Kollege der Schutzpolizei sie abholen würde. Karin war natürlich zu Tode erschrocken, doch dann fing sie an, sich in Rage zu reden, als wäre das alles allein Benthiens Schuld. Es fiel ihm schwer, sie wieder zu beruhigen.

Auch Lilly war mit ihrem Handy ausgestiegen und lief durchs Heidekraut. Als sich beide wieder im Wagen trafen, sagte sie leicht beunruhigt: »Tommy erreiche ich nicht und deinen Vater auch nicht. Wo könnten die beiden denn sein?

Übrigens habe ich auch noch die Taxizentrale angerufen und erfahren, dass in der relevanten Zeit am Montag nur ein etwa siebzigjähriger Österreicher, der in der Nordseeklinik zur Reha war, abgeholt und nach Westerland gefahren wurde. Niemand nach Braderup.«

»Einer von den dreien muss es gewesen sein. Matteo erscheint mir am wahrscheinlichsten, aber auch Hauke oder Anne haben gute Motive.« Benthien fuhr sich wild durch die Haare, wie er es oft tat, wenn er über etwas nachgrübelte. »Weißt du was, Lilly? Ich stelle jetzt einfach mal eine Hypothese auf: Julia wurde bei sich zu Hause umgebracht. Da sie eine arterielle Blutung hatte und sehr schnell verblutet ist, muss dort jede Menge Blut zu finden sein. Und das werden wir aufspüren, wenn wir mit Luminol sprühen, Putzen hilft da nämlich gar nichts, es sickert ja in jede Bodenritze. Ich werde jetzt Thyra anrufen und dann Stefano von der KTU. Das Haus muss umgehend untersucht werden.«

Während Benthien telefonierte, raste ein Notarztwagen, von List kommend, die Lister Straße hinunter in Richtung Westerland. Das Horn war so laut, dass er von dem Gespräch kaum ein Wort verstand. Immerhin, Thyra war mit seinen Maßnahmen einverstanden und Stefano auch, da seine Freundin einen Brunch vorbereitete mit Leuten, die er nicht treffen wollte. »Stehe morgen um zehn bereit, aber du musst mich abholen!«, sagte er vergnügt, bevor er auflegte. Benthien wollte gerade den Wagen wieder starten, als Lilly einen Anruf bekam und eilig die Hand hob, ein Zeichen, dass er abwarten solle.

»Sie bringen Tommy gerade ins Krankenhaus«, informierte sie ihn, ganz grau im Gesicht, »und es scheint ernst zu sein, sagt dein Vater. Er hat furchtbare Magenschmerzen und Fieber und Halluzinationen und glaubt, eine Efeutute will ihn erdrosseln.«

Benthien wendete den Wagen so heftig, dass Lilly gegen die

Beifahrertür geschleudert wurde. »Dann war Tommy das eben in dem Notarztwagen?«

Lilly nickte. »Aber dein Vater ist bei ihm.«

* * *

... unsere Erinnerungen. Hatten wir nicht eine Reihe von schönen Tagen? Du kennst doch den Spruch von Konfuzius: Nicht weinen, weil es vorüber, lächeln, weil es gewesen! Ich bin sicher, es beginnt ein neues Leben, und wenn dir am allerbängsten ist, vergiss nicht, dass ich da bin und dich im Arm halte ...

In der Nordseeklinik in Westerland

»So etwas habe ich noch nie gesehen, John«, sagte Ben im Flur der Inneren Medizin und fuhr sich übers Gesicht, »es war wirklich unheimlich. Tommy lag auf dem Boden, als ich nach Hause kam, krümmte sich vor Schmerzen und schrie, das Grünzeug wolle ihn erdrosseln. Zwischendurch lachte er irre und stampfte mit den Beinen. Ich sage euch, das war die längste Zeit meines Lebens, bis endlich der Rettungswagen kam.«

»Hat er Pralinen gegessen, die in Goldfolie verpackt waren?«

»Kann sein«, sagte Ben, »aber er hat weitaus mehr als nur einen verdorbenen Magen! Er war klitschnass, weil er sich mit all seinen Kleidern unter die Dusche gestellt hatte, und sein Lachen klang wirklich irre …«

Benthien packte ihn am Arm. »Hast du auch davon gegessen? Von den Pralinen?«

Sein Vater starrte ihn erschrocken an. »Nein! Was hast du nur immer mit den Pralinen? Du willst doch jetzt nicht sagen, dass die vergiftet sind?«

»Würde mich nicht wundern, wenn ja. Ich muss dringend mit Tommys Arzt sprechen, Vater. Und du kommst mit! Du hast Tommy gesehen, du kannst ihnen die Symptome aus erster Hand beschreiben.« Er lief zum Empfang, zeigte seinen Dienstausweis und verlangte, schnellstmöglich den Chefarzt der Inneren zu sprechen, da er wichtige Informationen habe.

Abends im Haus Bewerunge in Braderup

Neben Lilly und Benthien waren noch Hinnerk Petering und Arndt Schäfer mit von der Partie, als sie bei den Bewerunges Sturm läuteten.

»Wir müssen davon ausgehen, dass jemand versucht, auch Anne Bewerunge umzubringen«, erklärte Benthien.

»Habt ihr nicht gesagt, dass sie möglicherweise ihre Tochter getötet hat?«, fragte Hinnerk.

»Es ist nur eine Vermutung, Beweise haben wir …«

In diesem Augenblick wurde die Tür aufgerissen, und Hauke Bewerunge stand vor ihnen.

»Haben Sie in diesem Hause irgendetwas gegessen? Seit wann sind Sie hier?«, fragte Schäfer und drängte sich an ihm vorbei. »Und wo ist Ihre Frau?«

»Was ist hier eigentlich los?«

»Jetzt antworten Sie, Mann!«, schnauzte Arndt Schäfer, während Lilly und Hinnerk in die Küche rannten, um nach den Pralinen zu sehen.

Bewerunge schien es aufgegeben zu haben, sich aufregen zu wollen oder Widerstand zu leisten. Wie ein Schüler, der seine Hausaufgaben gemacht hat, antwortete er resigniert: »Ich bin seit einer Dreiviertelstunde hier. Gegessen habe ich nichts, nur ein Bier getrunken. Anne ist oben und hat sich hingelegt. Ich glaube, sie hat Fieber. Vielleicht habe ich sie angesteckt.« Er schien auf einen Schlag den gesamten Fragenkatalog abarbeiten zu wollen. Auch dass Benthien nach oben rannte und in Annes Schlafzimmer eindrang, nahm er ohne Kommentar hin.

Anne lag stöhnend im Bett. Offenbar hatte sie Schmerzen

und Fieber und war kaum ansprechbar. Ein paar der Pralinen in Goldfolie lagen auf ihrem Nachttisch. Benthien warf nur einen Blick auf sie, dann rief er umgehend den Rettungswagen. Als dieser eintraf, bat er darum, beide Bewerunges in die Klinik zu bringen. »Könnte eine Vergiftung sein«, sagte er knapp zur Information, doch auf die Frage, um welches Gift es sich handelte, musste er passen.

»Ich würde Bewerunge ja lieber auf die Polizeistation mitnehmen«, knurrte Schäfer, der in den Zimmern im oberen Stockwerk sämtliche Schubladen und Schranktüren aufriss auf der Suche nach weiteren Nahrungsmitteln, insbesondere Süßigkeiten. Aber er fand keine.

»Das kannst du nach der Untersuchung immer noch machen«, entgegnete Benthien.

Unten hatten Lilly und Hinnerk inzwischen alle Süßigkeiten zum Transport ins Labor in einen großen Müllsack gesteckt. Nun mussten noch der Kühlschrank ausgeräumt und alle anderen Lebensmittel eingepackt werden. Nichts durfte übersehen werden. Noch in der Nacht würden Sylter Polizeibeamte die potenziellen Beweismittel aufs Festland ins Labor bringen. Möglicherweise hing das Leben von Fitzen, Anne und vielleicht auch Hauke davon ab, wie schnell man das Gift oder die Droge identifizierte.

Nachdem Arndt Schäfer das Haus verlassen hatte, lief Benthien durch das hell erleuchtete Wohnzimmer und suchte konzentriert nach verdächtigen Süßigkeiten – im Schrank, im Sideboard, auch in allen Schüsselchen und Schalen, die er entdeckte. Es war absolut wichtig, dass sie restlos alles einsammelten. Gleichzeitig hielt er Ausschau nach einem möglichen Behältnis für Gift oder Drogen.

Bei seiner Suche fiel ihm von Weitem ein dunkler Fleck auf dem weißen Leder des Sessels auf, in dem Anne jedes Mal, wenn sie bei ihr gewesen waren, gesessen hatte. Er befand sich am oberen Teil der Rückenlehne. Benthien kam näher und inspizierte verblüfft den »Fleck«. Er wollte nicht glauben, was er sah. Ein Schauer des Entsetzens durchrieselte ihn, und eine eisige Hand griff nach seinem Herzen. Mehrere Stufen auf einmal nehmend, rannte er wieder nach oben in Annes nunmehr verlassenes Schlafzimmer. Gleichzeitig griff er nach seinem Handy, um in der Nordseeklinik anzurufen.

Lilly atmete auf, als endlich alle Lebensmittel eingetütet, in Kisten verpackt und im Polizeibus untergebracht waren, um sie nach Kiel ins Labor zu bringen. Sie hatte das Gefühl, eine große Gefahr abgewendet zu haben, etwa so, als hätte sie soeben eine gefährliche Giftschlange aus dem Haus entfernt.

Sie wollte gerade zu Benthien gehen, als sie ihn die Treppe hinunterspringen und aus dem Haus rennen sah.

»Bin in einer halben Stunde zurück, sucht weiter!«, rief er ihr über die Schulter zu, dann hatte er schon mit quietschenden Reifen den Wagen gestartet und war verschwunden.

Lilly war verblüfft, aber auch zutiefst beunruhigt. Hatte sich Tommys Zustand verschlechtert? Sie überlegte, Benthien anzurufen, ließ es dann aber bleiben. Er musste sich in der Stimmung, in der er sich befand, aufs Fahren konzentrieren.

»Können wir anfangen?«, erklang Hinnerks Stimme hinter ihrem Rücken.

Lilly drehte sich um. Neben Hinnerk stand ein sehr schweigsam wirkender Zweimetermann, ein Kriminaltechniker im Ruhestand namens Boysen, der hin und wieder weniger komplexe Untersuchungen, die auch ein Einzelner durchführen konnte, für die Sylter Polizei übernahm. Er sollte feststellen, ob sich größere Blutmengen im Haus befanden. Benthien hatte ihn auf Schäfers Vorschlag hin angefordert, damit Kollege Stefano nicht extra anreisen musste, falls kein Blut gefunden werden sollte, und weil es eilte.

Obwohl Lilly lieber beobachtet hätte, wie Boysen Wände und Boden mit Luminol einsprühte, blieb ihr nichts anderes übrig, als mit Hinnerk weiter nach Behältern zu suchen, in denen sich möglicherweise Gift befand. Dabei durften sie dem Kriminaltechniker nicht in die Quere kommen, der verdunkelte Räume brauchte, denn unter Luminol leuchtete Blut im Dunkeln wie blaues Neonlicht.

Gerade als Benthien zurückkam, hörte man von oben einen Überraschungslaut.

»Was ist mit Tommy?«, rief Lilly, während sie beide nach oben hetzten. Benthien, der vor ihr die Treppe hochlief, sagte nichts, reckte aber den Daumen in die Luft.

Dann standen sie vor der weit offenen Badezimmertür. Im Raum war es dunkel, doch vor dem Waschbecken leuchtete es tiefblau.

4. Ostermontag, 24. April

Vormittags in Westerland, in der Nordseeklinik

So hatte Benthien seinen alten Jugendfreund noch nie gesehen – blass, eingefallen, den Schock vom Vortag noch in den Augen. Dennoch behauptete Tommy, es ginge ihm ganz gut, und das schlitzohrige Lächeln war auch schon wieder da. Man hatte ihm Vitamin K und eine Lösung mit dem unaussprechlichen Namen Eisen(III)-hexacyanoferrat(II) gegeben, auch bekannt als Berliner Blau. Der behandelnde Arzt hatte Benthien ein großes Lob ausgesprochen, da er höchstwahrscheinlich Tommy Fitzen und Anne Bewerunge das Leben gerettet hatte.

»Ich begreife immer noch nicht, wie du darauf gekommen bist, dass wir mit Thallium vergiftet worden sind«, sagte Tommy.

»Ich habe gesehen, dass sich in Annes Haus auf der Rückenlehne des Sessels und auch auf ihrem Kopfkissen unglaublich viele Haare befanden, so als wären sie ihr büschelweise ausgegangen«, erklärte Benthien nicht nur ihm, sondern auch seinem Vater, der ebenfalls zu den Besuchern gehörte, die um Fitzens Bett herumsaßen. »Ein starker Haarverlust ist ein ganz typisches Zeichen für eine Thalliumvergiftung … zumindest wenn man schon einen Verdacht in dieser Richtung hat.«

»Mit anderen Worten, ich war todkrank?«, sagte Fitzen staunend. Offenbar konnte er es immer noch nicht fassen, dass er so glimpflich davongekommen war. »Aber ich hatte doch gar keinen Haarausfall?«

»Du nicht, aber Anne Bewerunge. Der Haarausfall entsteht erst nach zwei Wochen. Zumindest so lange muss man das Gift schon eingenommen haben.«

»Du hast es erst mit den Pralinen zu dir genommen – zumindest vermuten wir das«, sagte Lilly. »In ein paar Stunden werden wir es genau wissen.«

»Aber ich denke, Anne hat diese Pralinen hergestellt?«, fragte Ben irritiert. »Sie wird sich doch nicht selbst vergiftet haben?«

»Wir werden leider erst heute Nachmittag mit ihr sprechen können.«

»Und was ist mit ihrem Mann, mit Hauke?«

»Er hat keine Symptome«, erklärte Benthien. »Aber er hat auch keine von diesen Trüffelpralinen gegessen. Sie haben ihn vorhin entlassen.«

»Dann hat er seine Frau vergiftet? Aber warum?«, fragte Ben ungläubig.

John schüttelte den Kopf. »Das ist nicht gesagt. Dieser Fall ist für mich rätselhafter als je zuvor. Alles deutet darauf hin, dass es hier auch noch um Drogen geht ... aber um welche, ist bisher unbekannt. Ich hoffe, wir erfahren es heute.«

Damit war das Gespräch beendet, denn zwei Sanitäter kamen herein, um Fitzen zu einer einmaligen Dialyse ins Sylter Dialysezentrum zu bringen.

Nachdem er sich von Ben verabschiedet hatte und mit Lilly ins Auto gestiegen war, starrte Benthien auf die malerischen Krüppelkiefern, die den Parkplatz zum Meer hin abgrenzten. Er überlegte, wie und wo er weitermachen sollte. An sich musste er dringend mit Anne sprechen, doch die hatte noch verschiedene Untersuchungen vor sich, daher entschied er sich, Matteo noch einmal aufzusuchen. Doch ein Anruf von Stefano Rossi änderte seine Meinung. Rossi war zusammen mit seiner Chefin, Claudia Matthis von der Spurensicherung, schon früh nach Sylt gekommen, nachdem der Sylter Kollege in dem Haus der Bewerunges Blut gefunden hatte. Die Verdachtsmomente gegen die Bewohner würfen inzwischen so viele Fragen auf, sagte Rossi am Telefon, dass es sinnvoll wäre, wenn Benthien sich das selbst ansehen würde.

Im Haus Bewerunge in Braderup

»Ich nehme an, hier ist es passiert«, sagte Stefano Rossi, ein munterer Halbitaliener mit schmelzend braunen Augen, und deutete auf ein Frühbeet im Garten, dessen eine Fensterhälfte fehlte.

»Das Ding muss erst kürzlich kaputtgegangen sein«, ergänzte Claudia Matthis. Benthien kannte sie schon länger; sie war eine toughe Mittvierzigerin und, soweit er wusste, geschieden und alleinerziehende Mutter. Er arbeitete gern mit ihr zusammen, denn sie war äußerst zuverlässig und diszipliniert. Außerdem hatte sie wahre Argusaugen. Sie deutete auf den Boden des Frühbeets, in das Anne Gurken und Tomaten gepflanzt hatte. »Seht ihr das?«, fragte sie, an Lilly und Benthien gewandt. »Es gibt nur noch eine Klappe, anscheinend ein ausgedientes Fenster, das zweite ist nicht mehr vorhanden.«

»In den letzten Tagen hat fast immer die Sonne geschienen«, wandte Lilly ein, »vielleicht wollte sie das Beet belüften?«

Benthien wusste, dass Lilly aus einem kleinen Ort in der Lüneburger Heide kam, wo ihr Vater Tierarzt gewesen war. Er nahm an, dass sie sich mit Beeten auskannte.

Doch Claudia schüttelte den Kopf. »Schaut mal genau hin! Seht ihr die winzigen Glassplitter am Boden? Zum Glück scheint heute die Sonne, sonst wären sie mir nicht aufgefallen.«

»Du meinst also«, sagte Lilly langsam, »das Opfer ist von oben auf die Klappe gefallen, die ist dabei zersplittert, und das Glas hat sich in Julias Körper gebohrt? So könnte natürlich die Aorta zerfetzt worden sein.«

»Aber warum hat man dann oben im Badezimmer Blut gefunden?«, überlegte Benthien. »Konnte sie sich danach noch nach oben schleppen? Und warum sollte sie das tun?«

Stefano, der vor dem Beet auf dem Boden hockte, war bereits mit einer kleinen Schaufel zugange, mit der er vorsichtig die Erde abhob und in eine Papiertüte rieseln ließ. »Es sieht zwar nicht so aus, als ob hier jemand geblutet hätte«, sagte er mit einem Blick zu seiner Chefin, »aber es sind eben diese winzigen Glassplitter da. Übrigens, John, das Blut oben im Bad scheint auf den ersten Blick eine größere Menge gewesen zu sein, die aber sorgfältig weggewischt wurde. Wir haben aufgrund des Luminols ja nur die paar Überreste gesehen, die in die Ritzen des Holzfußbodens gesickert sind.«

»Ein Mensch, der verblutet«, ergänzte Claudia, »muss schon einige Liter Blut verlieren, bevor er daran stirbt.«

»Ja, oben im Bad kann sie nicht verblutet sein«, bestätigte Stefano, »dazu reichte die Blutmenge dann doch nicht aus. Und Glassplitter haben wir dort auch nicht gefunden.«

»Aber an anderen Stellen im Haus ist kein Blut gefunden worden«, sagte Lilly ratlos. »Ich möchte doch wirklich mal einen Fall erleben, in dem sich, wenn eine Frage beantwortet ist, nicht sofort etliche neue daraus ergeben!«

»Nur Anne Bewerunge kann uns darüber Auskunft geben«, meinte Benthien. »Aber da wir nun schon mal hier sind und sich die Verdachtsmomente verstärkt haben, möchte ich das Haus gern noch einmal durchsuchen, diesmal etwas gründlicher. Kommst du mit, Lilly?«

Sie begannen in Julias Zimmer. Aus irgendeinem Grund gab es dort einen Schrank aus der Zeit des Historismus, über hundert Jahre alt, mit Schnitzereien und einem bodentiefen Spiegel in der mittleren Tür. Innen fand Lilly nicht nur Pullover und T-Shirts, sondern auch ein Fotoalbum, viele Zeitschriften, ein paar Bücher und mehrere Fächer voll Schminkutensilien. Julias Kleidergeschmack war recht teuer gewesen, und Lilly fragte sich, woher sie das Geld gehabt hatte. Benthien bewunderte indessen zwei Geweihe an der Wand, die mit Modeschmuck behängt waren, und etliche Studioaufnahmen von Julia, die in meist extravaganten Rahmen steckten. Briefe oder ein Tagebuch waren nicht zu finden.

»Hier ist nichts Interessantes«, meinte Benthien endlich und wollte das Zimmer verlassen, doch Lilly beschloss, noch einmal an Julias Schrank zu gehen und das Fotoalbum, das sie dort in einem Fach gefunden hatte, mitzunehmen. Es schien zwar unwahrscheinlich, aber vielleicht stammte Julias Mörder aus ihrer Vergangenheit, die, so kam es Lilly vor, zum größten Teil im Dunkeln lag.

Unter dem Fotoalbum, das hatte sie vorhin bemerkt, befand sich auch noch eine Dokumentenmappe mit losen Fotos, die sie ebenfalls durchsehen wollte. Zuerst suchte Lilly im falschen Schrankfach, nämlich auf der rechten Seite. Dort stapelten sich ähnliche Dokumentenmappen, aber in denen hatte Julia hauptsächlich Zeitungsausschnitte über Events auf Mallorca gesammelt, über Mode, Kosmetik oder Musikalben und Künstler.

Die Fotos, die sie suchte, waren hinter der linken Tür im untersten Fach. Doch als sie die entsprechende Mappe herauszunehmen versuchte, stutzte Lilly. Ihr kam es so vor, als ob hinter der rechten Schranktür deutlich mehr Raum bis zur Rückwand gewesen wäre als hier, wo die Mappen regelrecht eingeklemmt waren.

Lilly setzte sich auf den Boden und räumte das unterste Fach komplett leer. Sie überprüfte es, indem sie die Holzwände abklopfte. Dabei bemerkte sie, dass das obere Regalbrett fest mit den Seitenwänden des Schranks verbunden war und nicht herausgenommen werden konnte. Dagegen schien ihr die Rückwand im unteren Fach etwas wacklig zu sein.

Benthien, der inzwischen die meisten anderen Räume durchsucht hatte, stürmte ins Zimmer. »Wie sieht's aus bei dir? Bist du bald fertig?«

»Ich glaube, hier gibt es ein Geheimfach«, sagte Lilly aufgeregt. »Dieses Schrankfach ist kürzer als das identische Fach rechts. Sieh es dir mal an!«

Benthien legte sich der Länge nach auf den Boden und steckte den Kopf in den Schrank. Er klopfte gegen die Rückwand. »Fühlt sich hohl an«, stellte er fest.

Lilly sprang auf. »Ich hole Werkzeug aus der Küche!«

Als sie zurück war, versuchte Benthien mit einem Schraubenzieher die doppelte Rückwand zu lockern, was erstaunlich leicht ging, da er einen Astlochdübel entdeckt hatte. Handwerklich besonders begabt war Julia jedenfalls nicht gewesen, es war ihr wohl mehr auf die Optik angekommen. Sie hatte einfach ein passend zurechtgeschnittenes dünnes Brett mit einer Leiste oben und unten zwischen Regal- und Schrankboden geklemmt und gegen die Rückwand gedrückt. Nachdem Benthien die mobile Rückwand entfernt hatte, fiel eine stabile Platte aus Pappe heraus. Darauf waren vier Päckchen geklebt worden, die man in Papier eingewickelt und dann mit dickem schwarzem Klebeband reichlich umhüllt hatte.

»Was ist das?«, fragte Lilly und griff nach dem Konstrukt.

»Es ist unglaublich schwer«, sagte Benthien und wog es in der Hand.

Als sie die Päckchen auspackten, blieb Lilly fast der Mund offen stehen. »Meinst du, die Dinger gehören wirklich Julia? Oder hat jemand anders die hier versteckt?«

Benthien zog ein Paar Einmalhandschuhe aus der Tasche, die er immer bei sich trug, und besah sich die Fundstücke vorsichtig von allen Seiten. »Lilly! Kannst du mal aus der Küche einen Frischhaltebeutel holen oder so was Ähnliches? Eine Plastiktüte? Oder noch besser, einen Beweismittelbeutel aus dem Auto?«

Lilly sah ihn empört an. »Seit wann bin ich deine Handlangerin?«

»Ich bin dein Boss, schon vergessen?« Benthien grinste. »Aber ich kaufe dir nachher auch ein Eis, versprochen!«

Lilly streckte ihm die Zunge heraus.

Als sie zurückkam, telefonierte ihr Boss gerade. Er räkelte sich auf dem Schreibtischstuhl und ließ die Sonne auf den glänzenden Fundstücken spielen. Lilly hielt ihm den Beutel auf, und er steckte die Fundstücke hinein. »Das war naheliegend, aber nun haben wir auch den Beweis«, sagte er ins Telefon und betrachtete Lilly mit einem wissenden, nachdenklichen Blick, der sie ganz hibbelig machte.

»Für was haben wir den Beweis?«, fragte sie, nachdem Benthien das Gespräch beendet hatte.

»Matteo Biondi«, sagte Benthien, sprang auf und lief die Treppe hinunter. »Na los, komm schon!«

Lilly beschloss, sich über Benthiens Einsilbigkeit nicht unnötig zu ärgern. Sie fragte ihn auch nicht, wohin er fahren wollte. Wahrscheinlich zu Matteo.

Auf dem Weg dorthin wurde Benthien gesprächig. »Wir haben ihn!«, sagte er frohlockend. »Eben hat mich unsere Oberstaatsanwältin angerufen. Ich hatte ja Biondis Bewegungsprofil vom Montag angefordert, und Thyra hat beim Richter ziemlichen Druck gemacht. Jetzt ist es da! Und es beweist, dass Matteo mitnichten brav zu Hause gesessen und gelernt hat, sondern …«

»Lass mich raten«, sagte Lilly, »er war bei den Bewerunges. Aber das wussten wir doch schon vom Nachbarn?«

»Ja, doch jetzt wissen wir, dass sein Handy dort immer wieder eingeloggt war, den ganzen Nachmittag und Abend bis …«

»Na?«

»Bis kurz nach achtzehn Uhr. Dann ist er nach Hörnum gefahren. Erst spät in der Nacht war er wieder zurück in Kampen, und zwar ohne einen Umweg über Haus Bewerunge in Braderup zu machen.«

»Also ist Matteo zur fraglichen Zeit, als Julia, wie Jeanette uns erzählte, zu Hause war, praktisch vor ihrem Haus gewesen, und er hat ein astreines Motiv. Ob er sie wieder belästigt hat? Klingt nach erhöhtem Klärungsbedarf!«

***

Weißt du, wofür ich dich liebe – unter anderem? Dafür, dass du Dinge in mir siehst, Eigenschaften und Vorzüge, von denen ich gar nicht wusste, dass ich sie habe. Aus deiner guten und geliebten Hand kann ich das annehmen, obwohl ich manchmal denke, du siehst Stärken in mir, die nichts anderes als ganz deine eigenen sind …

Auf dem Parkplatz der Sansibar

Als sie in Kampen ankamen, war von dem kanariengelben Porsche nichts zu sehen, und auf ihr Klingeln rührte sich nichts. Enttäuscht wollten sie gerade wieder in Benthiens Wagen steigen, in seinen geliebten alten flaschengrünen Citroën XM, als ein Anruf von Arndt Schäfer kam. »Habt ihr's schon gehört? Biondi hatte heute Mittag einen mysteriösen Autounfall! Auf dem Parkplatz der Sansibar. Wollt ihr vorbeikommen?«

»Natürlich«, rief Benthien. »Wie geht es ihm?«

»Wie sagt man so schön: Der hört jetzt die Engel im Himmel singen!«

Benthien warf Lilly einen wütenden Blick zu, dann wendete er den Wagen abrupt und schoss davon, in Richtung Süden.

Auf dem in ein weitläufiges, einsames Dünengelände eingebetteten Parkplatz des Edelrestaurants Sansibar standen mehrere Polizeifahrzeuge mit blinkenden Lichtern. Fast zeitgleich mit Benthien und Lilly fuhr auch ein Leichenwagen aufs Gelände, der hinter dem Rettungswagen hielt. Der knallgelbe Porsche steckte schräg unter einem großen Traktor, dessen linkes Vorderrad den Porsche zerquetscht und, wie auf dem Schrottplatz, zu einem wesentlich kleineren Blechpaket komprimiert hatte. Die Leiche war noch nicht geborgen worden, man wartete noch auf das schwere Bergungsgerät, das die beiden ineinander verkeilten Fahrzeuge trennen sollte.

Etwas entfernt im Rettungswagen saß ein Mann um die fünfzig, mit einer Rettungsdecke um die Schultern, der unablässig vor sich hin murmelte »Ich kann's nicht begreifen, ich kann es einfach nicht begreifen!«

Benthien hatte den Eindruck, dass er nicht verletzt war, wohl aber schwer unter Schock stand. Vermutlich war er Augenzeuge des Unfalls gewesen. Weitere Augenzeugen gab es nicht, da das Restaurant noch etliche Meter vom Parkplatz entfernt versteckt in den Dünen lag.

Arndt Schäfer, der mit der Notärztin gesprochen hatte, kam auf sie zu.

»Was ist passiert?«, fragte Benthien.

»Laut Aussagen des Zeugen«, erklärte Schäfer mit einem Kopfnicken zu dem Mann im Rettungswagen, »ist Biondi praktisch in letzter Sekunde und mit extrem überhöhter Geschwindigkeit von der Straße auf den Parkplatz abgebogen. Und es kam, wie es kommen musste: Er verlor die Kontrolle, und sein Wagen wurde mit großer Wucht in den Traktor geschleudert. Dabei ist der Porsche im vorderen Teil praktisch atomisiert worden. Biondi muss sofort tot gewesen sein. Der Zeuge, der schon eine Weile hinter ihm hergefahren war, erklärte, der Fahrer sei ihm sowieso äußerst suspekt vorgekommen. Er hat sogar die Polizei benachrichtigt – deswegen waren die Kollegen auch so schnell am Unfallort, praktisch fast zeitgleich mit der Kollision –, weil er annahm, Biondi sei sturzbetrunken. Der Mann fuhr Schlangenlinien oder benutzte minutenlang die Gegenspur. Am unheimlichsten war, sagte der Zeuge, dass Biondi wild gestikuliert, gelacht, mit den Fäusten gegen die Windschutzscheibe geschlagen habe. Dabei war er allein im Auto, telefoniert hat er auch nicht. Warum er dann in letzter Sekunde auf den Parkplatz schoss, ohne zu bremsen oder die Geschwindigkeit zu drosseln, das weiß kein Mensch.«

»Möglicherweise war Biondi im Drogenrausch«, bemerkte Lilly zu Benthien.

Schäfer starrte sie an. »Um Himmels willen, es kann doch

nicht *jeder* im Umfeld der Bewerunges Drogen nehmen? Und was für ein Teufelszeug soll das denn sein?«

»Man sollte sich in Matteos Wohnung oder vielmehr im Haus seiner Eltern umsehen«, überlegte Benthien. »Und besonders darauf achten, ob in Goldfolie verpackte Pralinen rumliegen oder sich Goldfolie im Müll befindet.«

»Drogen, die in Pralinen stecken? Hasch in der Schokolade? Aber das kann doch keine solche Wirkung haben!«

Daraufhin erzählte ihm Benthien, was Tommy Fitzen zugestoßen war. »Und das war nicht nur Thallium, Arndt, denn das verursacht keine Halluzinationen und keine Angstzustände. Daran stirbst du nur, wenn du eine ausreichend große Menge zu dir nimmst. Nein, die Pralinen sind entweder abwechselnd mit dem Gift oder der Droge versetzt worden oder mit beidem zugleich, so absonderlich das auch klingen mag.«

»Das klingt nicht absonderlich, das klingt nach reinem Wahnsinn«, rief Schäfer. »Wo, in drei Teufels Namen, kommen die Dinger denn her?«

»Julia könnte sie hergestellt haben. Oder Anne Bewerunge«, sagte Lilly. »Aber das muss nicht unbedingt heißen, dass sie sie auch mit Drogen oder Gift gefüllt hat. Sie ist ja selbst schwer erkrankt.«

»Junge, Junge«, murmelte Schäfer. »Das ist ja eine ganz mysteriöse Sache. Wer bleibt denn jetzt noch? Hauke Bewerunge? Aber was könnte dahinterstecken?«

»Glaub mir, das werden wir herausfinden!«, sagte Benthien grimmig.

Nachmittags in der Nordseeklinik

Anne saß aufrecht im Bett, sah aber noch reichlich blass aus nach ihrer Dialyse. Ihre langen, dunklen Haare bauschten sich wild um ihren Kopf, aber es ließ sich kaum übersehen, dachte Lilly, dass sie dünn geworden waren, an manchen Stellen schimmerte bereits die Kopfhaut durch. Anne musste große Mengen an Haaren verloren haben.

Lilly glaubte weniger denn je, dass sie die Giftmischerin war, auch wenn sie die Pralinen hergestellt hatte. Aber wer kam dann infrage, Julia etwa? Oder ein Besucher?

Als Erstes, sozusagen zur Einstimmung, bat Benthien Anne darum, dass sie ihnen die Namen von Julias Freunden nannte, soweit sie ihr bekannt waren. Dabei stellte sich heraus, dass sie nur Jeanette und ein oder zwei andere Mädchen gekannt hatte, deren Namen sie nicht wusste. »Versuchen Sie es mal auf dem Dünen-Camping«, sagte Anne, nach Luft ringend. Auf ihrer Stirn standen Schweißtropfen. »Ich weiß von Freunden, die dort vom Frühjahr bis zum Herbst dauercampen. Aber wie die heißen oder wo sie sonst zu finden sind, davon habe ich keine Ahnung.«

»Wir werden sie schon auftreiben«, sagte Lilly beruhigend. Sie warf Benthien einen Blick zu. Er verstand offenbar, dass sie Anne nach ihrem Fund in Julias Kleiderschrank fragen wollte, denn er nickte ihr aufmunternd zu.

Anne war fassungslos und versicherte vehement, keine Ahnung davon gehabt zu haben und erst recht nicht zu wissen, woher Julia das Zeug hatte. »Ich bin sicher, sie hatte überhaupt kein Vermögen, sie war völlig mittellos, als wir sie auf Mallorca aufgegabelt haben«, sagte sie betroffen. »Vielleicht hat sie die Sachen von ihrer Mutter geerbt. Aber warum hat sie mir nichts davon erzählt? Und warum hat sie alles in einem Geheimfach versteckt? Sie kann doch wohl nicht geglaubt haben, dass wir es ihr wegnehmen!«

Es dauerte einige Zeit, bis Anne sich beruhigt hatte und Lilly sie dazu bringen konnte, sich zu dem Blut im Badezimmer zu äußern.

»Ich glaube, es war am Montag, an dem Tag, als ich ins Krankenhaus kam«, sagte sie langsam und runzelte die Stirn im Bemühen, sich zu erinnern. »Ich fühlte mich sehr schlecht, dachte aber, ich hätte mir den Magen verdorben«, fuhr sie nach einer kurzen Pause fort. »Mir war schwindelig, ich hatte Sehstörungen, die ich auf meinen schwachen Kreislauf zurückführte, und dann bekam ich plötzlich starkes Nasenbluten. Ich ging ins Bad, und dort muss ich ohnmächtig geworden sein. Als ich wieder zu mir kam, lag ich auf dem Boden. Ich hatte so viel Blut verloren, und mir war so schwindelig, dass ich einen Notarzt rief. Dazu kamen starke Bauchschmerzen. Jedenfalls brachte man mich dann ins Krankenhaus.«

»Wir werden herausbekommen, ob es Ihr Blut ist, Frau Bewerunge, oder Julias Blut«, sagte Benthien ernst.

Anne sah ihn erschrocken an. »Sie glauben doch wohl nicht, dass ich Julia ... Aber das ist doch absurd!«

»Was ist denn mit dem rechten Glasdeckel von Ihrem Frühbeet passiert?«, schaltete sich Lilly ein. »Ist er kaputtgegangen?«

Anne sah aus, als zweifelte sie inzwischen am Verstand ihrer Besucher. Entweder war sie wirklich völlig arglos und unschuldig und erkannte den Zusammenhang nicht, oder sie war eine begnadete Schauspielerin, dachte Lilly.

»Julias Exfreund, dieser Matteo Biondi, ist ab und zu durch unseren Garten gegeistert«, sagte Anne schließlich, »er wollte uns wohl erschrecken, zum Beispiel indem er Steine in den Glasdeckel warf, mitten in der Nacht. Oder er hat Steinchen an Julias Fenster geschmissen, und als sie dann wütend runterkam, hat er sie beschimpft und bedroht und …«

»Julia hat ihn mitten in der Nacht im Garten getroffen?«, fragte Lilly ungläubig.

Anne lächelte schwach. »Julia konnte zur Furie werden, wenn sie wütend war, dann war sie völlig furchtlos.«

»Glauben wir das?«, fragte Lilly Benthien, als sie auf dem Weg zu Fitzens Zimmer waren.

»Was, dass Julia zur Furie werden konnte? Das glaube ich auf der Stelle!«

»Nein, die Geschichte mit dem Nasenbluten und dass es Matteo war, der den Deckel des Beetes zerstört hat. Das hört sich so wunderbar nach Ausreden an.«

»Das Erstere werden wir bald wissen, nämlich wenn unsere Labormenschen endlich zu Potte gekommen sind, aber Matteo können wir ja leider nicht mehr fragen.« Düster fügte er hinzu: »Ich bin mir nicht mal sicher, ob wir für das Ferienhaus von Matteos Eltern einen Durchsuchungsbeschluss bekommen.«

»Lass das nur Thyra machen, die ist geübt darin, den Richtern in aller Freundschaft ein Ohr wegzusabbeln. Schließlich gibt es die Drogen, die Matteo wahrscheinlich den Tod gebracht haben. Aber wenn er damit gedealt hat, wieso hat er die dann auch noch selbst genommen? Und ist noch dazu Auto gefahren? Er musste doch wissen, was für eine verheerende Wirkung die haben!«

Diese ohnehin rhetorische Frage wurde nicht beantwortet, denn sie trafen auf dem Flur Annes Arzt, und Benthien nutzte die Gelegenheit, ihn nach Annes Gesundheitszustand zu befragen. Da sie den Arzt von seiner Schweigepflicht entbunden hatte, war er bereit, ihnen Auskunft zu geben.

»Sehr gut sieht es nicht aus«, sagte er bedrückt. »Frau Bewerunge scheint immer wieder kleine und auch größere Dosen von dem Gift bekommen zu haben, vermutlich über einige Wochen hinweg. Die letzte vor circa zwei Tagen. Dass sie überhaupt noch lebt, ist ein Wunder.«

»Wird sie denn überleben?«, unterbrach ihn Benthien.

Der Arzt wiegte den Kopf. »Vermutlich ja, wenn alles gut geht. Aber sie wird wohl ihr Leben lang unter den Folgen leiden und neuropathologische Störungen haben, die ihr Wohlbefinden stark beeinträchtigen können. Auch die Blutgerinnung ist gestört. Das kann durchaus lebensgefährlich sein.«

Er eilte davon, und Benthien und Lilly gingen weiter zu Tommy Fitzen.

Zu ihrem Erstaunen wirkte er recht munter. Er hatte einen Laptop auf den Knien und schien beschäftigt zu sein. Den Eintritt seiner Freunde und Kollegen nahm er, ohne aufzusehen, mit einem leisen Knurren zur Kenntnis.

»Dir scheint's ja schon wieder besser zu gehen«, sagte Benthien und nahm sich einen Stuhl.

»Stefano war vorhin hier und hat mich gebrieft. Er hat mir ein Programm auf Julias Laptop aufgespielt, das alles, was sie hier je gelöscht hat und was noch nicht überschrieben wurde, wieder sichtbar macht.«

»Solltest du dich nicht ein bisschen ausruhen?«, fragte Lilly besorgt.

Fitzen grinste. »Das kann ich machen, wenn wir den Fall gelöst haben. Dann werde ich in aller Gemütsruhe wochenlang krankfeiern. Übrigens, morgen komme ich hier raus! Und jetzt haut ab, ihr zwei, und lasst mich hier in Frieden arbeiten. Ich glaube, dass in diesem Fall das Opfer, also Julia, der Schlüssel zur Lösung ist. Und außerdem finde ich es spannend, im Leben anderer Leute rumzuwühlen!«

»Wir sollen abhauen?«, sagte Benthien ernsthaft und stand

auf. »Siehst du, Lilly, er will überhaupt nicht wissen, was inzwischen passiert ist. Mit Matteo zum Beispiel. Und was wir in Julias Zimmer gefunden haben. Na gut, dann werden wir dich eben in Ruhe lassen, mein Lieber ... Komm, wir gehen!«

»Halt!«, rief Fitzen, und Lilly musste lachen. »Was für ein Fund? Und was ist mit Matteo?« Er wirkte gespannt wie ein kleines Kind, das eine Abenteuergeschichte erwartet. Lilly erbarmte sich seiner und erzählte von den Goldbarren, die sie, sorgfältig versteckt, in Julias Zimmer gefunden hatten.

»Vier Stück à ein Kilogramm, mit einem ungefähren Wert von 37.000 Euro pro Stück«, ergänzte Benthien.

»Die Frage ist«, sagte Lilly, »hat Julia – oder ihre Mallorca-Clique – sie irgendwo geklaut? Oder sind es wirklich Erbstücke von ihrer Mutter? Aber wenn ja, wie ist sie an sie rangekommen? Anne konnte es uns nicht sagen, denn sie hat durch uns überhaupt erst davon erfahren.«

»Diese Julia scheint ein stilles, tiefes Wasser gewesen zu sein«, sagte Fitzen und klopfte auf den Laptop. »Ich habe fast den Eindruck, dass in diesem Fall das Opfer interessanter ist als der Täter.«

»Ich glaube auch, je mehr wir über sie wissen, desto eher werden wir den Täter finden«, stimmte Lilly ihm zu.

»Aber uns gehen langsam die Täter aus«, sagte Benthien. »Anne ist zu krank, um sich selber vergiftet zu haben, und ob das Blut im Bad Julias Blut ist, muss erst noch festgestellt werden. Jeanette ist tot, und Matteo ...«, er wandte sich an Fitzen, »... der hatte heute einen tödlichen Unfall auf dem Parkplatz der Sansibar.«

»*Was?* Matteo ist tot? Wie denn das?«

Fitzen war geschockt, als sie ihm die näheren Umstände erzählten. »Ich habe doch vorgestern noch mit ihm gesprochen! Gestern hat's mich fast erwischt, und heute Matteo ... Was ist da um Himmels willen nur im Gange ...?« Er rutschte tiefer in die Kissen. »Aber trotzdem: Auch wenn er jetzt diesen Unfall hatte, heißt das ja nicht, dass er als Julias Mörder aus dem Rennen ist. Rache war schon immer ein gutes Motiv!«

»Du hast recht«, sagte Benthien, »aber es wird sehr schwer sein, das jetzt noch nachzuweisen. Aber Hauke ist ja auch noch da. Er hat kein Alibi, und Julia war ihm vielleicht im Weg. Sie scheint nicht gerade viele Skrupel gehabt zu haben.«

»Was wir unbedingt klären müssen«, meinte Lilly, »ist die Frage, um welche Drogen es sich handelt. Wer hat sie beschafft, und was ist überhaupt Sinn und Zweck der ganzen Sache?«

»Fast noch wichtiger erscheint mir«, sagte Fitzen eifrig, »und daran hat noch keiner von uns gedacht: Woher stammt das Gift, wie kommt es in die Pralinen, und für wen war es bestimmt? Von vornherein für Anne? Und der tragische Witz ist doch, dass Julia diejenige ist, die nicht mehr lebt, aber *sie* starb nicht an einer Thallium-Vergiftung …«

»Da hast du allerdings recht. Ich würde zu gerne wissen, wie der Täter an das Thallium kommt«, meinte Benthien. »Früher war es im Rattengift, heute können nur noch Befugte Rattengift kaufen, also Schädlingsbekämpfer zum Beispiel, jedenfalls keine Privatpersonen.«

»Wer eine gewisse kriminelle Energie entwickelt, wird das Gift auch von woanders beziehen können«, meinte Lilly.

»Aber solche Gifte werden vergällt, sie schmecken bitter, riechen stechend oder sind in einer auffälligen Farbe gefärbt, damit man darauf aufmerksam wird«, sagte Fitzen. »So ganz einfach ist es heute nicht mehr, an tödliche Gifte zu kommen.«

»Tommy, wir müssen weiter«, sagte Benthien und stand auf. »Wir fahren jetzt zum Dünen-Campingplatz und sehen uns Julias Freunde an. Soll ich dich morgen abholen, falls sie dich tatsächlich entlassen?«

»Ist nicht nötig«, murmelte Fitzen und erweckte den Laptop aus dem Ruhezustand.

»Ich wundere mich, dass sich Katharina gar nicht rührt«, sagte Benthien an der Tür. Misstrauisch blickte er Fitzen an. »Du hast es ihr doch gesagt?«

Fitzen sah auf. »Was denn?«

Benthien verdrehte die Augen. »Mensch, Tommy, du kannst ihr doch nicht einfach verschweigen, was mit dir los ist!«

»Ich bin krank, ich brauch Ruhe«, brummelte Fitzen. »Ist doch besser, sie erfährt erst dann, was los war, wenn es mir wieder besser geht?«

Benthien rollte mit den Augen. »Sie wird mich massakrieren!«

5. Dienstag, 25. April

Frühmorgens am Strand von List

Ausnahmsweise einmal war John Benthien vor dem Weckerklingeln aufgestanden. Er war unruhig, irgendetwas trieb ihn hinaus an den Strand. Vielleicht weil er das Bedürfnis hatte, allein zu sein, mit niemandem reden zu müssen, auch nicht mit Lilly oder seinem Vater. Daher lockte ihn das unruhige Meer, das ihm ein Spiegelbild seines augenblicklichen Seelenzustands zu sein schien, mit großer Macht nach draußen.

Wieder war das Wetter sonnig. Die Luft war so früh am Morgen noch kühl, aber der laue Wind umschmeichelte ihn, und ein Hauch von Frühsommer lag in der Luft. Er marschierte mit langen Schritten durch die Dünen, beobachtete die Kaninchen, die seelenruhig das Gras mümmelten und sich von ihm nicht vertreiben ließen, und lief eine Sanddüne hinunter zum fast menschenleeren Strand. Nur ein Mann mit Hund war unterwegs.

Die Flut war auf dem Rückzug, und Benthien zog Schuhe und Strümpfe aus, lief durch Wasserlachen und Strandseen, über die Rippelmarken, die seine Füße fast schmerzhaft massierten, über festen und schlickigen Wattboden, und wünschte sich nach dem langen Winter endlich den Sommer herbei. Er sehnte sich nach flirrender Hitze, nach einem wolkenlosen Himmel, nach lachenden Kindern und bellenden Hunden, nach fröhlich bunten Badelaken, die an den Strandkörben flatterten. Und außerdem nach irgendetwas anderem, worüber er jetzt nicht länger nachdenken wollte.

Er konzentrierte seine Gedanken auf den Fall Rixen/Bewerunge. Was war Julia für ein Mensch gewesen? Er hatte einige Facetten von ihr kennengelernt, stets aus der sehr unterschiedlichen Sicht von Menschen, die sie geliebt oder mehr oder weniger gut gekannt hatten. Dennoch war sie ihm fremd geblieben. Schwer zu fassen. Gestern auf dem Campingplatz waren sie auch nicht weitergekommen. Er hatte zwar herausbekommen, wer Julias Freunde waren – die Aßmanns, ein junges Paar, das viele Besucher hatte und meist zu laut und zu lange feierte –, aber gestern waren sie nicht da gewesen, schon seit einigen Tagen nicht mehr, wie ihm der Campingplatzbetreiber sagte. Drogen? Oh ja, das konnte er sich durchaus vorstellen, dass diese Leute Drogen nahmen. Nicht, dass sie je unangenehm aufgefallen wären, sonst hätten sie den Platz verlassen müssen. Benthien hatte den Namen noch am Abend an Juri Rabanus übermittelt, vielleicht konnte er die Aßmanns aufspüren oder etwas über sie in den Polizeiakten finden.

Und dann Jeanette, Julias Freundin. War ihr Tod ein Unfall gewesen, ausgelöst durch den Drogenrausch? Oder hatte Julia sie aus Eifersucht umgebracht?

Benthien hatte das Gefühl, den Fall noch einmal von einer ganz anderen Seite angehen zu müssen, unter neuen Gesichtspunkten. Beispielsweise musste der Mörder, um Julias Leiche in die Förde zu verbringen, ein Boot gehabt haben. Und dann war da noch die Frage, warum Julia ihr Nixenkostüm trug. Sollte das ein Fingerzeig sein? Aber worauf? Auf jeden Fall musste ihr Mörder jemand sein, der ein Auto besaß, Zugang zu einem Boot an der Flensburger Förde hatte und auch, zeitlich gesehen, eine gewisse Unabhängigkeit, also möglicherweise keine Familie, die sich Gedanken machte, wo er war. Und die nächste Frage, die Benthien sich stellte, war, ob die beiden Verbrechen – der Mord an Julia und der Mordversuch an Anne Bewerunge – von ein und demselben Täter zu verantworten waren. Auf den ersten Blick sah es natürlich so aus, und es schien auch logisch zu sein. Aber der Zusammenhang war ihm immer noch völlig schleierhaft, ebenso wie der Mord/Totschlag/Unfall im Hinblick auf Jeanette. Nicht zu vergessen die Frage: Wie war Matteo an das Rauschgift gekommen?

Angenommen, Hauke war der Mörder, dann konnte sein Motiv für den Mord an Julia nur sein, dass sie ihm lästig geworden war. Und Anne wollte er vielleicht loswerden, um ihr Geld zu erben … Anne wiederum hätte Julia aus Eifersucht töten können, aber wer war dann für ihre eigene Vergiftung verantwortlich? Julia, weil sie Anne loswerden musste, um den wankelmütigen Hauke endlich für sich alleine zu haben? Hatte sie Annes Vorrat an Pralinen präpariert? Aber wie war sie an das Thallium gekommen? Oder war Matteo der Täter gewesen? Da wiederum stellte sich die Frage, warum er Anne vergiften sollte, die ihm ja nichts getan hatte.

Benthien fing an zu laufen. Er hatte das Gefühl, er könnte besser denken, wenn er lief. Nach einer halben Stunde drehte er um, ausgepowert, aber zuversichtlicher als zu dem Zeitpunkt, als er das Haus verlassen hatte.

Im Friesenhaus in Mellhörn/List

»Wo bist du denn rumgestromert, Sohn«, empfing ihn Ben mit leisem Vorwurf, »kannst du nicht wenigstens Bescheid sagen, wenn du weggehst? Dauernd sind irgendwelche Anrufe für dich eingegangen.«

Das war zwar übertrieben, aber zwei waren es immerhin. Der erste war von der Oberstaatsanwältin, die einen neuen Bericht haben wollte, was Benthien erst einmal ignorierte.

Der zweite Anruf war von dem Kollegen aus Westerland gekommen.

»Schäfer hat mir das Ergebnis von Jeanettes Obduktion durchgegeben«, sagte Lilly, als Benthien nach einer schnellen Dusche zum Frühstückstisch zurückkehrte, an dem Ben und Lilly noch immer saßen. »Todesursache war Ertrinken. Außerdem war sie vollgestopft mit den Giften Scopolamin und Atropin, die zu Gleichgewichtsstörungen führen können – daher fiel sie wohl auch ins Feuer –, außerdem zu Sehstörungen, Halluzinationen, Erbrechen, Zustände von Verwirrtheit, man kann auch durch Atemlähmung daran ersticken, was hier möglicherweise auch noch eine Rolle spielte. Von Thallium allerdings keine Spur. Tommy hingegen muss sowohl Thallium als auch diese anderen Drogen zu sich genommen haben …«

»Was habe ich zu mir genommen?«

Fitzen spazierte ins Zimmer und inspizierte den Frühstückstisch, an dem sich Benthien gerade ein Honigbrötchen machte.

»Du kommst aber früh«, sagte Lilly. »Haben sie dich denn überhaupt schon entlassen?«

»Wäre ich sonst hier?« Fitzen ließ sich auf einen Stuhl fallen. »Weißt du nicht, wie's in Krankenhäusern zugeht, Lilly? Um sechs wird man geweckt, um sieben marschiert die Visite ins Zimmer, und am Nachmittag gibt's Abendessen. Nee, da starre ich schon lieber zu Hause die Decke an! Aber was meintet ihr, was ich zu mir genommen habe?«

Lilly erzählte es ihm. »Es ist nicht ungewöhnlich, dass diese Gifte von Leuten – meist jungen – als Rauschmittel verwendet werden. Ich habe das eben mal recherchiert; sie kommen in der Natur vor, im Stechapfel oder der Tollkirsche und sind daher leicht zugänglich.«

»Und dann hat man solche Symptome wie ich?«, fragte Fitzen erstaunt.

»Man hat unter anderem ein großes Verlangen nach Wasser, man trinkt es oder will baden und sich abkühlen. Vielleicht erklärt das auch, warum Jeanette ans Meer gegangen ist oder du dich angezogen unter die Dusche gestellt hast.«

»Und dass ich dachte, die Efeutute erwürgt mich und Horror-Clowns gesehen habe, das kommt auch vom Atropin?«

Lilly nickte. »Es hängt natürlich von der Dosis ab.«

»Warum nimmt man freiwillig so ein Zeug, wenn es einem damit so schlecht geht?«, fragte Ben kopfschüttelnd. »Die Menschheit wird wirklich immer verrückter.«

»Drogen gab es schon im Altertum«, erklärte sein Sohn, der gerade dabei war, mit Block und Stift eine To-do-Liste für die kommenden Stunden aufzustellen. Doch ein Anruf von Anne Bewerunge unterbrach ihn.

»Sie wollten doch mehr über Julia wissen«, sagte sie etwas atemlos. »Ich muss gestehen, über ihr Leben, bevor wir uns kennenlernten, weiß ich nur wenig. Die Stalker-Geschichte hat sie mir ausführlich erzählt, und die Sache mit ihrem Prozess, aber von ihrer Familie weiß ich fast nichts. Sie ist ja, wie Sie wissen, mit siebzehn von zu Hause abgehauen. Über den Grund hat sie sich nie geäußert; ich weiß nur, dass sie in der neuen Schule nicht zurechtkam und mit ihrer Mutter wohl auch nicht. Aber wenn ich Einzelheiten erfahren wollte, ist sie dem Thema immer ausgewichen.« Anne holte Luft, und Benthien wartete gespannt, worauf sie überhaupt hinauswollte. »Jedenfalls, ich habe mich daran erinnert, dass Julia vor einiger Zeit Briefe im Garten verbrannt hat, als ich gerade nach Hause kam. Ich fragte sie natürlich, von wem die sind und warum sie das tut, und sie antwortete, die Briefe seien ,von zu Hause' und sehr schmerzlich für sie, deshalb wollte sie sie loswerden.«

»Und dann?«, fragte Benthien gespannt.

»Ich habe ihr angeboten, dass ich sie für sie aufbewahre, weil es ihr später sicher einmal leidtun würde, wenn sie die Briefe verbrennt. Schließlich waren sie eine Erinnerung an ihre Mutter. Julia war zunächst dagegen, hat sich dann aber darauf eingelassen, allerdings musste ich ihr schwören, sie sicher zu verwahren. Ich denke«, Anne zögerte etwas, »vielleicht sollte man sie jetzt lesen, um mehr über Julia zu erfahren. Ich komme immer mehr zu der Überzeugung, dass ich sie nicht wirklich gekannt habe.«

»Sie haben sich die Briefe nie näher angesehen?«

»Nein. Ich fand, die gingen mich nichts an.«

»Und wo sind sie jetzt?«

»Bei mir zu Hause, in einer verschlossenen Kassette in einem Koffer im Keller. Als wir nach Sylt kamen, erreichte uns ein Schreiben vom Nachlassverwalter ihrer Mutter, der ihr wenig später einen Koffer mit verschiedenen Sachen zukommen ließ. Allerdings nichts Wertvolles, meinte Julia, ein paar billige Schmuckstücke, Sachen, die sie als Kind besessen hatte ... Sie sprach fast ein bisschen verächtlich von ,Krimskrams' und ließ fast alles im Koffer. Ich muss sagen«, fügte Anne hinzu, »ich war damals etwas erschrocken über Julias Gefühllosigkeit. Aber dann dachte ich, es ist ihre Art, mit dem Schmerz und dem Verlust umzugehen.«

»Es wäre sicher sehr nützlich, wenn wir uns das alles ansehen könnten«, sagte Benthien, »besonders die Briefe.«

»Deshalb rufe ich an«, sagte Anne. »Sie können gern ins Haus gehen und den Koffer und die Briefe mitnehmen. Aber dann würde ich die Briefe auch gerne lesen.«

Benthien versprach es und legte auf. Als Nächstes bat er seinen Vater, das Zimmer zu verlassen. »Dienstgeheimnisse, das verstehst du doch.«

»Lächerlich«, schnaubte Ben, »zumal ich sowieso schon alles weiß, meine Ohren sind nämlich noch in Ordnung! Und ich weiß mehr als du! Ich kenne nämlich die Leute auf dieser Insel. Ich weiß zum Beispiel, dass es heißt, Hauke Bewerunge habe suspekte Beziehungen zu Zockerkreisen auf dem Festland und zu windigen Immobilienmaklern. Wenn zum Beispiel Annes Elternhaus in Braderup verkauft werden würde, bekäme Hauke eine Menge Geld in die Finger. Ich an eurer Stelle würde mal sein Konto überprüfen. Er soll jedenfalls hoch verschuldet sein, habe ich gehört.«

»Vater!« Sein Sohn starrte ihn an. »Warum rückst du denn erst jetzt damit heraus?«

»Ich dachte, das wüsstet ihr! Baldowert ihr denn nicht den Hintergrund eurer Verdächtigen aus?«

»Das ist doch nicht zu fassen!«, entrüstete sich sein Sohn.

Fitzen grinste. »Also dann fahrt ihr mal nach Braderup, und ich baldowere aus. Das kann ich ja bequem von hier aus machen. Und vergesst nicht, euch zu melden, wenn ihr was Wichtiges erfahrt!«

Im Haus Bewerunge in Braderup

Kurz bevor sie das Haus der Bewerunges erreichten, stellte Lilly fest, dass sie den Schlüssel zum Haus nicht dabeihatte. »Er ist in der Tasche meiner dicken Jacke, die ich gestern anhatte«, sagte sie frustriert.

Benthien bremste vor dem Gartentor. »Dass ihr immer so viel Zeug mitnehmen müsst! Mir jedenfalls reicht *eine* Jacke für die Übergangszeit.«

»Ihr?«, fragte Lilly angriffslustig. »Meinst du damit ‚ihr Frauen'? Korrigiere mich, wenn ich was Falsches sage, aber soweit ich sehe, habe ich exakt zwei Jacken dabei, während ein paar Meter von hier ungefähr ein Dutzend Jacken und Mäntel von dir hängen!«

»Aber ich trage immer nur diese eine«, sagte Benthien mit unbezwingbarer Logik und stieg aus.

»Selber schuld! Und was ist mit dem Schlüssel?«, rief ihm Lilly, die noch immer im Wagen saß, hinterher. »Ach so, der Nachbar hat ja einen.« Jetzt stieg auch sie aus.

Das Haus des Nachbarn war klein und unscheinbar und zeigte Spuren von Vernachlässigung. Auf ihr Klingeln rührte sich erst einmal nichts, bis eine Stimme »Bin im Garten!« rief. Sie gingen ums Haus herum und trafen Lauinger, wieder im Overall und einem alten, löchrigen Pullover, vor einem Beet kniend an, in das er Knollen pflanzte. »Dahlien«, sagte er, »aus dem Keller. Weil sie im Sommer und Herbst so lange blühen. Ich liebe diese alten Gartenpflanzen über alles.«

Er erhob sich ächzend und streckte ihnen eine schmutzige Hand entgegen.

Lilly lächelte. »Wir brauchen mal wieder Frau Bewerunges Hausschlüssel«.

»Ich hole ihn rasch!« Als er zurückkam, erkundigte er sich nach Anne. »Geht es ihr wieder besser?«

»Den Umständen entsprechend.«

Lauinger lachte. »Verstehe. Aber darf ich denn fragen, ob dieser junge Mann mit dem Porsche ... ich meine, hat sich da schon was ergeben?«

»Matteo Biondi ist tot«, sagte Benthien und verfolgte bestürzt, wie sich das freundlich lächelnde Gesicht des Mannes jäh veränderte. Auf einmal wurde er ganz grau.

»Autounfall«, ergänzte Lilly.

»Dann ... Hat er sich etwa selbst ...?«

»Danach sieht es nicht aus.« Benthien beobachtete den Mann interessiert. »Warum, wenn ich fragen darf, sind Sie so entsetzt?«

»Ich bin nur geschockt, weil er so jung und plötzlich gestorben ist, und ich dachte ... nun ja, ich dachte, es hätte etwas mit mir zu tun, mit meiner Aussage«, stotterte Lauinger. »Ich meine, wenn wir Alten sterben, ist das nicht so ... aber«, er blickte Benthien in die Augen, »hatte er denn etwas mit den Morden an Julia und Anne zu tun?«

»Anne lebt noch«, sagte Lilly sanft.

Der Mann wurde rot. »Ja, natürlich. Ich meinte, also ich habe eben geglaubt, als Sie mir das mit dem Unfall erzählten, dass er sich selbst umgebracht hätte, weil Sie durch mich ... also weil ich ihn an diesem Nachmittag gesehen und Ihnen das gesagt habe. Ich wollte ihn ja nicht denunzieren.«

»Eine Zeugenaussage ist keine Denunziation«, entgegnete Benthien beschwichtigend. »Und er hielt sich ja wirklich hier in der Gegend auf, über mehrere Stunden sogar, das haben unsere Recherchen ergeben. Ob er der Mörder von Julia war, wissen wir allerdings noch nicht.«

Er bemerkte, dass der Mann sichtlich aufatmete, als wäre eine schwere Last von ihm gefallen. Offenbar hatte er tatsächlich befürchtet, durch seine Aussage Matteo in eine Lage gebracht zu haben, in der er keinen anderen Ausweg mehr gesehen hatte als den, sich selbst zu töten.

»Vielen Dank für den Schlüssel, wir bringen ihn gleich wieder zurück«, sagte Benthien zum Abschied, doch dann konnte er es sich doch nicht verkneifen hinzuzufügen: »Man sieht, dass Sie zum Frühstück Ei gegessen haben!«

Lauinger blickte schuldbewusst an sich hinunter, bemerkte den Fleck auf dem Pullover und lächelte verlegen. »Eier und Würstchen, das ist das Einzige, was ich kochen kann«, verkündete er, als wäre das eine besondere Leistung. »Anne versorgt mich manchmal, und Ingken natürlich. Ich kann gar nicht fassen, wie jemand auf die Idee kommen kann, Anne zu vergiften.«

»Wie kommen Sie eigentlich darauf, dass da Gift im Spiel ist?«, fragte Lilly in beiläufigem Ton.

»Hauke hat es mir erzählt. Stimmt es denn etwa nicht?«

Benthien runzelte leicht die Stirn. »Sind Sie mit Hauke Bewerunge befreundet?«

»Das kann man so nicht sagen. Aber wir reden miteinander, wenn wir uns treffen. Gestern, als er hier war, hat er es mir erzählt. Außerdem habe ich den Krankenwagen gesehen.«

»Herr Bewerunge ist wohl oft hier, obwohl er nicht mehr im Haus wohnt?«

Lauinger zwinkerte. »Ich glaube, Anne ist es ganz recht. Sie hängt eben noch sehr an ihm.«

Im Keller fanden Benthien und Lilly auf Anhieb den besagten Handkoffer, es war ein uraltes Modell. Eine feine Staubschicht und ein paar Spinnweben deuteten darauf hin, dass er seit Monaten nicht mehr angefasst oder geöffnet worden war.

»Bringen wir ihn nach oben«, sagte Lilly unbehaglich und fixierte eine große Spinne an der Wand. Benthien warf ihr einen vielsagenden Blick zu, trug aber den Koffer in die Küche und lud ihn auf dem Küchentisch ab. Zum Glück war er unverschlossen. Innen befand sich ein ziemliches Sammelsurium. Neben einer Metallkassette, die Benthien herausnahm, fanden sich darin alte, abgenutzte Steiff-Tiere, eine transparente Tüte, in der winzige Kinderschuhe steckten und ein Zettel mit der Aufschrift »Julias erste Schuhe«, Schulzeugnisse und Aufsätze, eine selbst gestrickte Kindermütze mit einem eingestrickten Schneemann, ein paar Kinderbücher sowie ein Fotoalbum mit Baby- und Kleinkinderfotos. Damals war Julia blond gewesen, ein niedliches Kind mit Ringellöckchen und einem Grübchen im Kinn, das oft und gerne lachte. Der verstorbene Vater war zu sehen, wie er seine kleine Tochter auf den Schultern trug, die mittlerweile ebenfalls verschiedene Mutter schien eine sympathische, aufmerksame junge Mutter gewesen zu sein, die, den Fotos nach, ihrem Kind vorlas, Spiele machte und der kleinen Julia in einer Kinderküche das Kochen beibrachte. Oft war Julia an der Hand ihrer Mutter zu sehen, über eine Bergwiese hüpfend, am Strand spielend, ein Pferd streichelnd. Eine behütete Kindheit, dachte Benthien, in einem Elternhaus, das liebevoll auf das Wohl des Kindes zu achten schien.

Doch dann war das Unglück in diese heile Welt eingezogen. Der Vater starb, Julia wurde gestalkt, sie rächte sich, lief von zu Hause fort, geriet in zweifelhafte Gesellschaft, probierte Drogen aus, ließ sich auf einen so viel älteren Mann ein, noch dazu den Ehemann der Frau, die sie mütterlich umsorgte.

Was hatte sie noch alles angestellt?

»Sieh mal, eine Kette und ein Ring«, sagte Lilly und breitete den Schmuck neben dem Koffer aus. Es handelte sich um eine Goldkette mit einem Bernsteinanhänger und einem Bernsteinring. Nichts Teures, aber schlicht und schön. Im Ring gab es eine Gravur von einem Hardy und ein Datum, das fünf Jahre zurücklag. »Der Schmuck lag lose auf dem Boden des Koffers«, kommentierte Lilly. »Julia scheint sich nicht viel daraus gemacht zu haben. Briefe finde ich hier aber nicht.«

Benthien klopfte auf die Kassette. »Wahrscheinlich hier drin!«

Die Kassette war verschlossen. Eine telefonische Anfrage bei Anne ergab, dass der Schlüssel in einer Teedose lag, die in der Küche im Schrank bei den Putzmitteln stand. Unter zahlreichen Vorhängeschlössern für Koffer fand sich tatsächlich der Schlüssel, doch leider enthielt die Kassette nicht das, was sich Benthien und Lilly erhofft hatten.

»Liebesbriefe«, sagte Lilly enttäuscht. Sie hielt ein Bündel Briefe in der Hand, die mit einem roten Seidenband verknotet waren. »Was sollen die uns nützen?«

Benthien griff nach einem weiteren Bündel Ansichtskarten und Briefe, öffnete die Schnur und blätterte sie flüchtig durch. »Briefe von Julia an ihre Mutter, als Julia noch ziemlich klein war und eben erst schreiben konnte. Tja, ob die uns etwas nützen, weiß ich auch nicht, aber wir nehmen sie auf jeden Fall mit.«

Gerade als sie gehen wollten, klingelte Benthiens Handy. Es war der lange erwartete Anruf aus dem Labor. »Wir haben insgesamt vierundfünfzig Pralinen untersucht«, berichtete Claudia Matthis. »Alle, bis auf zwölf, waren in Goldfolie eingepackt ...«

»Die nicht verpackten Trüffelpralinen stammen von Anne Bewerunge, die hat sie hergestellt, als wir am Ostersamstag bei ihr waren.«

»Wie auch immer, in denen befand sich jedenfalls nichts, was in irgendeiner Form gesundheitsschädlich gewesen wäre«, fuhr Claudia Matthis fort, »weder Drogen noch Gift. Ganz anders die eingepackten Pralinen. Fast alle, die ihr im Haus der Bewerunges sichergestellt habt, enthalten Thallium in verschiedenen Dosierungen. Manche enthalten nur Thallium, andere nur das Gift des Stechapfels, nämlich Hyoscyamin und Scopolamin, und zwar ebenfalls in ganz unterschiedlicher Dosierung, denn die kann von Frucht zu Frucht stark schwanken. Hyoscyamin – oder Atropin, das ist dasselbe – und Scopolamin sind giftige Alkaloide, die in manchen Ländern als Arznei bei Asthma oder Bronchialerkrankungen eingesetzt wurden. Der Stechapfel wird auch zur Bewusstseinserweiterung verwendet, ähnlich wie LSD, allerdings sind das wahre Horrortrips, denen man sich damit aussetzt. Sie können zu lebensgefährlichen Unfällen führen, aber auch tödlich sein, zum Beispiel durch Atemlähmung. Zumal man nie genau abschätzen kann, wie hoch die Dosis ist, die man eingenommen hat. Hier war es so, dass man den Pralinen Samen und Blütenblätter in Pulverform zugesetzt hat. Allerdings enthalten etliche Pralinen auch Einstiche von einer Spritze. Da wurde der Wirkstoff verflüssigt und nachträglich beigefügt.«

»In der Absicht, den Tod herbeizuführen?«, fragte Benthien gespannt. »Ich meine, war die Dosierung in jeder einzelnen Praline tödlich?«

»Nein«, sagte Claudia, »zumindest nicht für einen Erwachsenen. Ich könnte mir vorstellen, dass jemand diese Dinger bewusst zum Eigengebrauch hergestellt hat. Außer bei den Bewerunges wurden solche Pralinen auch bei Jeanette Debus sichergestellt und ebenfalls bei Matteo Biondi, wie mir Hauptkommissar Schäfer vorhin mitgeteilt hat. Die müssen zwar noch untersucht werden, aber nach der Beschreibung von Biondis Fahrverhalten liegt der Verdacht nahe, dass auch er unter Drogen stand. Mehr Pralinen scheinen aber nicht verteilt worden zu sein.«

»Ich bin inzwischen davon überzeugt«, sagte Lilly, nachdem Benthien ihr den Inhalt des Gesprächs mitgeteilt hatte, »dass Julia für die Vergiftung der Pralinen verantwortlich war. Vielleicht hat sie einige davon für den Eigengebrauch präpariert – natürlich die ohne Thallium –, und mit den anderen wollte sie wohl tatsächlich Anne aus dem Weg schaffen.«

»Und Jeanette und Matteo gehörten ebenfalls zur Clique der Aßmanns und haben die Drogen zum Vergnügen konsumiert?«, fragte Benthien.

Und wieder klingelte sein Handy. Diesmal war es Fitzen. Er hatte Faxe von der Rechtsmedizin und vom Labor erhalten. Diese besagten, dass Julia Rixen eine relativ geringe Dosis Atropin einige Stunden vor ihrem Tod zu sich genommen hatte, insgesamt, das war an ihren Haaren zu erkennen, das Zeug aber schon seit zwei Jahren einnahm. Thallium wurde nicht in ihrem Körper gefunden. Jeanette Debus dagegen hatte das Rauschgift wohl zum ersten Mal eingenommen, doch auch bei ihr hatte man kein Thallium entdeckt.

»Und die Forensik hat uns mitgeteilt, dass die Erde aus Anne Bewerunges Frühbeet zwar Glassplitter von Fensterglas, aber keine Spuren von Blut enthält«, berichtete Fitzen weiter. »Es ist daher unwahrscheinlich, dass Julia über Annes Gurken und Tomaten verblutet ist. Ach ja, und das Blut im Bad ist wirklich von Anne, die Geschichte mit dem Nasenbluten stimmt. Man konnte feststellen, dass Nasensekret dabei war. Ist die Forensik nicht was Wunderbares?«

»Dann haben wir noch nicht mal mehr einen Tatort«, sagte Lilly mit leiser Verzweiflung.

»Beruhige dich, Lilly, ich weiß wahrscheinlich, wie wir die Adresse des Mörders frei Haus bekommen«, sagte Fitzen tröstend, »ich habe nämlich gerade eine Eingebung gehabt. Macht nur ein bisschen Arbeit, aber das nehme ich doch gern in Kauf. Ich hab's mir hier unten gemütlich gemacht, mit dem Bettzeug auf dem Sofa, Ben bringt mir gleich einen Tee, ich esse ein paar Pralinchen, hänge mich ans Telefon, und vielleicht habe ich den Täter schon ...«

»Tommy!«, schrie Benthien, doch Fitzen hatte aufgelegt.

»Er macht doch nur Spaß«, sagte Lilly beruhigend.

Benthien warf ihr einen Blick zu, dann wählte er die Nummer der Kollegen in Flensburg. »Habt ihr was über die Aßmanns erfahren?«, bellte er ins Telefon, als Juri Rabanus sich meldete.

»Nur die Ruhe, mein Lieber«, sagte Rabanus. »Die Aßmanns sind als Kleindealer polizeibekannt, sie wohnen in Glücksburg und werden gerade zur Vernehmung hergebracht. Wir haben die Faxe nämlich auch gelesen und können zwei und zwei zusammenzählen.«

»Danke, Juri«, sagte Benthien aufatmend, »gute Arbeit!«

* * *

… meine Liebe, hab keine Angst, ich bin bei dir, und vielleicht führt uns der Weg einmal wieder zusammen.

Nachmittags im Friesenhaus in Mellhörn/List

Als Lilly und Benthien nach Hause kamen, schlief Fitzen auf dem Sofa, weshalb Ben mahnend den Finger an die Lippen legte.

»Stört ihn nicht, er hat den ganzen Vormittag telefoniert und am Computer gearbeitet und nur ein paar Zwiebäcke gegessen und das Innere von einem Brötchen. Der arme Kerl braucht jetzt Ruhe!«

Lilly betrachtete den schlafenden Kollegen. Er wirkte erschöpft, sicherlich ging es ihm, nachdem das Gift wieder draußen war aus seinem Körper, nicht ganz so gut, wie er vorgab. Aber Fitzen war eben so. Um sich selbst machte er nicht viel Aufhebens … und wenn doch, war es nicht ernst gemeint.

»Als sein Lehrer warst du früher nicht so nachsichtig«, monierte Benthien. Er brachte den Koffer nach nebenan ins Esszimmer, schloss leise die Tür und setzte sich mit Lilly an den großen Tisch. Sein Vater stand abwartend wie ein Kellner daneben.

»Ist noch was?«

»Ich soll euch allein lassen?«, fragte Ben.

»Ja, so dachte ich mir das«, antwortete sein Sohn leicht ironisch.

»Kein Essen?«

»Wir hatten seit dem Frühstück nichts mehr«, versuchte es Lilly, nicht ganz ohne Hoffnung.

»Suppe könnte ich euch anbieten …«

»Okay, wenn's nicht gerade Graupensuppe ist«, sagte Benthien mit einer Grimasse, während er die Briefe aus dem Koffer holte.

»Graupensuppe war das Leibgericht deiner Mutter, *okay?*«, murmelte Ben und verschwand in Richtung Küche.

»Aber deswegen muss man doch keinen Kult daraus machen!«

Die Suppe entpuppte sich als Gulaschsuppe, und frische Brötchen und Kaffee gab es noch dazu.

»Wir wissen übrigens, Tommy und ich, wer euer Täter ist«, sagte Ben, bevor er aus dem Zimmer ging und sorgfältig die Tür hinter sich schloss.

Sein Sohn starrte ihm hinterher, wollte aufspringen, doch dann setzte er sich langsam wieder.

»Du glaubst doch nicht im Ernst, dass dein Vater Witze macht? Warum gehst du nicht zu ihm?«, drängte ihn Lilly.

»Mein Vater ist heute in einer etwas sonderbaren Stimmung, er wäre durchaus imstande, uns einfach nur aufzuziehen.«

Wieder erschien Ben, diesmal mit einigen Papieren in der Hand. »Die hat Tommy vorhin ausgedruckt. Sie stammen von Julias Computer. Ich will sie dir mal lieber geben.« Er legte die Ausdrucke umständlich vor Benthien auf den Tisch.

»Und daraus geht hervor, wer der Mörder ist?«

»Daraus nicht. Tommy hat es durch seine Telefonate herausgefunden. Aber das kann er euch selbst erzählen, wenn er wieder wach ist.«

»Du bist ja bestens informiert!«

»Ich habe Ohren«, sagte Ben kryptisch und schüttelte seine weiße Haarmähne. Auf leisen Sohlen ging er hinaus.

Benthien verdrehte kurz die Augen, doch dann wurde er ernst und konzentrierte sich auf Fitzens Ausdrucke.

Lilly sah, dass es sich um ein paar E-Mails handelte, alle

zwei bis drei Jahre alt. Die Mails stammten von Julias Mutter Ingrid. Sie berichtete darin, dass sich überraschend herausgestellt habe, dass sie schwer nierenkrank sei und ihr nur noch eine Spenderniere helfen könne. »Im Grunde genommen erzählt sie das aber nur am Rande, ganz sachlich und ohne Lamento, sehr viel mehr scheint sie an Julias Leben interessiert zu sein«, sagte Lilly, nachdem auch Benthien den Brief gelesen hatte.

»Und Julia hat diese Mail offenbar nie beantwortet«, meinte er betroffen. »Denn hier, im Folgeschreiben, stellt die Mutter noch einmal dieselben Fragen.«

In den nächsten Briefen berichtete Ingrid Rixen von ihrem Leben und ihrem neuen Partner Hardy, den sie kurz nach Julias Weggang kennengelernt hatte und der ihr offensichtlich viel Kraft und Halt gab. Ihre Krankheit erwähnte sie nur am Rande. Irgendwann schrieb sie, dass sie keinen Spender finden würde, und fragte dann direkt und beinahe schüchtern und verschämt ihre Tochter, ob sie sich vorstellen könnte, ihr eine Niere zu spenden. Da Fitzen Julias Antwort-Mails nicht hatte finden können, sondern wohl nur die gelöschten Eingänge, konnte Lilly nicht erkennen, ob und was Julia geantwortet hatte, doch schien die Antwort erst einmal positiv gewesen zu sein.

Ingrid schrieb zurück, dass man ihr selbstverstandlich alle Auslagen ersetzen und das Geld nach Mallorca schicken würde, per Western Union, da brauche sie es nur mit ihrem Ausweis abzuholen.

Danach war Funkstille.

Die nächste Mail von Ingrid enthielt in nüchternen Worten die Mitteilung, dass sie inzwischen das leer geräumte Bankschließfach entdeckt hätten und dass dadurch eine Behandlung in den USA nicht mehr möglich sei.

Das darauffolgende Schreiben kam zwei Monate später. Es war vom Nachlassgericht in Iserlohn und unterrichtete Julia vom Tod ihrer Mutter. Dann gab es noch eine E- Mail von einer Merle Aßmann aus dem darauffolgenden Jahr. Julia hatte ihr offenbar mitgeteilt, dass sie die Bewerunges kennengelernt hatte und voraussichtlich mit ihnen zurück nach Deutschland gehen würde. Merle Aßmann hatte ihr daraufhin geraten, sich um das Erbe ihrer Mutter zu kümmern, damit deren Partner »nicht alles für sich einsackt. Denk daran, du bist die Alleinerbin deiner Mutter, und soweit ich weiß, hatte sie ja ein gewisses Vermögen, nämlich das Haus, in dem sie wohnte.«

Mehr Ausdrucke gab es nicht; entweder weil Fitzen noch nicht dazu gekommen war, alles auszudrucken, oder weil die Wiederherstellungssoftware von Stefano nicht in der Lage war, alle Dokumente wiederherzustellen.

Während Lilly die E-Mails las, hatte Benthien sich mit den Briefen beschäftigt, die mit dem roten Band zusammengehalten worden waren. Soweit Lilly gesehen hatte, waren es an Ingrid gerichtete Liebesbriefe gewesen, vielleicht von Julias Vater. Daher wunderte sie sich, dass John ihnen so viel Aufmerksamkeit schenkte. Ab und zu ließ er einen Brief sinken und starrte in die Luft.

Als sich sein Handy meldete, schien er noch immer tief in Gedanken zu sein. Da Lilly auf dem Display erkannte, dass es Juri Rabanus aus Flensburg war, nahm sie den Anruf entgegen. »Gibt's Neuigkeiten?«, fragte sie gespannt.

»Wir haben Merle Aßmann hier, die zugibt, mit Julia gut bekannt zu sein«, berichtete Juri. »Matteo Biondi kannte sie allerdings nicht persönlich, sie hatte nie mit ihm zu tun, sagt sie, und er hat niemals Drogen von ihr bekommen. Sie kennt ihn nur von Julias Erzählungen. Jeanette Debus dagegen war ihr unbekannt, sie gehörte nicht zu ihren Abnehmern. Aßmann sagte außerdem, dass Julia von ihr und ihrem Mann regelmäßig Rauschmittel bezogen hat, die sie aus der Engelstrompete und dem Stechapfel hergestellt haben.«

»Was ist eine Engelstrompete?«, fragte Lilly. »Eine Blume?«

»Das ist eine hochgiftige Zierpflanze mit sehr auffälligen Blüten, beliebt für Gärten oder Parks. Gehört zur Gattung der Nachtschattengewächse, in Florida zum Beispiel ist sie verboten, sogar auf privatem Gelände, weil sie so giftig ist. Man bekommt Rauschzustände, wenn man ihr Gift zu sich nimmt, das völlig unberechenbar ist und zum Tod oder in eine Psychose führen kann. Es gab sogar Fälle – du siehst, ich habe recherchiert –«, Juri lachte leise, »wo diese Pflanze allein durch ihren Duft Menschen, die in der Nähe saßen, gesundheitlich beeinträchtigt hat; ihnen wurde übel, sie bekamen starke Kopfschmerzen oder Hitzewallungen. Es ist wirklich ein Teufelszeug.«

»Und diese Merle Aßmann hat so einfach zugegeben, diese Rauschmittel verteilt zu haben?«

Zu Lillys großem Erstaunen erklärte Jury, dass die Verbreitung von Giften der Nachtschattengewächse nicht strafbar sei. »Wir können den Aßmanns nichts anhaben, selbst wenn wir ganze Dosen voll Samen und getrockneten, zerriebenen oder auch frischen Blättern bei ihnen finden sollten. Sie sind da ganz auf der sicheren Seite. Allerdings hat sie auch noch was anderes gestanden, in Bezug auf Julia.«

»Was denn?«

»Sie hat sich gewundert, als Julia vor einigen Wochen so große Mengen von dem Stechapfelgift bestellte, und will sie gewarnt haben, dass sie das nicht so oft nehmen soll. Daraufhin vertraute ihr Julia an, dass sie es noch für andere Leute brauche. Zum Beispiel für Matteo. Aßmann kennt die Geschichte rund um Matteo Biondi, daher fand sie es ganz witzig, ihm ohne sein Wissen das Rauschgift unterzujubeln. Die beiden hielten das anscheinend für einen netten kleinen Streich.«

»Hast du auch gefragt, ob Julia noch einen anderen potenziellen Abnehmer genannt hat?«

»Offenbar ihre Freundin Jeanette. Laut Merle Aßmann war Julia eifersüchtig auf Jeanette, weil sie glaubte, sie habe eine Affäre mit ihrem Freund.«

»Mit Hauke Bewerunge?«

»Ja, so heißt der ja wohl. Sie hat ihr zu Ostern einige von ihren selbst gemachten Pralinen geschenkt, voll mit dem Stechapfelgift. Anscheinend dachte sie, Hauke würde kein Interesse an einer ständig berauschten, hysterischen und unberechenbaren Freundin haben.«

»Und was ist mit dem Thallium?«

»Davon wusste die Aßmann angeblich nichts.«

Lilly berichtete Benthien, was sie gerade von Juri erfahren hatte, doch der hörte nur mit halbem Ohr zu. Irgendetwas schien ihn abzulenken.

Wieder kam ein Anruf, doch diesmal ging Lilly nach draußen auf die Terrasse. Sie sah gerade noch, wie John aufstand, leise ins Wohnzimmer ging und mit einem Buch in der Hand zurückkam.

Am Telefon war wieder das Labor, das von Tommy Fitzen und Anne Bewerunge Blutproben und Proben des Mageninhaltes erhalten hatte. Ein Mann mit einem komplizierten polnischen Namen, den Lilly nicht verstand, teilte ihr mit, dass das Thallium, das der Täter benutzt hatte, bereits sehr alt sein musste. »Das wird so, in dieser Zusammensetzung, nicht mehr hergestellt. Genauer gesagt: Es wurde früher mal als Rattengift eingesetzt, aber die Produktion wurde bereits 1988 eingestellt. Ich nehme an, dieses alte Präparat stand noch irgendwo herum, vielleicht in einem Gartenschuppen, wie das in ländlichen Gegenden so ist. Da wirft man nicht so schnell etwas weg. Die Toxizität hat mit den Jahren nachgelassen, sonst würden die beiden Patienten heute wohl nicht mehr leben.«

»Wir müssen also nur nach uraltem Rattengift Ausschau halten?«, fragte Lilly.

»Richtig!«

Das würde zu der Theorie passen, dass Julia, wenn sie es denn war, keine großen Probleme gehabt hatte, an das Gift zu kommen, denn hier auf Sylt, in alten Schuppen, Remisen oder Gartenhäuschen, konnte man sicher noch die eine oder andere alte Dose Rattengift finden.

Lilly schaute um sich. Sie hielt die Nase in den lauen Wind und genoss die reine Nordseeluft. Langsam wurde es erkennbar Frühling. In den Gärten blühten die Zierkirschen, und die Birken zeigten das erste zarte Grün. Die Dünengräser hatten ihre winterbraune Farbe verloren. Es war ein Nachmittag wie in Pastell getaucht. Selbst das Meer, das sie von hier aus sehen konnte, zeigte ein weiches Aquarellblau und rollte sanft zwischen der Insel und der dänischen Küste hin und her. Vor dieser friedlichen Kulisse über Rauschmittel und Gifte zu sprechen, die ein junges Mädchen, das schließlich selbst ermordet worden war, gebraucht haben sollte, erschien ihr auf einmal völlig absurd und unwirklich. Und dennoch war es so gewesen.

Sie sah, dass Benthien ihr von drinnen ein Zeichen machte.

»Was ist eigentlich los mit dir, John?«, fragte Lilly, als sie wieder ins Zimmer trat.

Benthien deutete auf die Briefe, mit denen er sich so lange beschäftigt hatte, und schob ihr ein paar davon hin. »Lies und sage mir deine Meinung.«

Lilly versenkte sich in die Schriftstücke, allerdings mit zunehmender Ungeduld. »Was soll das? Warum soll ich diese alten Liebesbriefe lesen, bringen die uns irgendwas?«

»Mir haben sie den Namen des Mörders gebracht.«

Lilly konnte Benthien nur stumm anstarren.

»Sieh mal genau hin«, sagte er. »Was fällt dir daran auf?«

»Die Schrift ist sehr exakt, fast schon kalligrafisch. Die Sprache ist altmodisch und auch ein bisschen … pompös oder pathetisch. Der Schreiber drückt sich meist sehr allgemein aus.« Als Benthien nicht reagierte, fügte sie hinzu: »Was soll mir denn sonst noch daran auffallen?«

»Hier, lies mal: *Du meine Kerze in der Dunkelheit, du wanderst treu mir zur Seite;* oder: *Als Gast will ich auf ewig bei dir wohnen*; oder: *Wenn dir am allerbängsten ist …*«

»Das eben meine ich mit altmodisch«, sagte Lilly.

»Ja, und aus gutem Grund. Es sind nämlich Zitate aus Kirchenliedern.« Benthien klopfte auf das Buch, das auf dem Tisch lag und das sich als Kirchengesangbuch entpuppte. »Früher bin ich sonntags mit den Nachbarskindern oft in die Kirche gegangen. War so eine Art geselliges Treffen, denn mit meinen Eltern waren die Sonntagvormittage schrecklich langweilig, die saßen elend lang am Frühstückstisch herum und haben Zeitung gelesen. Und draußen war niemand zum Spielen, also bin ich mit in die Kirche, und danach waren wir meistens im Watt oder am Strand. Ist es nicht komisch«, sagte Benthien versonnen, »dass einem die Kindheit wie eine endlose Aneinanderreihung von sonnigen Tagen erscheint? Da muss es doch auch mal geregnet haben?«

»Komm zur Sache«, drängte Lilly, »was willst du mir eigentlich sagen?«

Die Tür ging auf, und Fitzen kam herein. Offenbar war er ausgehfertig. »Können wir dann?«, fragte er.

»He, ihr zwei Helden!«, rief Lilly hinter den beiden her, die zielstrebig den alten Citroën ansteuerten, »kann mir mal einer sagen, was hier los ist? Darf ich mit, oder muss ich zu Hause bleiben?«

Nachmittags im Haus Bewerunge in Braderup

Benthien baute sich in ganzer Länge vor dem Mann auf, der auf der Terrasse stand und ungeschickt ein Hemd bügelte. Er hatte sich dazu entschlossen, ihn ganz direkt anzugehen, ohne höfliche Präliminarien, was er auch ohne Zögern in die Tat umsetzte.

»Warum, Herr Lauinger, haben Sie Julia Rixen getötet?«

Lilly und Fitzen, die ihm gefolgt waren, standen um das Bügelbrett herum und betrachteten Lauinger, der noch ein-, zweimal stumm mit dem Bügeleisen über den Hemdkragen fuhr und es dann auf die Ablage setzte.

Er machte keinerlei Ausflüchte. Er zog ein Taschentuch aus der Tasche seines Overalls, wischte sich ein paarmal über die schweißnasse Stirn und antwortete dann, als handelte es sich um eine völlig alltägliche Konversation. Eine, auf die er sich lange vorbereitet hatte.

»Sie hat ihre Mutter umgebracht«, sagte er. Die Trauer in seinen Augen war unübersehbar. »Ingrid, Julias Mutter, war meine große Liebe. Ich habe sie kennengelernt, kurz nachdem Julia von zu Hause weggegangen war. Ingrid war damals am Boden zerstört, und auch ich war an einer Wende meines Lebens angekommen. Kurz vor der Pensionierung hatte ich meine Stelle als Organist verloren, damit auch mein Haus, und meine Frau reichte die Scheidung ein. Die Kinder gingen schon längst ihre eigenen Wege.« Er lächelte schwach. »Zuerst haben wir uns gegenseitig nur Mut zugesprochen, aber dann, mit der Zeit, wurde mehr daraus.«

»Inwiefern hat Julia ihre Mutter getötet?«, wollte Lilly wissen.

Benthien, der sich daran erinnerte, dass Julia Webseiten über das Thema Nierentransplantation gespeichert hatte, fragte, ob Julias Mutter krank gewesen sei.

Lauinger nickte. »Kurz nachdem Julia ausgezogen war, stellte sich heraus, dass Ingrid in einem Ausmaß nierenkrank war, dass sie dringend eine Transplantation brauchte.« Er senkte den Kopf. »Sie hatte ihre Beschwerden monatelang ignoriert. Sie kam auf die Liste, aber Sie wissen ja, wie das ist ... erst recht nach den letzten Skandalen ... man muss jahrelang warten. Diese Zeit hatte Ingrid aber nicht mehr.«

»Hätten Sie ihr nicht eine spenden können?«, fragte Fitzen und hielt sich an einer Stuhllehne fest.

»Das hätte ich mit Freuden getan«, sagte Lauinger und wischte sich über die Augen, »aber ich habe nur noch eine Niere. Ich hatte früher einen schweren Verkehrsunfall, da musste die Niere entfernt werden.« Ganz in Gedanken nahm er das Bügeleisen und fing wieder an zu bügeln. Benthien bemerkte, wie sehr seine Hände zitterten. »Wir haben natürlich überall nachgefragt im Freundeskreis und der Verwandtschaft, aber es fand sich niemand – zu alt, zu krank, nicht willens, viele Einwände konnten wir auch durchaus verstehen.«

»Blieb nur noch Julia«, bemerkte Lilly. »Hatte ihre Mutter keinen Kontakt zu ihr?«

»Anfangs nicht, aber nach ein paar Monaten schickte Julia eine SMS, dass es ihr gut gehe und sie sich keine Sorgen zu machen brauche. Daraufhin kam ein loser Austausch zustande, teilweise per SMS, teilweise per E-Mail. Nur ihre Adresse wollte Julia nicht verraten. Und immer, wenn Ingrid sie anrufen wollte, wies Julia das Gespräch ab. Später wussten wir natürlich, warum.«

Benthien konnte es sich denken. »Wir haben in Julias Zimmer vier Goldbarren gefunden. Stammten die von ihrer Mutter? Hat Julia sie gestohlen?«

Lauinger wirkte wie erstarrt. »Die sind noch da? Die Goldbarren sind noch da, die Ingrid das Leben hätten retten können?« Sein Zittern verstärkte sich, und er war aschfahl geworden. »Es sind insgesamt fünf gewesen. Und ein bisschen Bargeld, 4000 Euro. Ihre Mutter hatte die Sachen in ihrem Bankschließfach, als eiserne Reserve für schlechte Zeiten. Sie waren das einzige Erbe ihres Mannes, aber sie hat sie, bis auf das Geld, nie angerührt.« Völlig abwesend bügelte er eine Falte nach der anderen ins Hemd. »Julia hatte den Schlüssel an sich genommen, ebenso Ingrids Bankkarte, und die Pin-Nummer muss sie aus Ingrids Telefonverzeichnis haben. Später hat sie alles wieder zurückgelegt, sodass Ingrid keinen Verdacht schöpfen konnte.«

Wieder wischte er sich den Schweiß von der Stirn. Vom Hemd stieg ein unangenehmer Bügelgeruch auf. Lauinger bewegte das Eisen mechanisch hin und her.

Benthien beschlich ein Verdacht. »Wie ging es weiter?«, fragte er mit belegter Stimme. Lilly und Fitzen schwiegen und rührten sich nicht.

»Ihre Mutter hat Julia einige E-Mails geschrieben und ihr von ihrem schlechten Gesundheitszustand erzählt. Wie gesagt, telefonieren wollte Julia nicht, aber sie hat immerhin geantwortet ...«

»Sie hat sich über die Bedingungen bezüglich einer Transplantation informiert«, warf Fitzen ein. »Das wissen wir durch ihre Favoritenliste im Browser.«

»Man muss Voruntersuchungen machen lassen«, fuhr Lauinger fort, »und Ingrid bat sie, dafür doch nach Deutschland zurückzukommen. Julia versprach, dass sie die Untersuchungen auf Mallorca machen lassen würde. Das war natürlich eine sehr unsichere Sache, und wir baten sie nochmals eindringlich, zumindest für kurze Zeit nach Deutschland zu kommen. Wir schickten ihr durch Western Union sogar Geld für die Reise, für ihre Unkosten, denn sie sollte hier im Krankenhaus die Kreuzprobe machen – das ist ein Testverfahren, durch das man feststellt, ob eine Transplantation überhaupt möglich ist. Sie hätte dann immer noch jederzeit die Nierenspende ablehnen können, niemand hätte sie dazu gezwungen. Aber Sie ahnen es wahrscheinlich schon: Julia kam nicht. Ingrid meinte, sie hätte wohl Angst bekommen. Ich kratzte mein ganzes Geld zusammen und versuchte, mit Hilfe eines Privatdetektivs Julia auf Mallorca ausfindig zu machen, vergeblich. Auf E-Mails antwortete sie nicht. Und die Zeit lief uns davon!«

Er stellte das Bügeleisen mitten auf dem Hemd ab und blickte in die Ferne. Vielleicht, dachte Benthien, war es jetzt das erste Mal, dass er über die Katastrophe sprach, die sein ganzes Leben umgekrempelt hatte. Lilly ergriff das Eisen, setzte es auf die Seitenablage und machte es aus.

»Wir fanden eine Möglichkeit, in Amerika eine Transplantation machen zu lassen«, sagte Lauinger verzweifelt. »Aber die wäre, mit allem Drum und Dran, sehr teuer geworden. Und dann stellte sich heraus, dass Ingrids eiserne Reserve verschwunden war. Ich glaube, Julias herzloses Verhalten, ihr Schweigen angesichts der Tatsache, dass ihre Mutter so krank war, das alles zusammen hat Ingrid das Herz gebrochen. Buchstäblich. Sie hatte keinen Kampfgeist mehr, keine Widerstandskraft. Während ich noch dabei war, bei Freunden und Verwandten Geld einzusammeln, bekam Ingrid einen Herzinfarkt und starb kurz darauf. Julia hatte sich bis dahin nicht mehr gemeldet.«

Er griff nach dem ausgeschalteten Bügeleisen und schob es wieder und wieder mechanisch über das Hemd.

»Und wie kamen Sie hierher, nach Sylt, ganz in Julias Nähe?«, fragte Lilly. »Das war doch kein Zufall?«

»Nein, das war es nicht.« Lauinger fuhr sich mit beiden Händen über sein gutmütiges Gesicht, als wollte er es waschen, dann taumelte er plötzlich und wäre gefallen, wenn Fitzen ihn nicht geistesgegenwärtig aufgefangen und gestützt hätte.

»Gehen wir hinein«, sagte Benthien bestimmt, und alle vier begaben sich ins Wohnzimmer, wo Lauinger sich in einen Sessel fallen ließ. Die anderen nahmen ebenfalls Platz.

»Das Nachlassgericht hat Julia über den Tod ihrer Mutter informiert. Vielleicht hätte ich das tun sollen, aber ich war dazu nicht fähig. Daraufhin meldete sie sich bei mir, wieder an die E-Mail-Adresse ihrer Mutter, denn sie wusste, dass ich dazu Zugang hatte. Allerdings hatten wir nie einen direkten Kontakt gehabt, und sie kannte mich nur, weil Ingrid in ihren Mails von mir erzählt hatte. Kurz und geschäftsmäßig teilte Julia mir ihre Adresse mit – sie war gerade mit ihren Pflegeeltern nach Sylt gekommen –, verbunden mit der Frage, ob sie etwas geerbt habe. Ich sage Ihnen«, Lauinger sah auf, und aus seinem Gesicht war alle Farbe gewichen, »wenn sie in diesem Augenblick vor mir gestanden hätte, ich hätte sie auf der Stelle, ohne die geringsten Gewissensbisse, erschlagen!« Für eine Weile wiegte er sich hin und her. Niemand sprach. Lilly stand auf und holte ihm ein Glas Wasser aus der Küche.

»Es zog mich nach Sylt. Mir war nicht bewusst, warum ich hierherfuhr, vielleicht wollte ich mir einfach Ingrids Tochter ansehen – ich kannte sie ja nur von den Kinderfotos –, um herauszufinden, wie meine freundliche, bescheidene Ingrid, die sich immer mehr um andere gesorgt hatte als um sich selbst, solch eine Tochter haben konnte.« Er trank einen Schluck von seinem Wasser. »Da sah ich im Vorbeifahren ein Schild hier im Vorgarten, dass das Haus zu verkaufen sei.« Er sah sich um. »Sie sehen ja selbst, es ist in einem schlechten Zustand und muss renoviert werden. Die Besitzerin, eine alte Frau, wollte es verkaufen, weil sie Geld fürs Altenheim brauchte. Ich hatte inzwischen von meiner Cousine etwas geerbt und kaufte dieses Häuschen … warum, das ist eine gute Frage. Ehrlich gesagt, ich weiß es nicht. Ich wollte wohl in Julias Nähe sein, einerseits, weil sie Ingrids Tochter war, andererseits, um meinem Hass Nahrung zu geben. Vielleicht sollte es einfach so sein.«

»Haben Sie sich deshalb auch mit Anne angefreundet?«, wollte Lilly wissen.

Lauinger schüttelte den Kopf. »Nein, das ergab sich einfach. Aber ich habe Annes Vertrauen erlangt und mich oft mit ihr über Julia unterhalten. Ich konnte einfach nicht begreifen, warum sie sich so verhalten hat. Warum überhaupt kein Funke Liebe da war, kein Verantwortungsgefühl gegenüber ihrer Mutter.«

»Und? Haben Sie's rausgefunden?«, fragte Fitzen gespannt.

»Ich habe höchstens zweimal kurz mit Julia gesprochen, so zwischen Tür und Angel. Ein Gespräch ergab sich einfach nicht. Sie hatte natürlich auch kein Interesse an einem alten Mann wie mir.«

»Sie wusste vermutlich nicht, wer Sie waren?«, sagte Fitzen.

»Sie erfuhr es am Tag, an dem sie starb«, entgegnete Lauinger leise. »Sie war auf die Idee gekommen, noch einmal das Nachlassgericht anzuschreiben, und erhielt dort meinen vollständigen Namen. Ingrid hatte kein Testament hinterlassen – es gab ja auch nichts zu vererben, sie war ja fast mittellos, nachdem Julia sie bestohlen hatte –, aber ich wickelte alles ab, was es eben in einem Todesfall zu tun gibt, und arrangierte auch die Beisetzung. Ich hatte mich dann doch überwunden, Julia per SMS kurz das Datum der Beerdigung mitzuteilen, erhielt aber wieder keine Reaktion.

Doch dann, am letzten Montag, stand sie plötzlich in meinem Haus. Sie war von hinten durch den Garten gekommen. Und warum? Wollen Sie wissen, warum?« Die brüchige Stimme war lauter geworden. »Sie verlangte Auskunft darüber, was mit dem Haus geschehen sei, in dem Ingrid gewohnt hatte. Ingrid hatte ein vertragliches Recht, es per Mietkauf zu erwerben – es gehörte ihr also gar nicht –, aber Julia glaubte wohl, noch ein paar Euro ergattern zu können. Sie dachte wahrscheinlich, ich hätte mir ein kleines Vermögen unter den Nagel gerissen.« Sein Lachen endete in einem Schluchzen. »Jedenfalls, Julia stand plötzlich in meiner Küche und tobte wie eine Furie. Das war an jenem Montagabend. Sie kam zu mir herübergerannt, mit ihrem Nixenkostüm im Arm, weil sie es anschließend einer Bekannten bringen wollte, die etwas daran flicken sollte. Wir hatten eine heftige Auseinandersetzung, und Julia wurde sehr ausfällig. Zuerst beschuldigte sie mich, dass ich sie stalkte. Dann verlangte sie eine Aufstellung ihres Erbes. Das muss man sich mal vorstellen: Julia, die fast alles gestohlen hatte, was Ingrid sich erspart hatte, fragte nach ihrem Erbe! Sie hat ihre Mutter im Stich gelassen, hat ihr das Herz gebrochen, hat sie ohne ein Wort sterben lassen, und fragt dann schamlos nach ihrem Erbe! In diesem Augenblick habe ich rotgesehen.« Lauinger griff nach seinem Glas, aber er trank nicht, sondern stellte es mit zitternder Hand wieder hin. Er suchte nach einem Taschentuch, und Lilly reichte ihm eins aus Papier.

»Ich habe sie angeschrien, habe sie an den Armen gepackt und geschüttelt. Aus irgendwelchen Gründen hatte ich einen schweren Schraubenzieher in der Hand, den habe ich ihr auf den Kopf gedroschen, ohne überhaupt zu registrieren, was ich da tat. Und Julia bewarf mich mit so ziemlich allem, was in der Küche herumstand. Der Streit ging eine ganze Weile so weiter, bis Julia anfing, mir mit einem Anwalt, mit einem Verfahren und einem Prozess zu drohen. Alles fern jeglicher Realität. Aber meine Frage, warum sie ihre Mutter im Stich gelassen hat, warum sie nicht zurückgekommen ist, ignorierte sie. Nur das angebliche Erbe, das es ja gar nicht gab, interessierte sie.«

»Und wie kam es zu dem Mord?«, fragte Fitzen.

»Sie drehte sich um und wollte gehen«, sagte Lauinger erschöpft. »Ich fragte sie zum ich weiß nicht wievielten Mal, ob es ihr nicht leidtäte, dass sie ihre Mutter im Stich gelassen hatte, und sie antwortete so über die Schulter hinweg: ‚Jeder muss irgendwann mal sterben.' In meiner Wut und Verzweiflung habe ich ihr einen heftigen Stoß versetzt, und sie fiel in die Tür, die von der Küche in den Garten führt. Diese Tür hatte schon einen Sprung, von dem Ball des Nachbarjungen. Ich vermute, das war der Grund, weshalb das Glas sofort zersplittert ist.« Er wischte sich übers Gesicht. »Dass sie daran stirbt, habe ich nicht erwartet.«

Benthien sagte: »Sie wissen schon, dass Sie Julia vielleicht hätten retten können, wenn Sie den Notarzt gerufen hätten.«

»Das glaube ich nicht, John«, widersprach Fitzen, »eine Blutung der Baucharterie führt in wenigen Minuten zum Tod.«

»Ich saß da und habe einfach nur zugesehen«, bekannte der Mann, der müde und eingefallen auf dem Sessel saß. »Ich glaube, ich habe gar nicht realisiert, dass sie verblutet ist. Ich war in einer völlig anderen Welt, habe nur an Ingrid gedacht, an die schönen Tage, die wir hatten, an ihr Sterben und daran, dass wir nur so eine kurze Zeit zusammen hatten, und irgendwann war es dunkel und kalt. Und Julia lag in einer riesigen Blutlache vor mir, und ich fing an zu weinen und habe Ingrid um Verzeihung gebeten dafür, dass ich ihr kleines Mädchen ermordet habe.«

»Juristisch gesehen war es kein Mord«, sagte Lilly sachte.

»Für mich war es Mord. Sie war ja tot.«

»Warum haben Sie dann nicht die Polizei gerufen?«, fragte Fitzen.

»Vielleicht aus Feigheit? Der Gedanke kam mir einfach nicht. Ich weiß nicht, ob ich überhaupt nachgedacht habe … Ich kam mir ein bisschen vor wie ferngesteuert. Ich habe ihr das Nixenkostüm angezogen, denn Anne hatte mir erzählt, dass Julia sich so märchenhaft schön vorkam in dem Meerjungfrauengewand, und außerdem waren ihre eigenen Kleider voller Blut. Dann habe ich sie in den Wagen gepackt und bin noch am Abend mit ihr nach Flensburg gefahren.«

»Aber warum?«, fragte Lilly. »Warum haben Sie sie nicht einfach hier an den Strand gelegt?«

»Ich kann nur immer wieder sagen, ich weiß es nicht«, bekannte Lauinger hilflos. »Ich habe nicht bewusst nachgedacht, irgendetwas in mir hat gehandelt. In Flensburg konnte ich das Boot eines Freundes benutzen. Mir erschien es am einfachsten, und wie hätte ich denn hier die Leiche an den Strand bringen sollen?«

Das klang alles nicht nach einer heimtückisch geplanten Tat. Benthien war klar, dass Lauinger in einer Ausnahmesituation gewesen war, völlig geschockt und überfordert, sich kaum dessen bewusst, was er tat.

Eine Weile sagte niemand etwas, dann huschte ein verzerrtes Lächeln über Lauingers Gesicht. »Sie werden es mir nicht glauben, aber ich war ganz nahe dran, Ihnen alles zu erzählen«, sagte er, an Benthien gewandt. »Lange hätte ich es nicht mehr ausgehalten. Und bei Ihnen hatte ich den Eindruck, dass Sie mich vielleicht ein bisschen verstehen würden.«

6. Mittwoch, 3. Mai

Vormittags in der Polizeidirektion Flensburg

Benthien legte mal wieder die Füße auf seinen Schreibtisch, den Kopf lehnte er gemütlich gegen die hohe Rückenlehne seines Bürostuhls.

»Die KTU hat den Pullover gefunden, den Lauinger an dem Abend getragen hat, als Julia starb«, sagte Benthien. »Wir kennen ihn sogar, er hatte ihn an, als er im Garten die Dahlien pflanzte. Er ist voller kleiner Blutstropfen, die man aber nicht sieht, weil sie zwischen den Maschen sitzen. Und der Freund, dem das Boot gehört, hat ausgesagt, dass Lauinger ihn spätabends anrief, um zu fragen, ob er sein Boot für eine kurze Fahrt ausleihen könne. Lauinger wusste, wo der Schlüssel dazu liegt. Der Freund meinte, er habe verwirrt und abwesend geklungen, als wäre er nicht richtig bei sich.«

»Ich glaube, es ist das erste Mal, dass mir ein Täter leidtut«, verkündete Lilly.

»Er kriegt sowieso nur ein paar Jahre wegen Totschlags«, beruhigte sie Fitzen.

»Ich dachte eher an die Gesamtsituation, an die Katastrophe, an das menschliche Leid, das hinter allem steckt. Und dich hätte es beinahe auch erwischt!«

Lilly und Benthien waren gestern Abend noch nach Flensburg zurückgefahren und hatten angefangen, alle noch offenen Fragen des Falles zu recherchieren und zu bearbeiten. Für heute standen noch ein Gespräch mit der Oberstaatsanwältin Thyra Kortum sowie die Vernehmung des geständigen Gerhard Lauinger auf der Agenda. Fitzen war noch krankgeschrieben, deshalb war er erst heute nach Flensburg zurückgefahren und jetzt nur zu einer Stippvisite bei den Kollegen. Die Arbeit gestern hatte ihn doch mehr angestrengt, als er zugeben wollte.

Juri, der gerade Kaffee für alle brachte, verteilte die Becher und setzte sich zu ihnen. »Ich muss dir gratulieren, John«, sagte er. »Und natürlich auch euch, Lilly und Tommy. Tolle Arbeit! Ihr habt einen Mordfall innerhalb von fünf Tagen gelöst, ich schätze, das ist ein neuer Rekord!«

»Und nicht zu vergessen: unter Einsatz meines Lebens!«, ergänzte Fitzen und sah aus, als ob er es ernst meinte.

»Wenn du nicht so verfressen wärst, wäre nichts passiert«, murmelte Benthien, und Fitzen warf ein Radiergummi nach ihm.

»Ein paar Fragen müssen noch geklärt werden«, sagte Lilly zu Juri Rabanus. »Zum Beispiel wissen wir noch nicht, woher Julia das Thallium hatte und wo sie es versteckt hat. Deswegen sind Claudia Matthis und Stefano heute noch mal in Braderup und durchsuchen den Garten. Ganz hinten gibt es eine alte, halb verfallene Gartenlaube. Anne meinte, da könnten noch alte Gartenutensilien von ihren Eltern stehen. Vielleicht hat Julia das Gift dort gefunden. Oder irgendwo in einem Garten in der Nachbarschaft. Es gibt so viele Möglichkeiten.«

»Wir haben den Fehler gemacht, Lauingers Alibi nicht zu überprüfen«, meinte Fitzen.

Benthien fing an zu kippeln. »Aber er war doch gar nicht verdächtig, Tommy. Wie hätten wir denn auf ihn kommen sollen? Außerdem stimmte das, was er uns über den Montagnachmittag erzählt hat, ja im Großen und Ganzen. Er hat Matteo tatsächlich im Üp de Hiir gesehen, und er war tatsächlich in der Nordseeklinik, um Anne zu besuchen. Nur die Essenseinladung bei Ingken Blome, die hat er erfunden, die hatte nämlich am Tag zuvor stattgefunden.«

»Ich verstehe immer noch nicht, wie ihr überhaupt auf den unauffälligen Herrn Lauinger gekommen seid?«

»Wir haben ihn sozusagen von zwei Seiten eingekreist, allerdings ohne es zu wissen«, erklärte Fitzen. »Ich habe mir gedacht, wenn Julia in eine Tür oder in ein Fenster fällt, dann muss ja was kaputtgegangen sein. Also habe ich gestern die Glasereien auf Sylt angerufen und gefragt, wo nach dem 17. April eine Tür oder ein Fenster ersetzt worden sind. Und da tauchte eben der Name Lauinger auf.«

»Gleichzeitig habe ich die Briefe gelesen, die Lauinger an seine Frau geschrieben hat. Darin kamen Wendungen vor, die mir irgendwie vage bekannt vorkamen, wenn auch nicht genau in diesem Wortlaut.« Benthien kippte seinen Stuhl nach vorn und suchte auf seinem Schreibtisch nach den erwähnten Briefen.

»Hier zum Beispiel. Hier steht: ‚Die schwere Last dieser bösen Tage drückt unsere aufgeschreckten Seelen'; und hier ...«, er blätterte in dem kleinen schwarzen Buch, das Lilly schon im Friesenhaus auf dem Tisch hatte liegen sehen, »... steht: ‚Noch will das alte unsre Herzen quälen, noch drückt uns böser Tage schwere Last. Ach Herr, gib unsern aufgeschreckten Seelen das Heil' und so weiter. Oder er schreibt an seine Frau: ‚Nicht nur als Gast will ich auf ewig bei dir wohnen', und im Original heißt es: ‚Da will ich immer wohnen, und nicht nur als ein Gast' ... Oder er sagt: ‚So wie du mich wunderbar behütet und getröstet hast', und das passt zu der Liedzeile ‚Von guten Mächten treu und still umgeben, behütet und getröstet wunderbar ...'«

»Ich verstehe, was du sagen willst. Aber wieso haben dich diese Kirchenlieder gerade auf Lauinger gebracht?«, fragte Lilly.

»Da war ich allerdings im Vorteil euch gegenüber«, gab Benthien zu. »Ich wusste nämlich, dass Lauinger von Beruf Organist ist, das hat er mir mal erzählt. Er spielt Orgel und kennt natürlich die Lieder in- und auswendig, und beim Schreiben sind diese Texte wie selbstverständlich in seine Briefe mit eingeflossen, die er an seine große Liebe geschrieben hat.«

»Du hättest uns sagen müssen, dass Lauinger Orgelspieler in der Kirche war!«, beschwerte sich Fitzen.

»Und selbst wenn wir es gewusst hätten, Tommy«, sagte Lilly, »wären wir nicht auf diese Verbindung gekommen. Ich wenigstens nicht. So beschlagen bin ich in Kirchenliedern nicht.«

»Ja, unser Jonny-Boy kennt sich mit so was aus«, lobte Fitzen und erhob sich unter Ächzen und Stöhnen von seinem Stuhl. »Und ich werde jetzt meine alten, vergifteten Gebeine nach Hause tragen und mich betüddeln lassen. Wozu hat man eine Ärztin als Freundin. Ich wünsche euch allen noch frohes Schaffen, Kinder!«

»Nächste Woche will ich dich hier aber wieder sehen!«, rief Benthien hinter ihm her, und Fitzen antwortete mit zittriger Greisenstimme, sich langsam entfernend: »Sehr gern, wenn ich dann wie durch ein Wunder noch unter euch weile.«

»Affe«, sagte Benthien und musste doch ein wenig schmunzeln.

Juri sammelte die leeren Becher zusammen. »So schrecklich das klingt, aber man muss doch schon fast froh sein, dass Julia nicht weiter ihr Unwesen treiben kann. So viele Leben hat sie zerstört. Unglaublich! Der Mann tut mir wirklich leid.«

»Mir auch«, sagte Lilly, nachdem Juri das Zimmer verlassen hatte. »Manchmal ist eben das Opfer der eigentliche Täter und der Täter der Leidtragende. Oder siehst du das anders?«

»Ich ziehe es vor, nicht weiter darüber nachzudenken«, sagte Benthien. »Aber wir können ja die Oberstaatsanwältin fragen. Und jetzt an die Arbeit!«

Nina Ohlandt

In der heißen Sonnenglut

Nordsee-Krimi

Hinweis für die Leser:
Die Kurzromane um John Benthien und sein Team
sind zeitlich *vor* den Romanen angesiedelt!

Sonntag, 19. Juni, 04:08 Uhr

»Was sollen wir bloß mit Hedwig machen?«

Die beiden Schwestern sahen sich an, ratlos. Was sollten sie mit Hedwig machen?

»Wir müssen mit ihr reden«, sagte Agnes, die sieben Minuten älter war als ihre Schwester. »Ihr alles erklären.«

»Aber dann erfährt auch *er* es!«

Sie verstummten.

»Schreiben wir ihr eben einen Brief.« Agnes faltete sorgfältig ihren guten Kaschmirpullover zusammen – obwohl, würde sie ihn in dem warmen Klima ihrer Heimat brauchen? Nein, entschied sie, sie würde ihn Hedwig hinterlassen, die ja fast immer fror.

»Sie wird traurig sein. Und sie könnte sich an uns rächen. Sie wird denken, wir hätten sie im Stich gelassen, jetzt, wo auch noch Siggi sie verlassen hat.«

Agnes drehte sich zu ihrer Schwester um. »Aber Alina, wir können doch nicht einzig und allein wegen Hedwig hierbleiben. Wir sind hier nicht zu Hause. Du hast dich so oft schon in den Schlaf geweint vor Heimweh! Und auch ich sehne mich nach dem Outback, den Tamarisken, der roten Erde und unserem Café. Ich sehne mich danach, hart zu arbeiten, mit den Leuten ein Schwätzchen zu halten und abends todmüde ins Bett zu fallen. Alina, wir müssen endlich wieder anfangen zu leben! Und damit meine ich nicht so ein künstliches Leben wie hier. Hedwig wird es verstehen, wenn wir es ihr nur richtig erklären. Außerdem kann sie uns ja jederzeit besuchen, wir haben genug Platz für Gäste.« Ihre Stimme wurde immer leiser. War diese lange Reise einer älteren, geschwächten Frau überhaupt zuzumuten?

Energisch schüttelte Agnes diese Gedanken ab und packte weiter ihren Koffer. Ein paar Kleidungsstücke – den schönen warmen Schal, die gefütterten Lederhandschuhe – ließ sie für Hedwig draußen. Allzu viel brauchte sie ohnehin nicht. Neben den paar wenigen Kleidungsstücken nur das, was wichtig war, ein paar Papiere, Briefe, Notizen. Der Laptop konnte dableiben, alles Wesentliche hatte sie ausgedruckt. Allerdings würde ein ganzer Koffer allein für die alten, wertvollen Bücher draufgehen, die sie von ihren Eltern geerbt hatten und die sie überallhin begleiteten, von denen sie sich niemals trennen würden. So wenig war ihnen von ihren Eltern geblieben.

Alina, die vor dem Spiegel stand und sich ihre lockigen Haare bürstete, seufzte laut. »Dann fang schon mal an, den Brief zu schreiben, Agnes. Wir haben nicht mehr allzu viel Zeit. Heute Abend geht schon der Flieger.«

Doch statt sich an den Tisch vor ihren Schreibblock zu setzen, trat Agnes auf den Balkon, von dem aus sie einen traumhaften Ausblick aufs Meer gehabt hätte, wenn es denn nicht erst vier Uhr morgens gewesen wäre. Aber sie wollte ein letztes Mal den – jetzt im Juni – warmen Wind genießen, der ihr heißes Gesicht kühlte und neckisch mit den Haaren spielte. Dieser unermüdliche Nordseewind war eines der wenigen Dinge, die ihr in Australien fehlen würden.

Im Hintergrund spielte Alina mal wieder ihr Lieblingslied, eine Schnulze aus den 60er Jahren, die ihre Mutter schon gerne gehört hatte. Doch Alina war geradezu besessen von diesem Lied, das sie ihr Heimwehlied nannte:

Heißer Sand und ein verlorenes Land
Und dein Leben in Gefahr.
Heißer Sand, und die Erinnerung daran,
Dass es einmal schöner war.

Agnes schloss die Augen, um die aufkommenden Tränen zu unterdrücken. Natürlich würde ihr auch Waldemar fehlen, niemand außer ihr wusste, wie sehr, noch nicht einmal Waldemar selbst. Doch an ihn würde sie erst von Tomberra aus schreiben, sonst würde sie die Reise wohl noch im letzten Augenblick absagen und hierbleiben. Und das durfte nicht geschehen, schon ihrer Schwester wegen, die sich weder an dieses Klima noch an die Menschen gewöhnen konnte, sondern vor Heimweh langsam verging. Dafür musste sie nun ein Opfer bringen, auch wenn es ihr fast das Herz brach. Zu viel hatten sie beide gemeinsam durchgestanden, um einander im Stich zu lassen.

Agnes schloss die Balkontür wieder, ging zu Alina und drückte ihre Schwester leicht an sich. »Sieh zu, dass du fertig wirst. Und vergiss Mr. Pip nicht!« Der einäugige, einohrige Bär begleitete die Zwillinge nunmehr seit über dreißig Jahren durch die Welt, war mit ihnen in vielen Ländern gewesen, zweimal verlorengegangen und auf wundersame Weise wieder aufgetaucht – undenkbar, dass man ihn hier auf dieser sandigen Insel zurückließ.

Alina lachte. »Er liegt längst gut versorgt in meiner Tasche!«

Agnes setzte sich an den Tisch vor den Schreibblock, zückte ihren Füllfederhalter, ein kostbares Erbstück ihres englischen Großvaters, und fing an zu schreiben.

»Liebe Hedwig …«

* * *

Samstag, 25. Juni, 11:14 Uhr

Irgendwas, fand John Benthien, war komisch an diesen Füßen. An sich waren es schöne Füße, gepflegt, sommerlich gebräunt, mit bronzefarbenem Nagellack. Eine goldene Kette mit kleinen weißen Perlen schmückte das schmale Gelenk am rechten Knöchel. Benthien war kein Fußfetischist, aber dass diese Füße eine gewisse erotische Ausstrahlung hatten, empfand auch er. Jammerschade, dass er nicht die ganze Frau sehen konnte. Das heißt, er hätte sie schon sehen können, wenn er aufgestanden und wie zufällig um den Strandkorb herumgeschlendert wäre. Doch dazu war er zu faul, und es war heiß, viel zu heiß hier am Sylter Strand an diesem Junitag. Am blauen Himmel stand nicht eine Wolke, und der beständige, meist erfrischende Nordseewind hatte sich in einen glühenden Wüstenhauch verwandelt, von dem keine Kühlung zu erwarten war.

Zweifellos einer der heißesten Tage des Sommers.

Benthien, der im kargen Schatten des Strandkorbs auf einem Badelaken lag, döste ermattet vor sich hin. Aus dem blau-weiß gestreiften Korb neben ihm drangen die leisen Schnarchtöne seines Freundes und Kollegen Tommy Fitzen. Sie waren bereits dreimal schwimmen gewesen an diesem Tag, und das hatte ihn offenbar müde gemacht. Benthien schnappte sich ein zweites Strandlaken, wickelte es zu einer Rolle, drehte sich auf den Bauch und bettete seinen Kopf etwas bequemer. Nun hatte er die Füße genau vor sich, etwa drei Meter entfernt. Die Haut um die Knöchel herum begann sich bereits gefährlich zu röten.

Wieder fielen ihm die Augen zu.

Als er erwachte, waren die Füße immer noch da, in derselben Position. Um ihn herum spielten die Leute Badminton, Boule und andere Spiele, Kinder warfen sich gegenseitig in den Sand, ein Hund rannte bellend an ihm vorbei. Nur die Frau schien unberührt von all dem Leben um sie herum.

Er riskierte ein Auge in Richtung Tommy, doch der war verschwunden – etwa schon wieder im Wasser?

Irgendwie war der Tag ermüdend, fand Benthien. Er war, wie so oft, an diesem Wochenende nach Sylt gefahren, wo ihm und seinem Vater ein altes, in die Jahre gekommenes Kapitänshaus in List gehörte. Wann immer er es mit seinem Job als Erstem Kriminalhauptkommissar in Flensburg vereinbaren konnte, versuchte er, auf Sylt zu sein. Diesmal war Tommy Fitzen, Kollege und Freund aus Kindertagen, mitgekommen. Er war wie Benthien auf Sylt aufgewachsen und trauerte dem Häuschen seiner Oma, das für die Schulden seiner Mutter verkauft werden musste, immer noch hinterher. Nun war sein Lebensmittelpunkt in Flensburg. Mit von der Partie waren auch Hinnerk Petering, ein junger Polizeikollege aus Westerland, und seine neue Freundin Rika, die er ihnen vorstellen wollte. Doch die beiden hatte Benthien schon lange nicht mehr gesehen.

»Bin wieder da«, verkündete Fitzen die unübersehbare Tatsache und hielt Benthien ein Eis vor die Nase. »Deine Lieblingssorte, Nuss und Banane, du alte Schlafratte.«

»Das sagt der Richtige«, murmelte Benthien und leckte an seinem Eis, das in der Sommerhitze bereits zu schmelzen begann.

»Hinnerk und Rika dinieren ganz vornehm in der ›Seenot‹«, berichtete Fitzen weiter, der sich vor Benthien in den Sand gepflanzt hatte. »Wollen wir nachher nicht auch dorthin? Sie haben einen Tisch in der Fensterreihe für uns besetzt.«

»Dass du immer ans Essen denken kannst …«

Fitzen aß gern und viel, war aber dank Fitnessstudio ein schlanker, muskulöser Typ, der durchaus auf seine Figur achtete. Mit Benthien hatte er eine Wette laufen, wer zuerst einen Bauchansatz bekäme, eine Wette, die er sehr ernst nahm. Benthien fragte sich, wann der Zeitpunkt gekommen wäre, an dem Fitzen mit einem Zentimeterband im Büro aufkreuzte.

»Guck dir mal die Füße an«, sagte er und nickte in Richtung des anderen Strandkorbes.

»Schöne Füße. Und?«

Benthien leckte an seinem Eis. »Sie bewegen sich nicht. Ich frage mich, ob da eine Schaufensterpuppe liegt. Vielleicht hat sich irgendeiner einen Spaß gemacht. Ansonsten wäre diese Frau bestimmt nicht mehr am Leben, sondern zu Tode geröstet von der Sonne.«

Fitzen, von Natur aus neugierig, sprang auf, ging um den schräg gestellten Strandkorb herum und verschwand dadurch aus Benthiens Blickfeld. Schön, nun hatte er Tommy angespitzt und konnte selbst liegenbleiben. Allerdings hörte er von diesem nichts mehr.

»Fitzen?«

»Komm mal her!«, sagte Fitzen mit belegter Stimme. »Sofort!«

Benthien sprang auf die Beine. Die Frau lag vor dem weißen Strandkorb mit dem blau-weißen Innenfutter auf einem Handtuch im Sand. Sie trug einen schwarzen Badeanzug, ihr Gesicht war mit einem großen Sonnenhut bedeckt. Jedes Stück Haut, das der Sonne ausgesetzt war, hatte sich krebsrot verfärbt. Auf der Sitzbank des Strandkorbs lag ein Rucksack im Schatten. Es gab keine Anzeichen, dass die Frau nicht allein an den Strand gekommen war.

Fitzen, der sich neben sie gekniet hatte, um nach dem Puls zu fühlen, warf ihm einen Blick zu. »Keine Vitalfunktionen. Sie ist tot.«

»Mein Gott!«

War sie etwa gestorben, während er ihre Füße bewunderte? Hitzschlag, Herzinfarkt, und er war ganz in der Nähe gewesen? Benthien nahm den Hut vom Gesicht und prallte zurück. Die Frau trug eine Art Augenbinde aus Papier, einen schmalen beschrifteten Streifen, der mit Klebeband an den Schläfen und im Haar befestigt war. Nun kniete auch Benthien nieder, um zu entziffern, was auf dem Papier stand.

»*Der Mensch braucht nicht allwissend zu sein, um von dem, was er gehört und gesehen hat, reden zu können.*« Er starrte Fitzen an. »Was will uns der Täter wohl damit sagen?«

Fitzen deutete auf den Hals der Toten. Seine Augen glänzten. »Keine Ahnung. Aber sieh mal, vielleicht haben wir hier die DNA des Täters!«

Am Hals der Frau waren blutunterlaufene Male zu sehen, die von Bisswunden herrühren konnten.

Benthien betrachtete sie erschüttert. Wer hatte ihr das angetan? Und warum hatte er sie auf diese Weise der Öffentlichkeit preisgegeben? »Ich sag Thyra Bescheid!«

Während Fitzen die Tote mit einem seiner Strandlaken bedeckte, rief Benthien erst Hinnerk an (»sofort kommen!«), dann die Oberstaatsanwältin Thyra Kortum, die er gut kannte und die wieder einmal sehr unkonventionell reagierte.

»Dass ihr die Leichen immer am Wochenende finden müsst! Und dann noch an so einem heißen!« Wasser plätscherte an Benthiens Ohr, offenbar erfrischte sich Thyra in ihrem kleinen privaten Pool. »Können die Kerle nicht auch mal Ferien machen? Ich schwimme noch eine Runde, dann bin ich da.«

»Aber eine sehr kurze Runde, hoffe ich«, sagte er zu der

alten Freundin seiner verstorbenen Mutter, dann drückte er das Gespräch weg.

Fitzen telefonierte mit der Westerländer Polizei. Nun mussten sie auf die Spurensicherung warten, und bis dahin musste die Leiche so gut wie möglich vor den Augen der Strandbesucher geschützt werden. Fitzen empfahl den Kollegen, ein Zelt mitzubringen. Dummerweise hatte sich die Erkenntnis, dass hier irgendwas nicht stimmte, in Windeseile am Strand herumgesprochen. Immer mehr Menschen in Badehosen und Bikinis rückten ihnen immer näher auf die Pelle. Zum Glück war Hinnerk, ein schlaksiger Typ mit spärlichen roten Haaren, inzwischen eingetroffen. »Wir requirieren ein paar Strandkörbe«, schlug er vor. Mit ihrem eigenen fingen sie an, vier weitere wurden ihnen von ihren Strandnachbarn zur Verfügung gestellt, damit war das Opfer einigermaßen vor Blicken geschützt. In die Ritzen hängte Fitzen ein paar Handtücher. Nun waren sie alle innerhalb des Rings, und von draußen drang das Volksgemurmel zu ihnen herein.

»Wir sollten uns noch rasch in Schale werfen, bevor die Kollegen hier sind«, überlegte Benthien. »Und Tommy, nimm deine Kreissäge ab, das wirkt unseriös!«

»Aber dein Käppi ist okay?«

»Käppi ist okay, Kreissäge nicht!«

Benthien rief seinen Vater an, der den kühlen Keller ihres Kapitänshauses weißte, und bat ihn, ihnen Jeans und T-Shirts und vernünftige Schuhe zu bringen. »Hast du schon wieder eine Leiche gefunden?«, stöhnte Benjamin Karl Benthien. »Junge, du hast wirklich ein besonderes Talent dafür. Ich habe übrigens für heute Abend einen leckeren Wurstsalat gemacht, der gerade auskühlt! Eine eigene Kreation mit Hartkäse, Melone und Silberzwiebeln – neben der Wurst natürlich!«

Ein paar Stunden später waren sie alle erschöpft. Selbst das murrende Volk, das sich beklagte, nichts zu sehen, hatte sich in kühle Bierschänken oder Champagnerbistros verzogen. Immerhin war inzwischen klar, wer die Tote war, nachdem die Spurensicherung den Rucksack freigegeben hatte: Ihr Name war Kirsten Behr, 38 Jahre alt, wohnhaft in Flensburg. Sie besaß dort eine kleine Buchhandlung. Diese Informationen entnahmen sie zwei persönlichen Briefen, die im Rucksack gewesen waren. Offenbar hatte sie einer Freundin ihr Herz ausgeschüttet. Aus den Antwortschreiben ging hervor, dass Kirsten Behrs Ehe gerade gescheitert war und sie sich darüber beklagte, dass ihr Mann Michael bereits eine andere hatte, mit der er an die belgische Küste gefahren war. »Wenn das stimmt, hat er ein Alibi«, sagte Fitzen.

Benthien hatte inzwischen aus einer Seitentasche des Rucksacks ein Buch gezogen. »Dass eine Buchhändlerin so was liest?« Er hielt Fitzen ein grelles Cover, gehalten in den Farben Gold und Rot, vor die Nase: *Gefangen im Harem – Die entführten Sex-Zwillinge.*

»Ein Riesenerfolg«, sagte Fitzen. »In mindestens zwanzig Sprachen übersetzt. Katharina hat's gelesen und ich stellenweise auch. Ganz schön saftig. Es soll tatsächlich eine Biografie sein. Am Schluss verliebt sich eins der Mädchen in ihren Bewacher, der sein Leben riskiert, um sie und ihre Schwester zu retten. Und damit hört die Lovestory auf. Band II soll, glaube ich, in diesen Tagen erscheinen.«

Benthien schüttelte den Kopf. »Dass du so ein Zeug liest!«

Der Inselarzt, ein Mann mit seriösem grauen Schnäuzer, den Hinnerk offenbar kannte, da er ihn mit »Wolf« anredete, erklärte, dass Kirsten Behr seit dem frühen Morgen, vielleicht auch schon seit elf, zwölf Uhr nachts, tot sei. »Woran sie gestorben ist, kann ich erst nach der Obduktion sagen. Verletzungen hat sie außer den Bisswunden am Hals keine. Allerdings gibt es ein paar ältere Prellungen und blaue Flecke.«

»Von einem Kampf? Wurde sie geschlagen?«, fragte Fitzen.

»Es sieht so aus«, sagte der Medizinmann.

»Und kein einziger Hinweis auf die Todesursache? Hat man sie vergewaltigt?«

»Eher nicht. Ihr Körper vom Hals an abwärts ist unverletzt, sieht man von den Hämatomen ab.«

Kurz darauf traf die Staatsanwältin Thyra Kortum, die in Ladelund allein in einem kleinen Häuschen wohnte, noch vor dem Gerichtsmediziner ein, der die Leiche zur Sektion nach Kiel holen wollte. Sie atmete schwer von dem Marsch durch den tiefen, heißen Sand, denn besonders sportlich war sie nicht. Bekleidet war sie mit einem luftigen blau-weißen Sommerkleid, ein breitkrempiger Strohhut bedeckte ihre blonden, sorgfältig frisierten Haare. Sie wurde von Benthien mit einer herzlichen Umarmung und einer kalten Flasche Wasser begrüßt und sank aufatmend in einen der Strandkörbe. Ihr Blick richtete sich auf die Leiche.

»Armes Ding«, sagte sie, und ihre scharfen blauen Augen wurden sanft. »Wie kann man jemandem so etwas antun?«

Fitzen referierte, was sie inzwischen über Kirsten Behr wussten.

»Was machte sie hier auf Sylt?«, fragte Thyra.

»Wir wissen es nicht«, erwiderte Benthien. »Vielleicht einfach Urlaub? Wir haben nur rausgefunden, dass sie in Westerland in der Stephanstraße in einer kleinen Ferienwohnung wohnte, übrigens erst seit drei Tagen. Die Spusi ist gerade da, danach wollten wir uns die Wohnung vornehmen. Vielleicht hat sie einen Laptop dabei. Das Handy haben wir auch noch nicht gefunden.«

»Es könnte ein schiefgegangenes Date gewesen sein«, überlegte Thyra und rückte sich in ihrem Strandkorb zurecht.

»Da müsste sie aber schon an einen besonderen Sadisten geraten sein«, sagte Benthien und strubbelte im Verlangen nach Kühlung durch seinen vollen braunen Haarschopf. »Ich habe

Lilly und Juri beauftragt, nach ähnlichen Verbrechen mit ähnlichen Botschaften Ausschau zu halten.«

»Sagt mal, kommt euch das authentisch vor?«, platzte Tommy Fitzen plötzlich heraus. »Diese mysteriöse Botschaft, diese deutliche Bissspur am Hals ... auf mich wirkt das irgendwie gestellt, wie eine makabre Inszenierung.«

Stimmen wurden hinter den Strandkörben laut, dann quetschte sich ein etwas beleibterer Streifenbeamter durch die Lücke. »Ich habe hier jemanden, der glaubt, er könnte die Leiche identifizieren«, meldete er mit hochrotem Gesicht. Fitzen warf schnell ein Strandlaken über die tote Frau.

»Bringen Sie ihn her«, sagte Benthien.

Ein großer, distinguiert wirkender Mann erschien mit besorgtem Gesicht. Graumelierte volle Haare, grauer, sorgfältig gestutzter Schnäuzer, unter dem Adamsapfel saß eine Fliege. Auch sonst war er korrekt und viel zu warm angezogen.

»Mein Name ist Waldemar Ingwersen, ich lebe hier in Archsum im Ruhestand«, begann er mit einer Stimme, die leise zitterte. Seine Augen saugten sich an der Leiche fest. Er machte einen Schritt auf sie zu.

Benthien stand auf und stellte sich Herrn Ingwersen in den Weg. »Und Sie kennen Kirsten Behr?«, fragte er.

Der Mann nickte. »Ja, das ist sie! Sie ist eine Bekannte einer sehr guten Freundin von mir, und die ist ...«

Benthien winkte dem Polizisten. »Herr Ingwersen, würden Sie noch einmal nach draußen gehen? Wir rufen Sie gleich wieder herein.«

Ingwersen verließ die Runde der Strandburgen. Thyra, die inzwischen aufgestanden war, breitete ein Strandlaken über das Opfer.

Als Ingwersen die Runde wieder betrat, stand er sichtlich unter Schock. Er beugte sich aus seiner beträchtlichen Höhe über die Leiche.

»Bitte nichts anfassen!«, warnte Fitzen vorsorglich.

»Was ist mit Kirsten Behr passiert?«, fragte Ingwersen aufgeregt.

»Wir wissen es noch nicht«, antwortete Benthien ausweichend. »Bitte, nehmen Sie Platz.« Er deutete auf den Strandkorb neben sich. »Wann haben Sie Frau Behr das letzte Mal gesehen?«

»Gestern Morgen. In Westerland auf der Strandpromenade. Ich bin fast in sie hineingelaufen.« Ingwersen wirkte zerstreut und gleichzeitig entsetzt. Mit seinen Gedanken schien er weit weg zu sein.

»Ist irgendwas?«, fragte die Oberstaatsanwältin mitfühlend.

»Sie machte sich Sorgen«, antwortete Ingwersen, »und ich auch!« Er riss sich zusammen. »Es geht um Agnes Ashbury. Und um ihre Schwester. Wir sind mit ihnen befreundet, also ich eher mit Agnes, aber durch sie kannte ich Frau Behr. Flüchtig. Wir waren mal einen Abend zusammen essen. Frau Behr kannte die beiden von einer Lesung in ihrer Buchhandlung und war seither mit ihnen befreundet.« Er deutete mit der Stirn auf das Buch, das im Strandkorb lag, vor dem sich noch immer die Leiche befand. »*Gefangen im Harem* – das Buch schlug ein wie eine Bombe. Ja, und jetzt«, er wischte sich mit einem Taschentuch über die feuchte Stirn, »jetzt scheinen die beiden Ashburys verschwunden zu sein. Ich kann sie seit Tagen nicht erreichen, und Frau Behr war extra hierhergekommen, um zu sehen, was mit ihnen ist. Sie hat einen Schlüssel zu ihrer Wohnung.«

»Heißt das, die Schwestern wohnen hier auf Sylt?«, fragte Fitzen erstaunt. »Oder waren sie im Urlaub hier?«

»Nein, nein, sie wohnen hier, in einem der Hochhäuser in Westerland. Von außen ein hässlicher Wohnblock, aber vom fünften Stock aus ein wunderbarer Blick aufs Meer. Ich mache mir Sorgen! Wer weiß, was Frau Behr herausgefunden hat?

Vielleicht musste sie deshalb sterben?« Er sah sich um. »Sie ist doch ermordet worden, oder nicht? Was hat man ihr angetan?«

Doch diese Frage konnten und wollten ihm die Beamten nicht beantworten.

»Wir kommen später noch mal auf Sie zu«, beendete Benthien das Gespräch.

Lehrer in aller Welt fragen Kinder, was sie tun und werden wollen, wenn sie groß sind.

Wenn ich groß bin …

Hasi:
… will ich am Meer wohnen, mit einem Strand ganz für mich allein, und mich die Dünen runterkugeln
Wolle:
… will ich so stark sein wie Pippi Langstrumpf
Löffel:
… will ich mit meinem eigenen ICE durch die Gegend fahren, aber ohne Leute drin, nur ich ganz allein
Dude:
… will ich eine große Familie mit sechs Kindern haben

Samstag, 25. Juni, 19:27 Uhr

»Der Schlüssel zu der Ashbury-Wohnung wurde nicht bei Kirsten Behr gefunden«, meldete Fitzen. »Zumindest nicht in ihrem Rucksack.«

Benthien sprang vom Stuhl und gab Fitzen einen Klaps auf die Schulter. »Auf, wir müssen los!«

Kurz nachdem Waldemar Ingwersen gegangen war, war die Leiche ins Rechtsmedizinische Institut nach Kiel verbracht worden, die Obduktion sollte noch heute Nacht erfolgen. Thyra Kortum war wieder zurück nach Ladelund gefahren, mit Ingwersen hatte man ausgemacht, dass er am Sonntag zur Verfügung stehen würde. Benthien und Fitzen hatten inzwischen den Wurstsalat gegessen, der gar nicht so übel gewesen war.

Gerade hatte Benthien von der Spurensicherung eine Meldung auf sein Handy bekommen, dass die Ferienwohnung von Kirsten Behr nun für sie frei sei, etwas Besonderes oder Auffälliges sei aber nicht gefunden worden.

Sie stiegen in Benthiens alten, geliebten, flaschengrünen Citroën XM, den er nur hier auf der Insel benutzte, und fuhren hinunter nach Westerland. Kirsten Behr hatte eine Ferienwohnung in einem 1960er-Jahre-Komplex, der früher offensichtlich mal Büros einer Firma Schering beherbergt hatte, ganz in der Nähe der St. Nicolai-Kirche. Nicht gerade schön, aber nicht weit entfernt von der Friedrichstraße, dem Bahnhof und dem Strand. Die Tür stand offen. Noch während sie auf der

Suche nach dem Hausmeister waren, hörten sie weiter oben im Treppenhaus Stimmen. Ein Mann kam eilig die Stufen herunter. Er zuckte zusammen, als er Benthien und Fitzen erblickte.

»Was haben Sie hier zu suchen?«

Benthien wusste, dass die meisten Westerländer Hausmeister nicht gerade die Liebenswürdigkeit in Person waren, aber dieser hier schien den Vogel abzuschießen. Er war Mitte fünfzig und wirkte mit seinen zotteligen grauen Haaren, die ihm bis auf den Kragen fielen, und der rauen Lederhaut im Gesicht ungepflegt. Seine Augen blitzten ärgerlich unter buschigen Brauen hervor. Benthien zückte seinen Polizeiausweis und stellte sich und Fitzen vor. Er hatte den Eindruck, dass der Mann nicht gerade erfreut war, Polizisten im Haus zu sehen.

»Kommen Sie mit nach unten«, sagte er, unnötig laut, wie es Benthien schien, »ich muss den Schlüssel erst raussuchen.«

Fitzen und Benthien wechselten einen Blick. Fitzen drehte sich hinter dem Rücken des Mannes um und stieg fast lautlos die Treppe hinauf.

Dass der Schlüssel erst noch gesucht werden musste, verwunderte Benthien, denn die Spurensicherung war ja gerade erst da gewesen und hatte ihn beim Hausmeister hinterlegt.

»Ihr Name?«, fragte er freundlich.

»Elmar Siepe«, sagte der Mann, immer noch weit entfernt von höflich.

»Dann sind Sie wohl nicht aus dieser Gegend?«

»Eifel.«

»Viel zu tun?«

»Ohne Ende. Hier herrscht ein ständiges Kommen und Gehen.«

Sieh mal an, der Mann kann auch in ganzen Sätzen sprechen, dachte Benthien, als von oben her Lärm ertönte. Es waren zwei männliche Stimmen, eine davon gehörte Fitzen. Siepe drehte sich blitzschnell um, erkannte, dass ihm nur einer der beiden Beamten gefolgt war, drängte Benthien zur Seite und rannte ärgerlich die Treppe hoch.

Oben erwartete sie ein aufgebrochenes Siegel, eine offene Tür und ein junger Mann, der Fitzen feindselig musterte.

»Ich habe ein Recht, hier zu sein«, sagte der junge Mann. »Die Polizei tut ja nix. Meine Freundin ist verschwunden, und ich wollte sehen, ob Frau Behr etwas weiß.«

»Und dafür brechen Sie ein Polizeisiegel auf?«, schnauzte Fitzen. »Was haben Sie sich dabei gedacht?«

»Was ist überhaupt los? Ist Frau Behr etwas passiert?«, fragte der Hausmeister.

»Haben Sie das immer noch nicht mitbekommen?«

»Kann es sein, dass Sie von einer der Ashbury-Schwestern sprechen?«, erkundigte sich Benthien ahnungsvoll. Der Blick des jungen Mannes verriet ihm, dass er mit seiner Vermutung richtiggelegen hatte.

Lauter Fragen hingen in der Luft. Benthien schickte den Hausmeister nach unten in seine Räume mit der Auflage, dort auf sie zu warten. Dann schloss er die Tür. Fitzen filzte den jungen Mann, der Cornelius Greve hieß, wie sich herausstellte. An sich wirkte er ganz einnehmend mit der blonden Haartolle, die ihm ins Gesicht fiel, und den Grübchen neben den Mundwinkeln. Allerdings sah er auch aus, als ob er viermal die Woche ins Fitness-Studio ginge.

Wie sich herausstellte, wohnte Greve ebenfalls in dem Gebäudekomplex, weshalb er den Hausmeister kannte. Er arbeitete den Sommer über als Badeaufsicht am Strand, ansonsten studierte er in Göttingen BWL.

»Toller Job«, kommentierte Fitzen, wurde aber schnell darüber belehrt, wie schwierig und verantwortungsvoll die Aufgabe am Strand sei.

»Ein kleines Nickerchen oder eine Unaufmerksamkeit können Sie sich da nicht leisten!«

»Ja«, sagte Benthien zerstreut. »Mit welcher der Ashbury-Schwestern sind Sie befreundet?«

»Mit Alina«, sagte Greve misstrauisch. »Wieso? Wissen Sie was? Ist was passiert?«

Benthien seufzte. Diese Frage schien man ihm heute unaufhörlich zu stellen. Aber warum sollte er sie nicht beantworten? Morgen würde das Thema ohnehin in allen Medien sein. Er erzählte, dass man Kirsten Behr tot am Strand gefunden hatte, ohne natürlich auf die besonderen Merkmale der Tatausführung einzugehen. »Wo waren Sie eigentlich in den letzten 24 Stunden?«, schloss er dann gleich die obligatorische Frage an.

Cornelius Greve schien aufrichtig erschüttert zu sein. Er brauchte eine Zeit lang, um sich zu sammeln. »24 Stunden? Sie meinen, ab gestern 20 Uhr? Zuerst war ich mit Freunden in verschiedenen Bistros, überall habe ich nach Alina gefragt. Später bin ich noch allein losgezogen, auch nach Hörnum, Rantum, Kampen, und habe Alina gesucht. Gegen halb drei war ich im Bett. Allein.«

»Und heute?«

»Da hatte ich frei und bin gegen 10 Uhr nach Husum gefahren, um ein paar Sachen einzukaufen. Bin gerade erst zurückgekommen.«

»Irgendwelche Zeugen? Hat Sie jemand gesehen, der Sie kennt?«

Greve verneinte. »Nicht dass ich wüsste.«

»Wir werden das überprüfen und brauchen nachher Ihre Angaben, möglichst auch Einkaufsquittungen, falls Sie welche haben. Warten Sie jetzt bitte in Ihrer Wohnung auf uns. Wir haben gleich noch ein paar Fragen an Sie.«

Greve nickte, doch ehe er gehen konnte, musste er noch alle Hosentaschen seiner Jeans leeren, damit sie sicher sein konnten, dass er nichts mitgenommen hatte. »Schuhe und T-Shirt bitte auch ausziehen«, kommandierte Fitzen, als Greve gehen wollte. Wie fix und fertig der junge Mann war, konnte man auch daran ersehen, dass er widerstandslos alles tat, was verlangt wurde.

»Schon wieder stoßen wir auf den Namen Ashbury«, bemerkte Fitzen, als sie allein waren. »Schon komisch, oder?«

»Auf jeden Fall. Aber konzentrieren wir uns jetzt erst einmal auf unsere Aufgabe. Puh, ist das heiß hier drin.«

Als sie ein Fenster öffneten, drang neben dem Straßenlärm auch ein lindes Lüftchen in die tristen Räume der Ferienwohnung. Von der Maybachstraße erklang Gelächter und Gesang. Irgendwo spielte eine Drehorgel. Die Glocken der St. Nicolai-Kirche schlugen acht Mal.

Außer Kirstens Kleidung, Wäsche, Kosmetikartikeln fanden sie nichts Persönliches in dieser Einzimmerwohnung. Alle Schubladen waren leer, im Kühlschrank standen eine Cola und zwei Flaschen Mineralwasser, aber Lebensmittel hatte Frau Behr nicht eingekauft. Von den Schlüsseln der Ashbury-Wohnung gab es keine Spur, auch ihr Handy schien verschwunden.

»Hier scheint irgendjemand einiges mitgenommen zu haben – vielleicht der Mörder.« Fitzen ließ sich auf einen Sessel fallen, lehnte den Kopf an und starrte an die Decke.

»Fragt sich, wie lang sie überhaupt in dieser Wohnung war. Sehr sorgfältig sind die hier nicht mit dem Putzen. Die Spurensicherung hat etliche fremde Fingerabdrücke gefunden und wertet sie nun aus.«

Sie verließen die Wohnung und gingen zu Elmar Siepe. Als Benthien dessen Räumlichkeiten sah – im Souterrain gelegen, düster, vom Fenster aus sah man nur auf die Beine der Vorübergehenden –, konnte er den Frust eines Menschen, der auf Sylt in einer solchen Wohnung leben musste, ein wenig verstehen.

Siepe konnte ihnen nicht viel sagen, außer, dass er Kirsten

Behr am Donnerstag den Koffer hochgetragen und einen Tag später abends eine lautstarke Auseinandersetzung aus ihrem Apartment vernommen hatte. Eine männliche Stimme war es gewesen, und nein, Leute, die in ihr Apartment gegangen oder von dort herausgekommen waren, hatte er nicht bemerkt. »Wäre es möglich, dass wir ... äh, dass Sie diese Siegelverletzung vergessen? Mein Arbeitgeber wird mich rauswerfen, wenn er davon erfährt!« Sein finsteres Gesicht verzog sich in hoffnungsvolle Falten, die vielleicht ein Lächeln darstellen sollten. Benthien tat er ein wenig leid. »Mal sehen«, brummte er. »Zeigen Sie uns erst einmal den Weg zu Greves Apartment.«

Es lag auf der anderen Seite des Innenhofes und war fast so schäbig wie die Souterrainwohnung, nur dass es im Erdgeschoss lag. Der Blick ging auf den Hof, in dem alte Zeitungen, ein bisschen Sperrmüll, nicht entsorgte Handwerkerabfälle und ein Haufen alter Räder ein wenig idyllisches Stillleben bildeten.

»Ich hatte Glück«, sagte Cornelius, als er die beiden hereinbat, »dass ich überhaupt auf Sylt eine Wohnung gefunden habe. Selbst geborene Sylter finden kaum noch eine Bleibe, weil jeder Kuhstall als Ferienwohnung vermietet wird. Große Ansprüche darf man da nicht haben.«

Die kleine Wohnung war bescheiden eingerichtet, mit wenigen billigen Möbeln. Gerade als Benthien überlegte, wie Greve an die Bekanntschaft mit einer berühmten Schriftstellerin gelangt war, stellte sein Kollege Fitzen diese Frage.

»Am Strand«, antwortete Greve. »Ihr war die Luftmatratze davongeschwommen, und ich habe sie zurückgeholt. Und ihr erklärt, warum Luftmatratzen in der rauen Sylter Nordsee ganz schön gefährlich sein können.«

»Und das war dann die große Liebe?«

Der junge Mann wurde rot. »Nein, aber wir waren gut befreundet. Ich mag Alina sehr. Ihre Schwester ist ebenfalls sehr nett.« Seine Röte vertiefte sich. »Und sie sind so ganz anders als in ihrem Buch, verstehen Sie? Eher leise und bescheiden, wenn Sie wissen, was ich meine.«

Benthien betrachtete den jungen Mann nachdenklich. »Ich habe den Eindruck, dass Sie sich große Sorgen um Alina und ihre Schwester machen. Gibt es einen bestimmten Grund dafür?«

»Alina hat mir erzählt, dass sie seit einiger Zeit Drohbriefe bekommen haben, wohl von einem Fan oder Stalker. Sie waren auch bei der Polizei, aber die haben nichts herausgefunden. Und jetzt sind beide seit Tagen nicht erreichbar, und ihre Freundin wird tot am Strand aufgefunden. Wären Sie da nicht auch beunruhigt?«

»Kann es nicht sein, dass sie einfach vor dem ganzen Tumult davongerannt sind?«, wollte Fitzen wissen. »Jetzt kommt ja auch bald ihr zweites Buch raus, das hat schon im Vorfeld einen Riesenwirbel gegeben, und …«

»Sie lassen doch nicht einfach alle Termine platzen!«, rief Greve verzweifelt. »So sind Alina und Agnes nicht. Ihre Verpflichtungen nehmen sie ernst!«

»Oder es ist ein Marketinggag? Und plötzlich sind sie wieder da?«

»Quatsch!«

Benthien betrachtete inzwischen ein großes Schwarz-Weiß-Foto, das an der Wand hing. Es war in einer Buchhandlung aufgenommen worden, wo die Zwillinge wohl gerade eine Lesung abhielten. Im Hintergrund waren der Signiertisch und ein Regal mit Büchern zu sehen. Im Vordergrund standen die beiden Schwestern, in der Mitte Cornelius Greve, der den Arm um sie gelegt hatte. Alle drei strahlten in die Kamera, ebenso wie ein paar Menschen im Hintergrund.

»Das war in Husum«, erklärte Greve wehmütig.

Benthien fand die Gesichter der Schwestern interessant. Sie waren keine eineiigen Zwillinge, sahen sich aber trotzdem außerordentlich ähnlich. Die eine hatte ein schmaleres Gesicht, die andere ein breiteres Kinn, die eine eine Stupsnase, die andere eine klassische griechische Nase. Beide hatten Naturwellen, waren ungeschminkt, und ihre Gesichter wirkten auf liebenswerte Weise altmodisch, wie aus einem Film aus den 40er Jahren. Vielleicht lag es auch an der Frisur. Dass diese beiden bei so billigen Werbegags mitmachten, konnte auch er nicht glauben.

Er stellte noch ein paar Fragen zu Kirsten Behr, bekam aber nichts Wichtiges mehr zu hören. Greve hatte sie in der kurzen Zeit ihres Aufenthalts nur einmal gesehen, bei einer zufälligen Begegnung vor dem Haus. Sie hatte ihn gefragt, ob er wüsste, wo die Ashbury-Schwestern wären, und er hatte sie dasselbe gefragt. Danach hatte er sie nicht mehr gesehen.

»Haben Sie einen der Drohbriefe, die die Schwestern angeblich bekamen, mit eigenen Augen gesehen?«, fragte Fitzen. »Oder haben Sie vielleicht sogar einen hier?«

»Glauben Sie, ich habe mir das ausgedacht?«, fragte Greve aufgebracht. »Nein, gesehen habe ich sie nicht. Aber sie haben mir erzählt, was drinstand.«

»Und?«

»Dass sie ihr zweites Buch zurückziehen sollten, sonst würde ihnen was Schlimmes passieren. Dass sie auf dem Buchmarkt kein Bein mehr auf den Boden bekämen, wenn sich ihre Biografie als eine Lüge herausstellen sollte, und dass eine solche Täuschung der Leser unfair wäre und hart bestraft werden müsse. Sie können ja bei der Polizei von Westerland nachfragen, die werden die Briefe ja noch haben!«

Sie verabschiedeten sich, nachdem sie die Einkaufsquittungen und eine Liste der Freunde erhalten hatten, mit denen Greve am Freitagabend unterwegs gewesen war.

»Sehr seltsam, dass immer wieder der Name Ashbury bei unseren Ermittlungen auftaucht«, nuschelte Fitzen etwas undeutlich, während er genüsslich das Eis lutschte, das sie sich gerade im erstbesten Café geholt hatten.

»Ja«, sagte John Benthien und fing gerade noch rechtzeitig einen Tropfen auf, ehe er auf seine Jeans fiel. »Ich schlage vor, wir sollten uns schleunigst die Drohbriefe ansehen. Ob die Kollegen wirklich nichts unternommen haben?«

Er wurde durch sein klingelndes Handy unterbrochen. Es war Lilly Velasco, eine neue, junge Mitarbeiterin, die aus Lüneburg zu ihnen nach Flensburg gekommen war. Sie teilte ihm mit, dass die Spurensicherung mit Kirsten Behrs Flensburger Wohnung fertig war und sie nun mit dem Kollegen Juri Rabanus die Räumlichkeiten durchsuchen würde.

»Lilly, seht zu, dass ihr rausbekommt, wo genau sich ihr Mann gerade aufhält. Wir müssen ihn dringend sprechen. Befragt die Nachbarn, ruft Verwandte an. Er muss zurückkommen, ob es ihm passt oder nicht.«

»Jawohl, Boss!«, sagte Lilly in zackigem Ton und hatte das Gespräch weggedrückt, ehe Benthien ihr noch sagen konnte, dass er es hasste, Boss genannt zu werden (was Lilly aber ohnehin schon wusste).

»Ganz schön frech«, meinte er zu Fitzen, »unsere junge Kommissarin aus der Heide.«

»Die wäre was für dich«, erwiderte Fitzen, aß den letzten Bissen seines knusprigen Hörnchens und stieg in den Wagen.

»Wie bitte?« Benthien tat empört. »Schon vergessen, dass ich vergeben bin? Karin, Celina? Klingelt da was bei dir?«

Fitzen grinste und startete sportlich. »Ich habe übrigens vorhin eine SMS von Katharina bekommen. Nach einem Tag voller Wasser, Sonne, Eis und Palmen sitzen sie jetzt unter selbigen in einer Trattoria und futtern ihr Abendessen. Mit anderen Worten: Unseren Ladys geht es bestens.«

»Schön, dass ich das auch mal erfahre«, knurrte John.

Doch im Grunde war er ganz froh, mal zwei Wochen allein zu sein. Seit vier Jahren war er mit Karin zusammen, die ihre Tochter Celina, damals noch ein Grundschulkind, mit in die Beziehung gebracht hatte. Fitzens Freundin hieß Katharina, und mit ihr hatte er eine vierjährige Tochter namens Jenny. Da Fitzens Urlaub vorbei war und Benthiens erst im Oktober begann, waren die beiden Frauen mit den Kindern kurzfristig an den Gardasee gefahren, und Tommy und John waren, wie sie sich ehrlich eingestanden, ganz froh über die familiäre Verschnaufpause.

»Augenblick mal! Wo fährst du denn hin? Ich will noch zur Polizeidienststelle, Feierabend haben wir erst später.«

»Du willst dir heute Abend noch die Briefe ansehen?«, murrte Fitzen und seufzte abgrundtief. »Ich dachte eher an ein frisches Bierchen auf deiner Terrasse.«

»Bier gibt's später«, sagte Benthien stur.

Doch wie sich herausstellte, gab es keine an die Ashburys gerichteten Drohbriefe. »Hab nie welche gesehen«, behauptete Kommissar Arndt Schäfer von der Westerländer Polizei. »Da muss euch einer geleimt haben, Kollegen!«

Wenn ich groß bin ...

Dude:
... will ich mit Delfinen schwimmen
Hasi:
... will ich in einem großen Haus ganz aus Glas wohnen,
und zum Dach soll der Himmel reingucken
Wolle:
... will ich in meine Lieblingsbücher einsteigen und darin leben
Löffel:
... will ich mir eine Glatze rasieren und mich nie wieder kämmen

Sonntag, 26. Juni, 08:23 Uhr

Sie saßen am abgedeckten Frühstückstisch, Benthiens Vater hantierte in der Küche, und Fitzen googelte. Benthien ließ seinen Blick über die grüne Dünenlandschaft und das Wattenmeer hinweg bis zu Dänemarks Küste gleiten. Das alte Kapitänshaus auf der Dünenkuppe in List, das sie von den Vorvätern ererbt hatten, wäre eine Goldgrube, wenn er es denn verkaufen würde. »Du müsstest in deinem Leben nie wieder arbeiten!«, betete ihm Karin immer wieder vor, doch für Benthien kam ein Verkauf nicht in Frage. Lieber wollte er dereinst als Dünenschrat sterben, einsam auf seiner Terrasse, aber mit Blick auf die ewigen Wellen. Karin konnte darüber nur spöttisch lachen.

»Hey, schläfst du?« Fitzen stupste ihn an. »Ich habe die Ashburys gegoogelt, über die und ihr Buch gibt es über eine halbe Million Einträge, das muss wirklich ein Megaseller gewesen sein. Ein sehr sympathisches Interview habe ich unter den Favoriten gespeichert. Im Moment rätselt die halbe Welt, wohin sie abgetaucht sind. Und warum.«

»Steht da irgendwas, das darauf schließen lässt, dass sie erpressbar sein könnten?«

»Nein, kein Wort. Meinst du, Greve könnte die Drohbriefe einfach frei erfunden haben? Aber warum sollte er das tun?«

»Oder die Zwillinge wollten sich ihm gegenüber wichtigmachen!«

»Ja, kann sein. Über Kirsten Behr habe ich nicht viel gefunden. Ihr Buchlädchen hat noch nicht mal eine Website. Ihr Mann Michael ist Gas- und Wasserinstallateur, mit vier Angestellten. Das Geschäft scheint nach außen hin ganz gut zu laufen.« Fitzen rief eine andere Seite auf. »Aber«, er blickte stolz um sich, »ich habe das Zitat geknackt! Es ist von Karl May! Aus der Trilogie ›Satan und Ischariot‹, Band 21, ›Krüger Bei‹. Kannst du mir sagen, was das soll?«

»Du machst Witze«, meinte Benthien, konnte sich dann aber davon überzeugen, dass Fitzen die reine Wahrheit sprach. Sie überlegten eine Weile, was der Mörder ihnen damit sagen wollte, als ein Anruf von Juri, auf den Benthien schon lange gewartet hatte, ihre Spekulationen unterbrach.

Benthien stellte das Handy laut. »Und? Habt ihr was Tatrelevantes in Behrs Wohnung gefunden?«

»Wir wissen zumindest, wo an der belgischen Küste sich ihr Mann aufhält und haben ihn angerufen«, erklärte Juri. »Er will noch heute zurückfahren. – Sehr erschüttert wirkte er allerdings nicht«, fügte er hinzu. »Kirsten Behr hat in ihrer Wohnung ein kleines Arbeitszimmer, von dort haben wir jede Menge Papierkram mitgenommen, den ich heute und in den nächsten Tagen durchsehen will.«

Hörte Benthien da ein leises Seufzen? Seit Juri eine junge Familie hatte, bei der demnächst weiterer Nachwuchs anstand, machte er Innendienst, um mehr Zeit für Frau und Kind zu haben. Benthien konnte nachvollziehen, dass das im Vergleich mit dem spannenden Außendienst durchaus frustrierend sein konnte.

»Sonst gibt es nichts?«, rief Fitzen dazwischen. »Keine geheimen E-Mails ihres Lovers?«

»Der Computer muss noch gecheckt werden. Ob da allerdings Liebesbotschaften drauf sind, bezweifle ich. Wohl eher nur die Buchhaltung für ihren Laden.«

»Lass auch Lilly was tun«, riet ihm Benthien, und dann

fiel ihm noch die wichtigste Frage ein, nämlich, ob es ähnliche Mordfälle in den letzten Jahren in Deutschland gegeben hätte.

»Nein, nichts dergleichen«, antwortete Juri. »Keine schriftlichen Hinweise, keine Mitteilungen. Mir kommt dieser Mord seltsam asexuell vor, geradezu klinisch, auch wenn das merkwürdig klingt.«

Ben erschien in der Terrassentür, mit einem Tablett und drei Schälchen geschnittener Melonen. Er wurde mit Freude empfangen. »Will noch jemand Sahne dazu?«

Nein, Sahne wollte keiner. Stumm spießten sie ihre Melonenstückchen auf die Gabel. Es schien mal wieder ein heißer Tag zu werden, auch wenn immer mehr Schleierwolken den Himmel bedeckten. »Schon jetzt um neun sind es über 26 Grad«, brummelte Ben, dessen weiße Mark-Twain-Mähne der Wind zauste. »Wisst ihr schon, was ihr heute macht?«

»Ich überlege, ob wir nach Flensburg fahren«, meinte sein Sohn gerade, als endlich der ersehnte Anruf der Oberstaatsanwältin kam. Thyra erzählte, dass sie sich im Rechtsmedizinischen Institut die halbe Nacht um die Ohren geschlagen habe. »Fast wäre ich eingeschlafen«, sagte sie gähnend. »Denn die Sensation kam erst ganz zum Schluss: Unser Opfer ist mit Ketamin vergiftet worden! Vorher hatte sie wohl noch ein Pasta-Gericht gegessen. In den Bissspuren am Hals fanden sich leider keine Anhaftungen, keine DNA, nicht ein einziger Speicheltropfen. Was schließen wir daraus?«

»Der Hals wurde sorgfältig abgewischt und gesäubert!«

»Falsch. Das Gebiss war ein künstliches Gebiss, und zwar ein recht altes. Möglicherweise aus den 30er Jahren. Man kann das deshalb feststellen, weil man damals mit einem Material gearbeitet hat, das es heute nicht mehr gibt. Winzige Partikelchen davon hat man in der Halswunde gefunden. Aber ein forensischer Odontologe wird sich das noch genauer ansehen.«

Benthien konnte es nicht fassen. »Ein Mord, der als Ritualmord daherkommt, aber eine simple Vergiftung ist, ein unverständliches Zitat und eine gefakte Halswunde? Was, zum Teufel, soll das denn sein?«

»Oh, so ein simples Gift ist Ketamin nicht, John. Ein normaler Mensch, der mit Medizin nichts zu tun hat, kommt da nicht so leicht heran.«

»Und wann war der Todeszeitpunkt?«

»Zwischen Freitagabend 22 Uhr und Samstagmorgen 4 Uhr, meint Dr. Radtke. Genauer wollte er sich nicht festlegen. Ach ja, und die Hämatome waren älteren Datums. Ihr rechter Unterarm war vor nicht allzu langer Zeit auch einmal gebrochen, ebenso eine Rippe. Beide Verletzungen könnten von häuslichen Schlägen stammen. Seht euch den Ehemann ruhig mal etwas genauer an!«

Benthien teilte Thyra noch mit, dass es Morde mit einem ähnlichen Modus Operandi in Deutschland bisher nicht gegeben habe, dann legte sie auf.

»Was genau ist Ketamin eigentlich?«, fragte Fitzen.

»Soweit ich weiß, ist es ein Narkosemittel, das vor allem in der Tiermedizin verwendet wird«, sagte Benthien. »Es soll auch als Partydroge fungieren, habe ich mal gehört, weil es das Bewusstsein verändert und Rauschzustände auslöst.«

»Und offenbar kann man auch jemanden damit vergiften«, ergänzte Fitzen.

»Da vergeht einem ja die Lust am Essen«, sagte Ben, sammelte die Schälchen ein und verschwand im Haus.

»Aber wie ist die Leiche überhaupt an den Strand gekommen?«, wunderte sich Fitzen. »Hat der Täter sie huckepack getragen? Und wo wurde sie verstümmelt? Und warum? Was will uns der Täter damit sagen?«

»Ich habe nicht die geringste Ahnung. Uns fehlt bisher eigentlich alles«, sagte Benthien resigniert. »Der Tatort, ein Motiv und ein Tatverdächtiger. Dass der Ehemann mal eben von der belgischen Nordseeküste nach Sylt gedüst ist, um auf diese Weise seine Frau umzubringen, und dann wieder zurück, glaube ich nicht so recht. Und der hätte noch das beste Motiv!«

»Um sich die Scheidung zu ersparen?«

»Tja, warum nicht? Das hat es alles schon gegeben.« Er gab sich einen Ruck. »Lass uns zu Waldemar Ingwersen fahren. Er kann uns sicher noch einiges über Kirsten Behr erzählen. Und lass deine alberne Kreissäge zu Hause, Tommy. Die passt nicht zu deinem Dreitagebart. Kannst du nicht wie jeder andere ein Basecap tragen?«

»Vielleicht sind wir jetzt gerade auf dem Weg zu unserem Tatort und wissen es nicht«, sagte Fitzen verträumt und ließ seine Haare im Wind des bis zum Anschlag geöffneten Autofensters flattern. Ein vollbesetzter Sightseeingbus kam ihnen entgegen, und beide machten dem Fahrer ein Grußzeichen. Ingo Ketels war mit ihnen in die Grundschule gegangen.

»Dem gepflegten alten Herrn Ingwersen traust du ernsthaft eine solche Tat zu?«

»Er ist immerhin ziemlich bald am Fundort der Leiche aufgetaucht, obwohl er ganz woanders wohnt. Bei Besuchern am Tatort bin ich immer misstrauisch. Allerdings müsste er dann auch die beiden Ashbury-Zwillinge umgebracht haben, sonst ergäbe das ja keinen Sinn.«

»Mein Gott, Tommy, hast du eine morbide Phantasie! Ich will doch sehr hoffen, dass wir hier keine weiteren Mordfälle mehr haben werden!«

Sie fuhren durch das flache grüne Bauernland auf der Ostseite der Insel. Der Himmel war eher grau als blau, und es wurde immer schwüler. Schweigend passierten sie mit Kühen und Pferden gesprenkelte Wiesen; die Hitze war nur durch die geöffneten Fenster zu ertragen.

Ingwersens Reetdachhaus lag in Archsum etwas außerhalb

des Dorfes im Schatten eines kleinen Gehölzes. Offenbar war er früher Tierarzt gewesen, ein verwittertes Schild hing noch am Zaun neben dem Törchen. Auf ihr Klingeln öffnete ihnen eine blonde Frau um die fünfzig, die ihre Haare nachlässig zu einem Dutt aufgesteckt hatte. Zu Benthiens Erstaunen trug sie eine Schürze und an den Händen Gummihandschuhe. Sie wirkte reichlich unwirsch.

»Zu wem wollen Sie?«, fuhr sie die beiden Beamten an.

Benthien und Fitzen zeigten ihre Ausweise vor. »Zu Ihrem Mann.«

»Der ist in seiner Klause. Hinten, im Garten.« Sie zeigte ums Haus herum und machte ihnen die Tür vor der Nase zu.

»Was ist denn eine Klause?«, fragte Fitzen, als sie in den weitläufigen Garten gingen.

»Werden wir gleich sehen.«

Tatsächlich war die »Klause« eine Art achteckiger Pavillon mit acht Fenstern. Er stand am Ende des Gartens und bot einen lieblichen Ausblick auf eine idyllische Pferdewiese. Ingwersen saß an einer Art Schreibtisch, vor sich einen Laptop, neben sich einen Haufen Papiere. Er war wieder sehr korrekt angezogen, nur hatte er diesmal die Fliege weggelassen.

Seine Augen leuchteten auf, als er Benthien und Fitzen erblickte. »Haben Sie sie gefunden?«

Fitzen reagierte schneller als Benthien. »Sie meinen die Ashburys? Nein. Das ist aber auch nicht unsere Aufgabe. Wir sind immer noch wegen Kirsten Behr hier.«

»Ach ja, natürlich.« Der Glanz in Ingwersens Augen war erloschen. Er machte zwei Stühle frei von Zeitungen, sodass Fitzen und Benthien sich setzen konnten.

»Herr Dr. Ingwersen, richtig? Sie waren früher Tierarzt?«

Erstaunt blickte der Mann Fitzen an, dann nickte er. »Bis vor fünf Jahren, ja. Da habe ich die Praxis aus Gesundheitsgründen aufgegeben. Rheuma.«

»Wo waren Sie von Freitagabend, 22 Uhr, bis zum frühen Samstagmorgen?«

Ingwersens Augen weiteten sich, doch er fragte gar nicht erst, warum sie das wissen wollten. »Bis halb zwölf habe ich hier in der Klause gesessen, im Dunkeln, bis man draußen nichts mehr sehen konnte. Das mache ich oft im Sommer. Ich liebe es, hier zu sitzen und die Stille zu genießen. Danach bin ich noch eine halbe Stunde spazieren gegangen und dann ins Bett.«

»Kann Ihre Frau das bestätigen?«, fragte Benthien.

»Sylvia? Nein. Wir haben getrennte Schlafzimmer, und meine Frau ist Frühaufsteherin, auch abends legt sie sich früh schlafen.«

»Frau Behr ist vergiftet worden«, sagte Benthien und beobachtete Ingwersen scharf.

Der schien verwirrt zu sein. »Aber warum war sie dann am Strand? Wieso vergiftet? Ich dachte …«

»Kennen Sie jemanden aus Behrs Bekanntenkreis – oder auch dem der Ashburys –, der zu so etwas fähig wäre?«

»Den Bekanntenkreis von Frau Behr kenne ich kaum. Aber im Kreise der Ashburys gibt es solche Leute nicht. Die beiden lebten sehr zurückgezogen. Glauben Sie, Kirsten könnte ermordet worden sein, weil sie auf der Suche nach Agnes und Alina war?« Er wurde immer aufgeregter. »Müsste man dann nicht annehmen, dass auch ihnen etwas passiert ist?«

»Kennst du eigentlich kein anderes Thema als immer nur die Ashburys?«, erklang eine mürrische Stimme von der Tür her. Inzwischen hatte die Frau ihre Handschuhe abgelegt. »Ich mache gleich Essen. Was willst du, Gulasch oder Sauerfleisch?«

Benthien überkam eine Hitzewelle bei der Vorstellung, gleich Gulasch essen zu müssen, denn inzwischen war es noch schwüler geworden.

»Ein Teller kalte Suppe genügt«, sagte Ingwersen freundlich, und Sylvia Ingwersen zog mit beleidigter Miene davon.

»Und Sie haben Kirsten Behr in den letzten Tagen nur ein einziges Mal gesehen, zufällig auf der Westerländer Promenade?«, versuchte es Benthien noch einmal. Himmel, warum war das alles so unergiebig?

»Ja, das sagte ich doch schon. Wir haben uns vor den Musikpavillon gesetzt und uns gegenseitig erzählt, dass wir uns Sorgen machen. Sie wollte in ihrer Wohnung nach ihnen sehen.«

»Wir haben aber keinen Schlüssel bei Frau Behr gefunden.«

Ingwersen riss die Augen auf. »Das kann nicht sein. Wo soll der denn geblieben sein?«

»Egal, wen wir nach Kirsten Behr fragen, wir kommen immer wieder auf die Ashbury-Zwillinge. Das finde ich, gelinde gesagt, merkwürdig«, meinte Fitzen, während sie gen Westen fuhren, hinein in eine blau-schwarze Wolkenwand.

Ehe Benthien noch antworten konnte, rief ihre Kollegin Lilly an. Sie informierte sie, dass Michael Behr inzwischen mit seiner Lebensgefährtin Elena Neudeck den belgischen Urlaubsort Blankenberge verlassen habe und auf dem Rückweg sei. »Ihr werdet es nicht glauben, aber Behr hat sich am 22. Juni zwei seiner Mittelfußknochen gebrochen, weil ihm ein Werkzeug auf den Fuß gefallen ist. Seitdem kann er nicht mehr auftreten, sondern humpelt an zwei Gehhilfen durch die Gegend. Autofahren kann er auch nicht. Ich habe eben lange mit ihm telefoniert. Wenn das alles stimmt – und er will uns den ärztlichen Befund mitbringen –, kann er unmöglich in den letzten Tagen mal eben schnell nach Sylt gefahren sein. Sehe ich zumindest so.«

Benthien sah das genauso. Er stöhnte leise. »Und wieder geht uns ein Hoffnungsträger flöten. Haben wir überhaupt noch irgendwelche Verdächtigen?«

»Ingwersen und Greve?«

»Warum sollten die Kirsten Behr töten?«

»Oder Sylvia Ingwersen? Sie ist eifersüchtig, weil ihr Mann ein Verhältnis hat.«

»Aber wenn, dann doch wohl mit Agnes Ashbury, nicht mit Kirsten Behr!«

Fitzen starrte ihn an. »Seltsam! Irgendwie werfe ich die drei immer in einen Topf.«

Montag, 27. Juni, 05:53 Uhr

Sie waren identisch gekleidet, die beiden Gestalten auf der weißen Bank auf der Promenade: beige Trenchcoats und Hüte, auf deren breite Krempen der Regen tropfte. Ihre Gesichter waren aufs Meer gerichtet, über dem in fünfzehn Stunden die Sonne untergehen würde, vermutlich in einem wilden Farbenrausch, wie schon die Tage zuvor.

Hinter ihnen, im Osten, bereitete sich der Himmel mit fedrigen rosa und blauen Streifen auf den neuen Tag vor. Aber das konnten die beiden nicht sehen. So wie sie nie wieder etwas sehen würden.

Fawzi, ein Asylbewerber aus Syrien, wunderte sich, als er die beiden von weitem auf der Bank sitzen sah. Wer setzte sich denn schon so früh auf eine Bank? Und dazu bei solchem Wetter? Er durchsiebte weiter den lockeren Sand auf der Suche nach Glas, Dosen und anderem Unrat. Fawzi war froh, dass er etwas tun konnte, denn nur in der Unterkunft herumzuhocken war frustrierend. So half er nun, diesen schönen weißen Sandstrand sauber zu halten. Es war eine kleine Sache, die er für seine Gastgeber tun konnte, und er war froh darüber. Überhaupt, er hatte Glück. Er war in einer schönen Region gelandet, wo die Menschen Urlaub machten und daher meistens guter Laune waren, und er konnte jeden Tag das Meer sehen. Nur schade, dass es hier so oft regnete.

Maik, ein blonder Hüne aus Nordfriesland, der aussah wie einer der letzten Wikinger und im Abstand von einigen Metern parallel zu ihm ging, etwas näher zum Meer, machte ihm ein Zeichen. Noch bis zum nächsten Strandaufgang, sollte das heißen, dann sind wir durch mit unserem Strandabschnitt und können auf dem Rückweg anfangen, die Abfalleimer zu leeren.

Fawzi nickte und winkte.

Er warf einen Blick auf die einzigen Besucher, die immer noch auf der Bank saßen. Etwas war merkwürdig an ihnen. Sie bewegten sich nicht, noch nicht einmal die Köpfe. Wie Holzpuppen saßen sie da, eng aneinandergedrängt, und starrten aufs Meer. Außerdem trugen sie Sonnenbrillen. Je näher er kam, desto mehr musste er sie anstarren. Irgendetwas stimmte da ganz und gar nicht. Ein Kälteschauer überlief ihn, aber das kam nicht vom Regen. Es war nur so seltsam, dass sie sich gar nicht bewegten. Hatte sich da jemand einen Witz gemacht und zwei Schaufensterpuppen auf die Bank gesetzt? Oder sollten es etwa zwei leblose Körper sein?

Fawzi schluckte. Er hatte in den letzten Monaten und Jahren Schreckliches gesehen, aber doch nicht hier, in diesem friedlichen Land? Er rief nach Maik. Sollte er sich das ansehen. Er würde wissen, wen sie nun benachrichtigen mussten.

Tommy Fitzen lag im Bett und schlief. Und freute sich – in seinem Traum. Als er Sekunden später wach wurde, freute er sich noch immer und stellte sich müßig die Frage, warum man sich auch in einem Traum freuen und das gleichzeitig im Unterbewusstsein mitbekommen konnte. Immerhin wusste er, worüber er sich freute: über den Regen, der gleichmäßig und monoton aufs Fensterbrett klopfte. Herrlich frische Luft drang ins Zimmer. Doch dann hörte er eilige Schritte, ein Bummern an seiner Tür und Johns Stimme: »Aufstehen, wir haben zwei Leichen!«

Wenig später saß Fitzen gähnend in Benthiens altem Citroën, mümmelte an dem von Ben eiligst zubereiteten Butterbrot und fragte: »Wissen wir schon, ob die beiden Toten die Ashbury-Schwestern sind?«

»Ich weiß auch nicht mehr als du«, sagte Benthien, während er den Linienbus nach Westerland überholte. »Aber Hinnerk meinte, sie sehen sich ziemlich ähnlich, und auch ihnen wurden Papierstreifen auf die Augen geklebt, versehen mit Botschaften. Damit es nicht so auffällt, hat der Täter ihnen dann Sonnenbrillen aufgesetzt.«

»Teufel, Teufel, was geht hier vor?«, grummelte Tommy vor sich hin.

Auf dem Weg zum Strandzugang war schon reichlich Betrieb. Benthien stellte seinen Wagen hinter einem der Streifenwagen ab. Der ganze Teil der hölzernen Promenade bis hin zur »Seenot« war bereits abgesperrt worden, ebenso der dazugehörige Strandabschnitt. Benthien hatte die Spurensicherung informiert, sie war bereits auf dem Weg. Der Arzt, den Hinnerk mit »Wolf« angeredet hatte, kümmerte sich um die beiden Toten, die noch immer, steif wie Puppen, auf der Bank saßen. Wie sich herausstellte, hatte sie der Täter mit einem Gürtel aneinandergebunden, sodass sie nicht umkippen konnten, sondern sich gegenseitig stützten.

»Was für ein makabrer Einfall!«, entfuhr es Benthien.

»Sie sahen nett aus, wie auf dem Foto«, meinte Fitzen, nachdem Techniker der Spurensicherung sorgfältig die Sonnenbrillen und die Papierstreifen entfernt hatten. »Nette Gesichter mit einem ausdrucksvollen Mund. Ob sie auch diese Bisswunden am Hals haben?«

Das konnte man durch die hochgestellten Kragen der Mäntel vorläufig noch nicht feststellen. Darunter trugen die beiden Frauen Jeans und T-Shirts, wie es schien.

Benthien studierte die beiden Zitate auf den Papierstreifen.

»*Noch leiser muss ich reden, noch leiser. Komm also näher; knie neben mir nieder!*«, las er laut vor. »Und das zweite lautet: ›*Herr, machen Sie diesem kindischen Tingeltangel ein Ende, indem Sie mir die Wahrheit berichten!*‹« Er blickte auf. »Tommy, was soll das? Kannst du dir einen Reim darauf machen? Ob das auch wieder von Karl May ist?«

»Entweder«, meinte Fitzen, »will uns der Täter irgendetwas Tiefsinniges damit sagen, oder es ist einfach nur Kokolores, den er da verzapft, um uns auf eine falsche Spur zu lenken. Ich sehe nachher mal im Internet nach, ob ich etwas finde.«

Es dauerte etwas, bis die Leichen vom Wagen der Rechtsmedizin abtransportiert wurden, und noch länger, bis die Spurensicherung eintraf. Viel konnte sie am Auffindeort ohnehin nicht tun. Der unermüdlich fallende Regen und die vielen Menschen, die inzwischen dort herumgelaufen waren, hatten wohl die meisten Spuren verwischt. So schickte Benthien sie relativ rasch zu der nahe gelegenen Wohnung der Ashbury-Schwestern, von deren Durchsuchung er sich mehr erhoffte. Dass es sich bei den Opfern um die Schwestern handelte, stand inzwischen außer Zweifel. Mehrere der Streifenpolizisten hatten sie erkannt und identifiziert.

»Wir müssen dringend mit Greve und Ingwersen sprechen«, drängte Fitzen.

»Ja, aber zuerst will ich mich mit diesem syrischen Flüchtling unterhalten, der die beiden gefunden hat«, sagte Benthien. »Der arme Kerl ist schon ganz durchnässt. Weiß jemand, ob er Englisch spricht?«

»Er war Musiklehrer«, sagte Maik, der Arbeitskollege, der sich offenbar ein wenig als Fawzis Fürsprecher fühlte. »Er spricht mehrere Sprachen.«

Man hatte Fawzi eine Decke umgehängt und ihn in einem Kassenhäuschen für die Kurtaxe einigermaßen regensicher untergebracht. Benthien bemerkte die Unsicherheit des Flüchtlings, aber er gewann schnell Vertrauen, nachdem sie ein paar freundliche Sätze gewechselt hatten. Vor allem wollte Benthien wissen, ob Fawzi irgendwann an diesem frühen Morgen irgendwelche Menschen auf der Promenade oder am Strand gesehen hatte.

»Nobody, not a single soul, only these poor women« war seine Antwort.

Benthien war ein wenig enttäuscht, hatte es aber nicht anders erwartet. Er erfuhr noch, dass Fawzi die beiden schon etwa fünfzehn Minuten früher von fern gesehen hatte, bevor er sie näher in Augenschein nehmen konnte, aber das verriet ihm nur, dass sie wahrscheinlich bereits in der Nacht zu dieser Bank transportiert worden waren. Nur wie? Privatautos durften hier nicht fahren, der Täter wäre aufgefallen wie ein bunter Hund. Und warum hierher? Auch bei Kirsten Behr stellte sich die Frage, warum man sie nicht einfach dort gelassen hatte, wo sie gestorben war? Weil der Tatort zugleich die Wohnung des Täters war oder zumindest ein Ort, den man leicht zu ihm zurückverfolgen konnte? Aber warum hatte er es nicht anders eingerichtet? Er hätte die Frauen auch an einem neutralen Ort töten können, in den Dünen zum Beispiel. Ketamin konnte, das hatte Benthien inzwischen erfahren, unter Umständen sehr schnell wirken. Dann hätte er sich nicht die Umstände des Transports machen müssen.

Aber das war nur eine von vielen Fragen. Bis er sich auf die Suche nach den Antworten begeben konnte, musste er wieder einmal warten – auf das Ergebnis der Obduktion und auf die Erkenntnisse der Spurensicherung. Gerade als er überlegte, Lilly Velasco und Juri Rabanus als Verstärkung nach Sylt zu beordern, fiel ihm eine Bewegung hinter einem der Strandkörbe im abgesperrten Bereich auf. Fitzen hatte sie ebenfalls gesehen. Er gab seinem Freund und Kollegen ein Zeichen, dass er sich in einem Bogen hinter den Strandkorb manövrieren werde. Kurz darauf lief eine dunkel gekleidete Gestalt in Richtung Norden, wurde aber von Fitzen bald eingeholt. Er packte den Mann am

Kragen seiner Outdoorjacke und marschierte mit ihm zurück zur Promenade. Benthien hielt den Mann – unordentliche graublonde Haare, spitzes, unrasiertes Gesicht – für einen Fotografen, da er eine professionell aussehende Kamera bei sich hatte.

»Schlimmer als jedes Kuhdorf, diese Insel«, sagte Fitzen, als er mit seinem mürrisch wirkenden »Opfer« Benthien erreicht hatte. »Wenn sich einer in Hörnum in den Daumen schneidet, ist zehn Minuten später in List die ganze Hand ab, und jeder weiß hier immer sofort Bescheid. Nervig ist das!«

Benthien beachtete Fitzen nicht weiter. »Wer, zum Teufel, sind Sie?«, schnauzte er den Fremden an. »Sie wissen genau, dass Sie hier im abgesperrten Bereich nichts zu suchen haben!«

»Holger Chrobak«, sagte der Mann und zog einen Presseausweis aus der Tasche. »Ich recherchiere schon lange in Sachen Ashbury. Aber dass ich heute hier bin, ist reiner Zufall. Ich mache nämlich auch Naturaufnahmen, und …«

»Da sind Sie ganz zufällig hier vorbeigekommen, alles klar«, sagte Fitzen und griff nach der Kamera, die Chrobak aber eisern festhielt.

»Sie glauben doch wohl nicht, dass wir Sie mit Ihren Aufnahmen davonkommen lassen werden?«, sagte Benthien. »Außerdem möchte ich wissen, was da sonst noch drauf ist. Wie lange sind Sie schon hier?«

Er streckte die Hand aus, und der Fotograf reichte ihm zögernd die Kamera. »Ich bin erst seit kurzem hier, Ehrenwort! Mir fielen natürlich die vielen Einsatzwagen in den Dünen auf. Wer wäre da nicht neugierig geworden?«

»Was meinten Sie vorhin damit, dass Sie schon lange in Sachen Ashbury recherchieren? Wie lange? Und kannten Sie die beiden persönlich?«

Chrobak zögerte. Offensichtlich überlegte er, wie viel er den beiden Polizeibeamten erzählen sollte. Fitzen machte drohend einen Schritt auf ihn zu, aber Benthien trat dazwischen.

»Wo wohnen Sie hier?«

Chrobak nannte eine Adresse nördlich vom Bahnhof.

»Dann gehen wir jetzt dorthin und Sie zeigen uns alle Fotos, die Sie in der letzten Zeit von den Ashburys gemacht haben«, schlug Benthien ganz gemütlich vor. »Und dann erzählen sie uns mal, was Sie genau mit den Zwillingen zu tun haben.«

Chrobak sah aus, als wolle er protestieren, doch letzten Endes ließ er sich zu seinem Auto führen, das er frech hinter den Polizeiwagen geparkt hatte – was seine Ausreden schon mal als Lügen entlarvte. Ehe sie losfuhren, rief noch Lilly an, um Benthien daran zu erinnern, dass sie und Michael Behr gegen Mittag auf die Insel kommen würden. Sie verabredeten einen Termin in der Polizeidienststelle in Westerland.

Dann fuhren sie hinter Chrobaks altem Ford her. Während Fitzen noch einmal mit Lilly telefonierte, um zu erfahren, was bei der Befragung von Kirsten Behrs Familie und Freunden am gestrigen Sonntag herausgekommen war, hing Benthien seinen Gedanken nach. Er überlegte gerade, dass nichts so dringlich war, als endlich einen Blick in die Wohnung der Ashburys zu werfen, als Fitzen anfing zu fluchen. Benthien bremste abrupt, weil vor ihm zwei alte, schwer gehbehinderte Damen von ihrem jungen Begleiter über den Zebrastreifen geführt wurden; Chrobak aber hatte die kleine Gruppe ignoriert und ihnen den Weg abgeschnitten, war rechts abgebogen und inzwischen nicht mehr zu sehen. Benthien musste bei der nächsten Möglichkeit anhalten und einen zerfledderten Stadtplan hervorziehen, um zu sehen, wie er am besten an Chrobaks Mietwohnung in einem 60er-Jahre-Hochaus herankam.

»Dass deine alte Möhre aber auch kein Navi hat«, schimpfte Fitzen, was Benthien keiner Antwort für würdig befand.

Immerhin, als sie endlich an dem renovierungsbedürftigen Wohnblock ankamen, stand Chrobaks alter Ford ordentlich am Straßenrand. »Abhauen wollte er nicht, er hat wohl nur einen Vorsprung gebraucht«, bemerkte Benthien.

Fitzen zeigte stumm auf die Müllabfuhr, die gerade vor dem Haus zugange war. »Wer weiß, was er da jetzt noch schnell entsorgt hat!«

Der unvermeidliche Hausmeister rollte eifrig die Mülleimer wieder zurück in ihr Depot, jeweils vier, die zusammen in einem efeubewachsenen Bretterverschlag standen. Auf jedem stand die dazugehörige Wohnungsnummer.

»Holger Chrobak«, schnarrte Fitzen, »ist sein Müllbehälter schon geleert worden?«

Der Mann mit dem Bierbauch und dem kreativen Backenbart zeigte auf einen der Behälter. »Gerade eben.«

»Haben Sie Chrobak in den letzten Minuten gesehen?«, fragte Benthien etwas freundlicher.

»Kann ich nicht sagen«, antwortete der Mann. »Bin erst seit wenigen Minuten hier. Davor habe ich einen Wasserhahn repariert.«

Er beschrieb ihnen den Weg zu Chrobaks Wohnung im dritten Stock, dann rollte er mit stoischem Gleichmut weitere geleerte Mülleimer hinter das Haus.

Wenn ich groß bin ...

Löffel:
... will ich jeden Tag drei Tafeln Schokolade essen
Dude:
... will ich jeden Sonntag in die Kirche gehen
Wolle:
... will ich so gut kochen können wie meine Oma
Hasi:
... will ich spannende Geschichten schreiben, bei denen die Leute die ganze Nacht durchlesen

Montag, 27. Juni, 11:51 Uhr

»Kaffee, Tee, Bier, ein Whisky?«

Chrobak spielte den leutseligen Gastgeber. Als niemand sein Angebot annahm, schenkte er sich selbst zwei Fingerbreit Whisky ein und setzte sich auf eine Ecke seines überfüllten Schreibtisches, auf dem drei übergroße Monitore standen. Fitzen und Benthien wanderten in der nur spärlich möblierten Zweizimmerwohnung umher. Auf den ersten Blick war nichts Interessantes zu entdecken. Bemerkenswert war nur, dass an den Wänden keine Fotos hingen, schließlich behauptete Chrobak, Fotograf zu sein.

Benthien ging auf ihn zu. »Okay, dann lassen Sie mal hören. Kannten Sie die Ashbury-Zwillinge? Persönlich, meine ich?«

»Natürlich bin ich ihnen hin und wieder begegnet, auf dieser Insel läuft man doch ständig jedem über den Weg. Ich habe sie zum Beispiel bei Lesungen fotografiert. Aber nein, näher kannte ich sie nicht.« Er kniff seine schmalen Augen zusammen, wie er es häufig zu tun pflegte, wie Benthien feststellte, starrte kurz in sein Glas und trank es in einem Zug leer.

»Und was meinten Sie damit, dass Sie schon lange in Sachen Ashbury recherchieren?«

Wieder kniff Chrobak die Augen zusammen. »Haben Sie das Buch der beiden gelesen? Nein? Sollten Sie tun! Ich glaube nicht ein Wort von dem, was da drinsteht. Das ist alles von A bis Z erfunden und erlogen …«

»Haben Sie Beweise dafür?«

»Wenn ich die hätte, wäre ich heute Morgen nicht am Strand gewesen. Blätter wie Stern, Bild, Spiegel oder Focus würden mir die Story aus den Händen reißen, aber nein, so weit bin ich noch nicht. Aber ich hatte den Ashburys die Gelegenheit gegeben, mir ihre Version der Geschichte zu erzählen, vielleicht steckt ja doch ein Körnchen Wahrheit dahinter. Nur«, er zuckte bedauernd mit den Schultern, »sie haben nie auf meine Anfrage reagiert.«

»Wann war das?«, wollte Fitzen wissen.

»Vor zwei Monaten ungefähr.«

»Wann haben Sie die Ashburys zuletzt gesehen?«, wollte Benthien wissen.

»Muss so drei Wochen her gewesen sein. Da saßen die beiden zusammen mit einem ihrer Verehrer im Café Wien. Ich habe sie ein Weilchen beobachtet, aber da tat sich nicht viel, deshalb bin ich weiter nach Kampen gezogen, war ein ergiebigeres Pflaster.«

»Warum waren Sie so wild darauf, den beiden nachzuweisen, dass ihre Geschichte Betrug ist?«, fragte Benthien.

»Wer lässt sich denn schon gern verarschen?«, gab Chrobak zurück und schenkte sich den zweiten Whisky ein. »Außerdem ist so was immer eine gute Story. Zwei junge Frauen, die aussehen wie die Unschuld vom Land, narren die halbe Welt und ziehen den Leuten das Geld aus der Tasche mit einer rundum erfundenen Leidensgeschichte. Wäre das nicht eine tolle Lachnummer?«

»Haben Sie den beiden gegenüber angedeutet, was Sie vorhaben?«

»Natürlich, sagte ich das nicht eben? Ich wollte ihnen ja die Chance geben, das Ganze zu erklären.«

Benthien fragte sich allmählich, wie sich ein Typ wie Chrobak über Wasser halten konnte. Er war dilettantisch und dumm vorgegangen, hatte seine Karten auf den Tisch gelegt, noch bevor er überhaupt Beweise hatte. Der Kerl hatte Chuzpe, aber sonst nichts. Oder besaß er doch irgendwelche Anhaltspunkte, die er ihnen vorenthielt?

»Haben die Ashburys je Kontakt zu Ihnen aufgenommen? Oder jemand aus ihrem Umfeld?«

Chrobak zögerte ganz kurz. »Nein. Sie taten alle so, als wäre ich etwas, das die Katze durch die Hecke geschleift hat.«

»Aber irgendwas müssen Sie doch herausgefunden haben, was Sie auf die Idee brachte, dass hier ein Betrug stattfindet.« Fitzen gab nicht auf. »Was, zum Teufel, war das?«

»Ach, das sind so Kleinigkeiten. Ich weiß, dass die Zwillinge in dem Alter, als sie angeblich entführt wurden, in Kairo gelebt haben. Ihr Vater war Diplomat, daher lebten sie alle paar Jahre woanders. Und eben auch in Ägypten, das stimmt, das habe ich recherchiert. Entführt wurden sie aber auf einem Markt in Marrakesch, angeblich von dem Vater oder Freunden ihrer Freundin, bei der sie eingeladen waren. Später ist nie wieder von dieser Freundin die Rede. Wurde sie auch entführt? Vom eigenen Vater? Hat sie keinen Alarm geschlagen? Auch die Eltern, die Polizei, alles bleibt sehr vage im Hintergrund. Und wenn man das Internet durchsucht, findet man keinen einzigen Hinweis darauf, dass zwei deutsch-australische Diplomatentöchter entführt wurden und jahrelang verschollen waren. Die Geschichte zieht sich ja über Jahre hinweg. Ich sage Ihnen, lesen Sie das Buch. Jeder, der ein bisschen gesunden Menschenverstand hat, merkt, dass da vieles nicht zusammenpasst!«

»Haben Sie auch vor Ort recherchiert? In Marrakesch oder in Kairo?«

»Seh ich so aus, als ob ich den Zaster von den Bäumen pflücken könnte? Ich versuche zurzeit, ein Blatt von meiner Idee zu überzeugen, und ich rechne baldmöglichst mit einem Vertrag. Dann werde ich allerdings die Möglichkeit haben, vor Ort zu recherchieren. Gerade jetzt, kurz vor Erscheinen des zweiten Bandes, könnte das glatt eine Sensation werden.«

Und jetzt, wo die Zwillinge bald alle Schlagzeilen beherrschen werden, dachte Benthien, ist das möglicherweise *die* Chance für dich, auf die du lange gewartet hast. Oder vielleicht auch nicht? Denkbar wäre natürlich auch, dass die Zeitungen eigene Leute auf den Fall ansetzten, Leute mit mehr Erfahrung, als Chrobak sie zu haben schien. Und ihn würde man im Regen stehen lassen.

Aber das sollte nicht seine Sorge sein.

»Wo waren Sie heute Nacht?«

Chrobak grinste. »Wo sind Sie üblicherweise nachts? Ich war im Bett, allein, allerdings nur bis fünf. Das Morgengrauen hat mich hinausgezogen in die Natur. Sagte ich das nicht bereits?«

»Haben Sie noch andere Räumlichkeiten hier, einen Abstellraum oder Keller?«, fragte Fitzen unerwartet, und Benthien sah ihn erstaunt an. Doch er wusste, worauf sein Kollege hinauswollte. Die Zwillinge waren bereits einige Tage vor ihrem Auffinden verschwunden; irgendwo mussten sie von ihrem Mörder festgehalten worden sein. Aber hier, in einem Keller? Benthien bezweifelte es. Wenn, dann vielleicht eher in der Wohnung. Aber welches Motiv sollte Chrobak haben? Nur, um seine Story besser verkaufen zu können, um weltweite Aufmerksamkeit zu bekommen? Ein sehr dünnes Motiv, aber wiederum, es hatte auch schon schlechtere gegeben. Außerdem war ungewiss, ob Chrobak die Wahrheit über seine Beziehung zu den Ashbury-Schwestern sagte. Auch in dieser Richtung musste ermittelt werden. Am liebsten hätte er das Team der Spurensicherung in die Wohnung aller Beteiligten geschickt, zu Chrobak, Greve und Ingwersen, nur leider gab es im Augenblick gar keine Veranlassung dazu. Niemals würde er ohne weitere Anhaltspunkte eine Genehmigung für eine Durchsuchung bekommen. So war die Rechtslage.

Doch wenigstens Greve und Ingwersen mussten noch einmal gründlich vernommen werden. Zuvor mussten sie die Fotos sichten, die Holger Chrobak in den letzten Wochen von den Ashburys gemacht hatte. Auf einmal war der Mann sehr kooperativ. Vor ihren Augen öffnete er die Dateien, sodass sie einen kurzen Einblick nehmen konnten, kopierte sie auf einen funkelnagelneuen Stick und drückte ihn Benthien in die Hand. »Wenn Sie Fragen haben, jederzeit!«

Doch Benthien fragte sich, was Holger Chrobak wohl hatte verschwinden lassen in den zwei, drei Minuten des Vorsprungs, den er sich erarbeitet hatte.

»Drei ziemlich schräge Vögel, die da um die Ashburys herumflatterten« war Fitzens Fazit, als er wieder in den Wagen stieg.

»Und vergiss nicht die eifersüchtige Ehefrau!«

»Ja, und Kirsten Behr, das erste Opfer. Ihre Ermordung scheint ja ganz offensichtlich mit der der Zwillinge zusammenzuhängen.«

»Zumindest soll es so aussehen«, antwortete Benthien kryptisch.

In der Westerländer Polizeistation wurden die beiden schon von Kollegin Lilly Velasco und dem Ehemann des ersten Opfers, Michael Behr, erwartet. Arndt Schäfer, dessen Team mit einer umfangreichen Einbruchsserie in Hörnum beschäftigt war, hatte ihnen einen Raum zur Verfügung gestellt. Michael Behr, ein Mann mit schütterem Haaransatz, obwohl er erst Ende dreißig war, wirkte unscheinbar, aber freundlich. Sehr erschüttert über den Tod seiner Frau schien er nicht zu sein, zumindest hatte er sich gut unter Kontrolle. Auch wie ein Schläger sah er nicht aus. Sein linker Fuß war eingegipst, und offenbar konnte er sich nur mit seinen Unterarmgehstützen fortbewegen. Den Befund des belgischen Krankenhauses, auf Englisch verfasst, legte er vor. Demnach war der Unfall tatsächlich am 22. Juni passiert. Gegen 3 Uhr nachmittags waren Behr und seine Freundin in der Klinik aufgetaucht, wo der Fuß geröntgt und dann eingegipst worden war.

Wie es aussah, war es für Behr unmöglich gewesen, die weite Strecke nach Sylt und wieder zurück zu bewältigen, und damit war er als Verdächtiger praktisch aus dem Schneider. Benthien erzählte ihm, dass man auch die Zwillinge tot aufgefunden habe, und fragte, ob Behr sich vorstellen könne, wer es auf die drei Frauen abgesehen haben könnte.

»Sie meinen, alle drei Morde hängen zusammen?«, fragte Behr entgeistert. »Und das soll jemand gewesen sein, der alle drei kannte und hasste? Kann es nicht ein Zufallstäter gewesen sein, vielleicht ein Serienmörder vom Festland, dem die drei zufällig über den Weg gelaufen sind? Der sie vielleicht auf einem Abendspaziergang in den Dünen getroffen hat? Denn dass es da einen direkten Zusammenhang zum Leben meiner Frau und den Ashburys geben soll, kann ich mir absolut nicht vorstellen. Meine Frau hatte keine Feinde, und die Ashburys? Keine Ahnung, vielleicht Neider, aber deshalb bringt man doch niemanden um!«

Da Benthien Michael Behr aus naheliegenden Gründen die Erkenntnisse, die sie inzwischen gewonnen hatten, nicht mitteilen wollte, äußerte er sich nicht zu Behrs Vermutungen. Er fragte ihn noch, ob er etwas von Drohbriefen gegen die Ashburys wüsste, was Behr verneinte.

Nach der Befragung wurde er von seiner Freundin abgeholt. Er hatte vor, so schnell wie möglich die Ferienwohnung seiner Frau auszuräumen und dann nach Flensburg zurückzukehren, doch Benthien riet ihm dringend, noch zu bleiben.

»Warum?«, fragte Behr, auf einmal hellhörig geworden.

»Weil wir Sie mit Sicherheit noch einmal befragen werden«, antwortete Fitzen und musterte den Mann kühl.

Behr zögerte. »Na gut. Ein paar Tage habe ich noch. Sie finden mich dann in der Ferienwohnung meiner Frau.«

Benthien und Fitzen wandten sich ihrer neuen Kollegin zu. Lilly war etwas über dreißig, hatte eine sportliche Figur und eine Haarfarbe, die Benthien hartnäckig als »bernsteinfarben« bezeichnete, ebenso wie ihre Augen. Sie wirkte ausgeglichen, war kollegial und hatte Sinn für Humor. Benthien hatte Fitzen schon mehrfach anvertraut, dass er sehr froh sei, sie als neue Kollegin gewonnen zu haben, woraufhin Fitzen ständig – zu Benthiens Ärger – einen Spruch über Karin losließ.

»Kannst du dir vorstellen, dass man eine Kollegin rein kollegial und menschlich schätzen kann? Und dass das nichts, aber auch gar nichts mit Sex zu tun hat?« Benthien schüttelte den Kopf. »Nein, das kannst *du* ganz bestimmt nicht, ich aber schon!«

Doch Fitzen lachte nur – wodurch des Öfteren eine leicht angespannte Stimmung entstand, wenn die drei zusammenarbeiteten. Lilly schien nichts von alledem zu bemerken – oder es jedenfalls zu ignorieren.

»Juri und ich haben den Hintergrund von Cornelius Greve und Waldemar Ingwersen untersucht. Ingwersen ist ein völlig unbeschriebenes Blatt. Er praktizierte lange Zeit in Archsum als Tierarzt und war sehr beliebt. Seit fünf Jahren lebt er zurückgezogen in der ehemaligen Tierarztpraxis, seine Hobbys sind Literatur und Ahnenforschung. Er besucht regelmäßig einen Literaturzirkel. Über seine Frau …«

Benthien gab sich einen Ruck. »Mein Vater ist auch in einem Literaturzirkel. Sie treffen sich alle paar Wochen und schreiben Rezensionen. Ich frage mich, ob er Ingwersen kennt. So viele Literaturzirkel wird es auf Sylt ja wohl nicht geben.«

»Ich kann mir allerdings kaum vorstellen, dass sie eine Skandalbiografie wie *Gefangen im Harem* in einer solchen Runde besprechen werden«, überlegte Lilly und lächelte Benthien an.

»Hast du das Zeug etwa gelesen?«, fragte Fitzen mit sonderbarer Betonung.

»Ich halte es für meine Pflicht, wenn ich schon an dem Fall mitarbeite, unsere Opfer auch von ihrer literarischen Seite kennenzulernen«, antwortete Lilly gespielt würdevoll.

»Lilly hat vollkommen recht, ich werde mir nachher ebenfalls ein Exemplar kaufen«, sprang Benthien ihr bei. »Aber was wolltest du über Ingwersens Frau gerade sagen?«

»Sie war früher Aktivistin in der ›Atomkraft-nein-Danke‹-Bewegung, hat sich an Gleise gefesselt und einmal mit einem Stein nach einem Polizisten geworfen; mit anderen Worten, sie war radikal und kompromisslos. Statt eine Geldstrafe zu bezahlen, ist sie lieber für ein paar Wochen in den Knast gegangen. Außerdem hat sie pelztragende Frauen – bevorzugt Promis – mit pinker Farbe besprüht.«

»Und heute putzt sie am Sonntag das Haus und kocht Gulasch für den Herrn Gemahl?«, fragte Fitzen zweifelnd und rupfte sich ratlos seinen Dreitagebart.

»Menschen ändern sich. Cornelius Greve ist ebenfalls polizeibekannt, aber auch das ist schon einige Jahre her. Er wurde bei einem illegalen Autorennen erwischt, bei dem beinahe ein Radfahrer zu Tode gekommen wäre, er konnte sich gerade noch retten. Allerdings war nicht Greves Wagen derjenige, der den Radfahrer gefährdet hatte, aber das machte kaum einen Unterschied. Er wurde zu einer Bewährungsstrafe verurteilt. Seither gibt es keine Einträge mehr über ihn.«

Benthien stand auf und bot Kaffee an, den Lilly gerne annahm. Fitzen grinste anzüglich. »Habt ihr irgendetwas über Drohbriefe herausgefunden, die die Ashburys angeblich bekommen haben?«

»Ja«, sagte Lilly lebhaft, »ich habe mit dem Verlag in München telefoniert. Sie sind natürlich alle äußerst schockiert über den Tod ihrer Autorinnen und überlegen noch, ob sie den Buchstart nach hinten verlegen werden. Irgendwann hatte ich den Programmleiter am Telefon, der mir bestätigte, dass es Drohbriefe gegeben habe. Agnes hat ihm zwei gemailt. Er will sie heraussuchen und uns schicken.«

Benthien tat das, was er immer tat, wenn er ratlos war, er fuhr sich mit beiden Händen durch seinen Haarschopf.

»Das ist alles sehr merkwürdig. Greves Aussage, dass die beiden Drohbriefe erhalten haben, ist demnach richtig. Aber warum weiß dann die hiesige Polizei nichts davon?«

»Vielleicht haben sie in Flensburg Anzeige erstattet? Aber warum dort?«, überlegte Lilly laut.

»Keine Ahnung, aber so muss es wohl sein«, meinte Fitzen. »Andernfalls müsste einer unserer Kollegen hier vor Ort die Briefe absichtlich unterschlagen haben, und ich kann mir beim besten Willen nicht vorstellen, warum irgendwer das tun sollte.«

»Vielleicht hatte ihre Freundin Kirsten Behr eine Ahnung, wer dahinterstecken könnte, und musste deshalb sterben?«, ließ sich Benthien vernehmen.

»Alles Spekulationen«, sagte Lilly und nippte an ihrem Kaffee. »Wart ihr schon in der Wohnung der beiden Schwestern?«

Benthien griff zum Telefon und rief Claudia Matthis von der Spurensicherung an, die ihm mitteilte, dass sie in spätestens zehn Minuten fertig wären und die Wohnung damit begehbar sei. Er konnte es nicht lassen zu fragen, ob sie irgendetwas Aufschlussreiches oder Tatrelevantes gefunden hätten, doch Claudia antwortete nur, dass die Fingerabdrücke und DNA-Spuren eher ernüchternd seien. »Die beiden hatten kaum Besuch, und fremde Fingerabdrücke gibt es nur sehr wenige. Aber ihr Rechner ist da – ein einziger nur – und nicht passwortgeschützt! Sollen wir ihn für euch dalassen?«

»Na und ob!«, sagte Benthien aufgeregt. Endlich sah er einen Streifen Licht am Horizont.

Montag, 27. Juni, 14:37 Uhr

Auf dem Weg zum Ashbury-Haus in der Andreas-Dirk-Straße kaufte sich Benthien in einem Buchladen *Gefangen im Harem*, was ihm einen äußerst kritischen Blick der eleganten, spitznasigen Buchhändlerin eintrug. »Es ist ein Geschenk«, quetschte er heraus, als sie das Buch mit spitzen Fingern berührte, woraufhin sie ihn mit eisiger Stimme fragte, ob sie es in Geschenkpapier einpacken solle.

»Nein«, quetschte Benthien heraus, dann stand er schwitzend auf der Straße, das unverpackte Buch in der Hand, während Fitzen und Lilly sich köstlich amüsierten.

Lilly, die meistens eine Riesentasche mit sich herumschleppte, erbarmte sich schließlich und packte Benthiens Buch ein. Doch Fitzen fing ihre Hand ab und meinte, unbedingt einen der Absätze vorlesen zu müssen: »Hört zu: *Er drückte seinen ekligen, fetten, nackten, schwitzenden Leib so fest gegen mich, dass ich meinte, unter ihm zu ersticken. Aus dem Mund stank er nach ranzigem Fett, Knoblauch und fauligen Schleimhäuten, und sein behaartes Gesicht entzündete meine zartesten Stellen. Meist nahm er mich zwei-, dreimal am Tag. Einmal musste ich drei Wochen nackt und gefesselt in der Höhle der Tausend Huri liegen, wie er seine Liebesgrotte nannte, jederzeit für ihn bereit. Manchmal kam er auch nur vorbei und gab mir ein paar Peitschenhiebe, oder er brachte eine ganze Schar Freunde mit, die dann stundenlang über mich herfielen …*«

Benthien riss Fitzen das Buch aus der Hand. »Ich schlage vor, wir teilen uns die Lektüre, ich die erste Hälfte, du die andere«, schlug er vor, während er Lilly das Buch zurückgab. Beim Gedanken, das alles lesen zu müssen, wurde ihm schlecht.

»Meinetwegen, ich bin da nicht so etepetete«, erwiderte Fitzen ungerührt. »Wisst ihr übrigens, dass die Zwillinge die Kapitel abwechselnd geschrieben haben? Jede aus ihrer Perspektive? Was ich eben vorgelesen habe, stammte von Agnes.«

»Was wird ihr älterer Freund, dieser Ingwersen, wohl gedacht haben, als er das gelesen hat?«, fragte Lilly mitfühlend. »Glaubt ihr, er ist ernsthaft in Agnes verliebt?«

»Mit dem müssen wir auch so bald wie möglich sprechen«, stöhnte Benthien.

»Eine Beleidigung fürs Auge, dieses Haus, aber von den Balkonen aus hat man vermutlich einen göttlichen Blick aufs Meer«, rief Lilly begeistert, während sie die bienenwabenartige Fassade mit den großen Balkonen interessiert musterte.

»Eben eine der typischen 60iger-Jahre-Betonburgen, mit denen man damals jede Stadt verschandelt hat«, sagte Benthien. »Leider gibt's in Westerland davon viel zu viele.«

Da die Spurensicherung bereits abgezogen war und den Schlüssel beim Hausmeister abgegeben hatte, als Benthien und seine Kollegen beim Wohnhaus der Ashburys ankamen, mussten sie erst einmal wieder den Hausmeister aufsuchen, der ihnen zum Glück in dem großen Vestibül über den Weg lief.

In seiner Spezifizierung Sylter Hausmeister zählte ihn Benthien zu den erfreulicheren Exemplaren. Diesmal war es ein Mann um die dreißig, klein und stämmig, mit weichem Schnauzbart und freundlichen Grübchen und, in besseren Stunden, einem gewissen Teddybär-Charme. Jetzt allerdings wirkte er betrübt und schockiert.

»Ist das wirklich wahr, dass Agnes und Alina tot aufgefunden wurden? Auf einer Bank am Strand?«, fragte er entsetzt, als er die drei Beamten nach oben führte. Seine Hand mit dem Schlüssel zitterte.

»Kannten Sie sie gut?«, fragte Lilly.

»Ich habe erst vor kurzem ihren Abfluss repariert«, erwiderte der Mann, der laut seinem Fotoausweis Facility-Manager war und Jan Börnsen hieß. »Es waren zwei so feine junge Damen, kein bisschen hochnäsig. Ich kann es kaum glauben. Letzten Herbst haben sie mir Karten für ihre Lesung geschenkt, hier in der Friedrichstraße, da bin ich dann mit meiner Verlobten hingegangen.«

»Und, hat es Ihnen gefallen?«

Börnsen wurde rot vor Verlegenheit. »Na ja ... Es war jedenfalls mal was ganz anderes, sehr speziell. Ich meine ...«

Er verhedderte sich in seinem Satz, und Benthien ergänzte schnell: »Danke für Ihre Begleitung. Wir kommen wieder auf Sie zu, wenn wir etwas brauchen.«

Sichtlich erleichtert verabschiedete sich der junge Mann.

Die Wohnung der Ashburys war für zwei Bestsellerautorinnen ziemlich bescheiden. Ein kleines Arbeitszimmer, ein gemeinsames Schlafzimmer mit zwei schmalen, auseinander stehenden Betten und ein Wohnzimmer mit integrierter Küche im Stil der 60er Jahre, gestaltet wie ein Kiosk mit Esstresen. Auch die Möbel stammten nicht gerade aus dem Designerladen. Im Kleiderschrank befanden sich einige gute Basic-Kleidungsstücke, der Rest war eher solide als glamourös. Im Ganzen besaßen sie, wie Lilly staunend feststellte, gerade mal zwölf Paar Schuhe. Auch die Anzahl der Bücher hielt sich in Grenzen; in der Hauptsache waren es historische Romane, Biografien und viele Lyrikbände, auch in Englisch. Einige der Bücher schienen sie aus Australien mitgebracht zu haben. Ähnliche Machwerke wie *Gefangen im Harem* fanden sich nicht.

Lilly, die auf dem Balkon stand und sich den Wind um die

Nase wehen ließ, war begeistert. »Toller Blick! So was könnte ich mir durchaus als Ferienwohnung vorstellen!«

»Wäre mir zu trubelig hier«, meinte Benthien.

Im Schlafzimmer entdeckten sie auf einem der Betten einen abgegriffenen, einohrigen und einäugigen Teddybären, der nur noch einen kleinen Teil seines einstigen Fells besaß.

»Die beiden geben mir immer mehr Rätsel auf«, bemerkte Benthien, während er den einzigen Computer der beiden Schwestern betrachtete, neben dem ein Foto von Waldemar Ingwersen stand. Probeweise öffnete er einen der Bilderordner. Er fand Fotos aus Australien, vermutlich vor einigen Jahren aufgenommen. Sie zeigten ein bistroähnliches Café oder kleines Restaurant, das offensichtlich den Ashburys gehörte. Sie standen, stolz lächelnd, hinter dem Tresen und in der Küche am Herd, auf anderen Aufnahmen sah man, wie sie im Restaurant Gäste begrüßten. Auf einem Foto waren sie zu viert abgebildet, Agnes und Alina Arm in Arm mit einer älteren Frau und einem jungen Mann. Alle waren adrett mit einer langen grünen Schürze bekleidet und lächelten siegesgewiss in die Kamera; das Bild war offenbar am Tag der Eröffnung entstanden. Das Lokal hieß schlicht »Ashbury«. Mit Tischen aus massivem Holz, farbigen Akzenten und schönen Pflanzen machte es einen zwar schlichten, aber durchaus ansprechenden Eindruck.

»Offenbar haben sie in Australien ein Lokal besessen«, teilte Benthien seinen Kollegen mit. »Warum sind sie bloß wenige Jahre später nach Deutschland gekommen? Ausgerechnet hierher? Vor allem würde ich gerne wissen, wie sie auf die Idee gekommen sind, sich mit ihrer Biografie derart zu exponieren?«

»Und sie ausgerechnet einem deutschen Verlag anzubieten?«, ergänzte Fitzen.

»Sie sind ja deutscher Abstammung«, sagte Lilly. »Juri ist im Moment dabei, ihren Hintergrund zu checken. Und wir wissen ja, je besser man das Opfer kennt, desto näher kommt man dem Mörder.«

»Wollen wir es hoffen. Tommy, stierst du eigentlich aus einem bestimmten Grund stundenlang auf dieses gelbe Blatt?«

Irritiert las Fitzen vor: *»Liebe Mitbewohner, liebe Eigentümer, nächsten Monat beginnen die Renovierungsarbeiten an den Fenstern. Das wird einen mordsmäßigen Dreck geben, daher, aufgepasst: Deckt in der Wohnung alles ab, was nicht schmutzig werden darf. Und denkt daran: Dieser Feinstaub kriecht in jede Ritze, in die Mehltüten, in die PC-Tastatur, in die Steckdosen, in die Betten und Sofaritzen, und glaubt mir, er ist schwer wieder rauszukriegen.*

Also, langer Rede, gar kein Sinn: seid am 18.10. ab 9 Uhr bitte alle zu Hause oder schickt einen Vertreter, dann gehen die Handwerker durch die Apartments und nennen euch eure Termine. Und wer noch Fragen hat, ihr wisst, wo ihr mich findet.

Mit Hirn, aber ohne Gespinste, J.B.«

Fitzen sah hoch. »Dieser Wisch ist auf den vorletzten Herbst datiert. Warum hebt jemand so etwas auf?«

Lilly drehte das Blatt in seiner Hand um. »Als Schmierpapier. Sieh dir doch die Rückseite an. Sie ist voll beschriftet, anscheinend alles Telefonnummern und Adressen. Deshalb haben sie den Schrieb aufgehoben.«

»Mitnehmen«, ordnete Benthien an. »Auch jeden anderen Papierkram, ich pack den Computer zusammen. Den werde ich mir zu Hause in aller Ruhe vornehmen.«

»Ich habe zwei Handys gefunden«, meldete Lilly ziemlich erstaunt. »Die lagen einfach hier so herum.«

»Und hier steht ein Gästebett«, sagte Fitzen, der auf der Suche nach Taschen, Tüten und Kartons war. »Wer da wohl geschlafen hat?«

»Vielleicht Kirsten Behr?«, vermutete Benthien.

Es klingelte zaghaft an der Tür.

Benthien öffnete. Vor ihm saß eine ältere Frau im Rollstuhl, die ihn erschrocken anstarrte, als habe sie mit allem gerechnet, nur nicht damit, dass ihr ein hochaufgeschossener Mann die Türe öffnen würde. Sie hielt krampfhaft ein Taschentuch in der Hand.

»Oh!« Erschrocken hielt sie inne. »Ich dachte ... ich habe Stimmen gehört und gedacht ...« Irgendetwas ließ sie verstummen.

Lilly kam ihr zu Hilfe. »Möchten Sie nicht reinkommen? Können wir Ihnen helfen?«

Doch Hilfe brauchte sie nicht. Geschickt manövrierte sie den leichten Rollstuhl in die Wohnung. Offenbar machte sie das nicht zum ersten Mal. Ihre Besucherin war eine Frau um die sechzig, mit gewelltem grauen Haar und mütterlichen Gesichtszügen. Sie mochte zu anderen Gelegenheiten munter und aufgeschlossen sein, doch jetzt wirkte sie besorgt und beinahe ängstlich, erst recht, als sie Fitzen entdeckte, der, den Arm voller Papiere, mitten im Zimmer stand.

Verwirrt blickte sie um sich. »Was machen Sie alle hier? Und wo sind Agnes und Alina?«

Lilly sah zu Benthien hinüber.

Er kam und stellte sich und seine Kollegen vor. Kein Zweifel, er musste es ihr sagen, denn morgen würde es in allen Zeitungen stehen.

So schonend wie möglich brachte er der Frau bei, dass man die Zwillinge tot aufgefunden hatte, ebenso wie kurz zuvor auch Kirsten Behr.

Die Frau sackte förmlich in ihrem Rollstuhl zusammen. Tränen liefen ihr übers Gesicht, doch daran, ihr Taschentuch zu benutzen, dachte sie nicht.

Lilly reichte ihr ein Papiertaschentuch und ging neben ihr in die Hocke. »Dürfen wir fragen, wer Sie sind?«, fragte sie behutsam.

»Hedwig Nonnenmacher«, sagte die Frau gepresst. »Ich wohne nebenan und bin mit Agnes und … und Alina befreundet. Sie waren … sie waren wie zwei Töchter für mich. So lieb und fürsorglich, und sie sind mit mir rausgegangen … Wir haben uns immer so viel erzählt.« Sie stutzte. »Glauben Sie … ich meine, sind Agnes und Alina *hier* ermordet worden? In dieser Wohnung? Was für eine grauenhafte Vorstellung!«

Nun weinte sie hemmungslos, und Lilly ließ sie in Ruhe. Fitzen brachte ein Glas Wasser. »Sollen wir sie nicht lieber morgen befragen?«, raunte er Benthien zu.

Dieser nickte. »Aber wir können sie jetzt auch nicht allein lassen.«

Doch Hedwig Nonnenmacher winkte ab. »Ich habe eine Freundin, die sich um mich kümmert. Lassen Sie nur. Aber morgen können Sie gerne wiederkommen. Ich würde mich freuen.«

Als sie die Durchsuchung der Wohnung abgeschlossen hatten und sich gerade zum Gehen wandten, klingelte das Telefon. Es war der Hausmeister, der ihnen mitteilte, dass ihm noch etwas eingefallen sei, was vielleicht wichtig sei. Ob sie kurz zu ihm in die Hausmeisterwohnung ins Souterrain kommen könnten?

»Ob der arme Mensch hier wirklich wohnt?«, fragte sich Lilly laut, als sie durch eine Schwingtür in einen düsteren Flur traten, der nur durch künstliches Licht spärlich erhellt wurde. Weiter hinten ging es zu den Kellerabteilen und den Waschräumen, doch linker Hand war eine Tür, auf der in Goldlettern »Facility-Manager« stand.

»Nobel, nobel«, murmelte Fitzen. »Toller Titel, wenigstens das.«

Börnsen entschuldigte sich sofort, dass er nicht hochgekommen sei, aber er erwarte einen Handwerker für die Heizung. »Der findet mich nicht, wenn ich im Haus unterwegs bin«, meinte er und fuhr sich verlegen über seinen weichen Schnauzer.

»Was gibt es denn?«, fragte Benthien.

»Mir ist eingefallen, dass ich vor zwei Tagen eine Frau vor der Tür der Ashburys gesehen habe. Sie klingelte und klopfte heftig, eigentlich war sie schon ziemlich aufdringlich. Offenbar war jemand in der Wohnung, der aber nicht aufmachen wollte. Sie unterhielten sich eine Weile durch die Tür, allerdings nicht sehr freundlich ...«

»Haben Sie mitbekommen, was gesprochen wurde?«, fragte Lilly.

Börnsen ordnete mal wieder seinen Oberlippenbart. »Nicht so im Zusammenhang«, nuschelte er. »Sie wollte rein, musste wohl dringend mit den Ashburys sprechen, aber sie ließen sie nicht in die Wohnung. Gerade als ich hingehen wollte, um der Frau zu sagen, dass sie das Haus verlassen soll – die Eigentümer oder Mieter legen natürlich großen Wert auf ihre Privatsphäre –, ging sie. Sie schien mir sehr ärgerlich zu sein.«

»Haben Sie die Frau gekannt? Wie sah sie aus?«, fragte Benthien gespannt.

»Ich kann Menschen schlecht beschreiben«, sagte Börnsen zögerlich, »aber ich kann ganz gut zeichnen. Soll ich sie Ihnen ...«

»Ja, umso besser«, sagte Benthien erfreut. »Lassen Sie sich nur Zeit.«

Während der Mann unter dem ganzen Krempel auf seinem übervollen Schreibtisch, auf dem sich Berge von Papier, Kopierpapier, Quittungen und Rechnungen stapelten, nach einem leeren Blatt fahndete, sahen sich die drei Kollegen in dem dunklen, beengten Zimmer um, das offenbar sowohl die Dienst- als auch die Privatwohnung darstellte. In Kopfhöhe befanden sich zwei schmale Fenster, die auf einen grünen Rasen zeigten. Zahlreiche private Fotos, viele in Schwarz-Weiß, hingen an der

Wand, darunter ein großes Farbfoto eines hübschen blonden Mädchens, das ein Krönchen auf dem Kopf und eine Schärpe quer über dem Leib trug. »Unsere Apfelkönigin«, stand darunter. Kisten voller Bücher stapelten sich an den Wänden.

»Sind das alles Ihre?«, fragte Benthien, der mit über dreitausend Büchern selbst keine unbeträchtliche Bibliothek besaß.

»Nein, ich habe keine Zeit und auch keine Lust zum Lesen«, sagte Börnsen und lachte. »Die Bücher werden von unseren Urlaubern dagelassen oder gespendet. Wir haben eine kleine, aber feine Bibliothek im Haus, da kann sich jeder bedienen. Ist besonders an Regentagen sehr beliebt. Wenn ich nur mal die Zeit hätte, die Bücher einzuordnen …«

»Sie haben ja vielfältige Aufgaben«, sagte Lilly, was ihr ein freundliches Lächeln einbrachte.

Als Börnsen Benthien feierlich die Zeichnung überreichte, bemerkte dieser sofort, dass es sich bei der Frau um Sylvia Ingwersen handelte. Sie war gut getroffen, Börnsen konnte zweifellos zeichnen und individuelle Merkmale erkennen. Interessant! Hatte sie die Eifersucht bis vor die Tür der Ashburys getrieben?

Sie verabschiedeten sich von Börnsen, packten die Ausbeute aus den vier Wänden der Ashburys in den Wagen und fuhren weiter zu Greves Wohnung. Elmar Siepe, der mürrische Hausmeister, kam ihnen schon entgegen. »Greve ist nicht da. Lässt sich wahrscheinlich irgendwo vollaufen. Die Nachricht vom Tod der Ashburys hat ihn förmlich umgehauen.«

»Sie anscheinend nicht«, meinte Fitzen.

»Doch, natürlich! Das wird wieder eine Invasion von Reportern hier auf der Insel geben!«, brummte Siepe, offenbar nicht ganz unzufrieden darüber. »Wann geben Sie die Ferienwohnung von Frau Behr frei?«

»Das dauert noch eine Weile«, antwortete Benthien abweisend. »Wohnt Herr Behr nicht inzwischen darin?«

»Doch, mit seiner Freundin.« Siepe war offenbar nicht weiter berührt und wusste auch nicht mehr zu sagen. Sie verabschiedeten sich.

Fitzen stöhnte. »Und jetzt zu Ingwersen?«

»Habt ihr mir eigentlich ein Zimmer besorgt?«, fragte Lilly.

»Ja, in List, in einer kleinen Pension. Aber ich schlage vor, du kommst mit zu Ingwersen. Kann nicht schaden, wenn du alle unsere Verdächtigen kennenlernst.« Benthien nickte Lilly zu, sie stiegen in ihre Autos und fuhren in den Osten nach Archsum, durch eine friedliche, jetzt wieder sonnenbeschienene Landschaft.

Da auf ihr Klingeln bei den Ingwersens niemand öffnete, gingen sie gleich um das Haus herum in den Garten. Ingwersen hockte auf der Terrasse an einem Tisch, den Blick auf ein Glas Cognac oder Brandy geheftet, und wirkte ziemlich ramponiert. Sein Haar war durcheinander, der Hemdkragen stand offen, die Schleife lag neben ihm im Gras. Offenbar hatte er das heulende Elend. Seine Frau, kühl und elegant in ein grünes Sommerkleid gekleidet, saß neben ihm und musterte ihn missbilligend. Ihr Blick wurde nicht eben freundlicher, als sie die drei Polizeibeamten erblickte.

»Oh, gleich in voller Mannschaftsstärke«, spottete sie. »Wollen Sie uns wieder nach unseren Alibis befragen? Im Zweifelsfall waren wir immer im Bett, die ganze Nacht, stellen Sie sich vor.«

»Woher wissen Sie, um welchen Zeitraum es geht?«, fragte Fitzen harmlos.

Sie stutzte. »Wurden die Ashburys nicht am frühen Morgen gefunden, auf einer Bank? Dann werden sie doch wohl in der Nacht ermordet worden sein? Zumindest habe ich das angenommen.«

»Sylvia, halt den Mund und zieh Leine«, sagte Ingwersen

mit schwerer Zunge und machte eine Handbewegung, als wolle er eine Fliege verscheuchen. Zu Benthiens Erstaunen stand sie auf und ging ins Haus. Ingwersen nahm ein Schluck aus seinem Glas. »Auch was? Setzen Sie sich und leisten Sie mir Gesellschaft. Ich besaufe mich gerade.«

»Von wem haben Sie erfahren, was passiert ist?«, fragte Benthien, nachdem sie sich gesetzt hatten.

»Oh, da gibt es immer gute Freunde, die einen anrufen«, sagte Ingwersen ironisch. »Das hat sich doch in Windeseile auf der Insel rumgesprochen.« Er fuhr sich mehrfach übers Gesicht. »Sind sie etwa auch vergiftet worden?«

»Wir wissen es noch nicht«, sagte Fitzen.

»Ich habe gehört«, Ingwersen sprach so leise und undeutlich, dass man ihn kaum verstehen konnte, »dass allen drei Opfern eine Botschaft des Mörders auf die Augen geklebt wurde. Ist das wahr? Und können Sie mir sagen, was dort stand?«

Benthien überkam die Wut. Irgendwer in diesem kleinen Dorf, das die Insel im Grunde war, hatte gequatscht, hatte Täterwissen ausgeplaudert. Chrobak? Jemand von der Polizei, der sich wichtigmachen wollte? Egal, jetzt war es zu spät.

Ingwersen, der ihn scharf beobachtet hatte, nickte. »Leugnen Sie es nicht, ich sehe es Ihnen ja an. Und wahrscheinlich dürfen Sie mir auch gar nicht verraten, was da geschrieben stand. Aber soll das etwa heißen, dass alle drei einem Serienmörder zum Opfer gefallen sind, dass es keine persönliche Sache ist? – Ach nein, das kann nicht sein«, unterbrach er sich selbst, »die drei kannten sich, das kann kein Zufall sein. Außerdem bringen Serienmörder ihre Opfer nur selten mit Gift um … Wurden sie« – seine Stimme war plötzlich nur noch ein angstvoller Hauch – »wurden sie … vorher … missbraucht?«

Benthien schüttelte schnell den Kopf. »Nein, sehr wahrscheinlich nicht. Kirsten Behr zumindest nicht. Bei den Zwillingen müssen wir die Obduktion noch abwarten. Aber es sieht nicht danach aus.«

Ingwersen stand abrupt auf. Er schwankte heftig, winkte aber unwirsch ab, als Benthien ihn stützen wollte. »Da kommen sie hierher, Agnes und Alina, weit her aus Alice Springs, ihrem roten Outback, auf eine winzige Insel im Norden, nur um hier ermordet zu werden.« Seine Stimme versagte, und er holte ein Taschentuch hervor. Er sah die drei Beamten ratlos an. »Kann man das verstehen? Können *Sie* das verstehen? Und mir erklären? Ist ihnen etwa jemand von Australien bis hierher gefolgt?«

Da Ingwersens Fragen alle rhetorisch waren, antwortete niemand. Schwer ließ er sich wieder auf seinen Stuhl fallen.

»Wissen Sie etwas davon, dass die Zwillinge angeblich Drohbriefe erhalten haben sollen?«, fragte Fitzen nach einer Weile des Schweigens. Auch aus dem Haus war kein Laut zu hören. Vielleicht stand Sylvia Ingwersen nicht weit von ihnen entfernt, hinter den im Luftzug wehenden Gardinen, und hörte zu.

Ingwersen zuckte zusammen. »Drohbriefe? Agnes und Alina? Was sollte denn da drinstehen? Wer sollte sie bedrohen? Woher wissen Sie das?« Er wurde immer aufgeregter. »Davon hat mir Kirsten Behr nichts gesagt. Und Agnes auch nicht, und die hatte doch ...« Er verstummte.

»Was hatte sie?«, drängte Fitzen.

»Sie hatte Vertrauen zu mir. Sie hätte es mir erzählt. Sie hätte mir alles erzählt.«

Sie ließen das Thema fallen.

»Können Sie sich irgendjemanden vorstellen, der Kirsten, Agnes und Alina das angetan haben könnte?«, fragte Lilly behutsam.

Wieder fuhr sich Ingwersen über das Gesicht, als wolle er mit aller Gewalt seine Haut glatt ziehen.

»Ja, Michael Behr. Lassen Sie sich von dem nicht einlullen, der ist ein Wolf im Schafspelz. Er schlägt seine Frau. – Aber wiederum«, er schenkte sich noch einen Cognac ein, »warum sollte er auch Agnes und Alina umbringen? Das ergibt doch keinen Sinn ... oder haben sie etwas gesehen?«

»Er kann es nicht gewesen sein«, sagte Lilly, »er war mit seiner Freundin in Belgien in Urlaub und hat sich außerdem ein paar Knöchel am Fuß gebrochen. Er ist invalide.«

»Wie bitte?« Ingwersen war außer sich. »Haben Sie ihn gesehen? Lief er etwa auf Krücken herum?«

Lilly nickte erstaunt.

»Aber das war letztes Jahr!«, rief Ingwersen aus. »Letztes Jahr war er mit seiner Frau in Blankenberge und hat sich dort zwei Mittelfußknochen gebrochen. Er konnte mehrere Wochen nicht gehen und lief mit einem Gipsverband herum! Da wird er sich dieses Jahr doch nicht schon wieder denselben Bruch zugezogen haben?«

»Er hat uns sauber geleimt, dieser Herr Behr«, schnaufte Fitzen, als sie wieder Richtung Westerland fuhren. »Glaubst du, er hat seine Frau umgebracht?«

»Ich weiß nicht, was ich glauben soll«, stöhnte Benthien. »Er muss den Befund des Krankenhauses gefälscht haben, jedenfalls das Datum. In jedem Fall hat er Dreck am Stecken und muss noch einmal durchgecheckt werden. Ruf Juri an. Er soll die Fluggesellschaften durchgehen, er soll in dem Quartier in Blankenberge anrufen und versuchen rauszufinden, wann genau Behr nicht dort war. Mit dem Auto wäre es eine ziemlich lange Strecke, aber wenn er die Nacht durchgefahren ist?«

Benthien wurde immer nachdenklicher. »Wir machen es so: Ich hinterlasse ihm eine Nachricht, dass wir ihn morgen um 11 Uhr noch einmal sprechen müssen. Dann schlagen wir ihm vor, dass wir gemeinsam zum Arzt gehen, damit der sich mal seinen Fuß ansehen kann. Und dann haben wir den feinen Herrn am Schlafittchen. Los, Tommy, schick ihm eine SMS.«

Wenn ich groß bin ...

Löffel:
... will ich Schlangen und Wölfe auf meine Arme und Beine tätowieren
Hasi:
... will ich einen Garten mit vielen Bäumen haben, auf denen Geld wächst, das ich nur noch abpflücken muss, dann kaufe ich mir einen roten Ferrari so wie Magnum einen hat
Dude:
... will ich ganz viele Tiere um mich haben
Wolle:
... will ich eine allerbeste Freundin haben, der ich alle meine Geheimnisse anvertrauen kann

Dienstag, 28. Juni, 08:12 Uhr

Wieder versprach es ein heißer Tag zu werden. Keine Wolke stand am tiefblauen Himmel, auch der ewige Nordseewind legte eine Pause ein. Überall in den noblen Gärten, die man den Dünen abgetrotzt hatte, liefen die Rasensprenger. Die ersten Heerscharen zogen bereits zum Strand.

Benthien hatte gerade ein langes Telefonat mit Juri Rabanus hinter sich, der die halbe Nacht durchgearbeitet hatte. Nach seinem Bericht hatte die Obduktion der beiden Schwestern ergeben, dass auch sie mit Ketamin vergiftet worden waren, und zwar über einen Zeitraum von mehreren Tagen.

»Das musst du dir so vorstellen: Ketamin ist ja auch so etwas wie eine Partydroge, obwohl es eigentlich ein Narkosemittel ist. Allerdings wirkt es auch gegen Depressionen und gegen Schmerzen. Man empfindet sehr schnell ein rauschartiges Gefühl, fühlt sich losgelöst vom Körper, ab einer bestimmten Dosierung sind körperliche Aktivitäten nicht mehr möglich. Also ein ideales Mittel, um Menschen stillzustellen und zu betäuben.«

»Es ist also kein Gift, das schnell wirkt?«

»Je nachdem, wie man es anwendet. Im Fall der Ashburys wurde Ketamin erst am Schluss mit Alkohol – in diesem Fall Whisky – und Diazepam kombiniert, was zu einer Atemlähmung führte, genau wie bei Kirsten Behr. Nach Ansicht des Pathologen wusste da jemand ganz genau, was er tat, und kannte sich gut aus. Ein Zufall oder Unfall war das jedenfalls nicht.«

Juri führte weiter aus, dass auch die Zwillingsschwestern Bissspuren am Hals hatten, ausgeführt wieder mit dem alten Gebiss, als wollte sich der Mörder über die Polizei lustig machen. Eine Vergewaltigung hatte es nicht gegeben. Im Unterschied zu ihrer Freundin Kirsten Behr waren die Körper der beiden Frauen unversehrt gewesen, keine Hämatome, keine Prellungen. »Sie waren in einem guten, gesunden Zustand, sind definitiv nicht geschlagen worden, keine hat je ein Kind geboren oder abgetrieben – was das angeht, Kirsten Behr übrigens auch nicht –, und keine der Schwestern hatte jemals einen Knochenbruch. Übrigens gab es auch keinerlei Fremdanhaftungen oder gar Fingerabdrücke des Täters an den Opfern. Der Todeszeitpunkt ist ganz interessant: Er datiert auf die vorletzte Nacht, bevor sie auf der Bank gefunden worden. Die Frage lautet also: Wo haben sie vom Tag ihres Verschwindens bis zu ihrem Auffinden gesteckt?«

Das ist in der Tat der entscheidende Punkt, ging es Benthien durch den Kopf. Seit acht Tagen waren die Ashburys von der Bildfläche verschwunden. Freiwillig? Oder hatte man sie entführt, um sie systematisch vergiften zu können? Und wo hatten sie sich aufgehalten?

»Machst du dann weiter mit Michael Behr, Juri? Er ist im Augenblick unser Hauptverdächtiger.«

»Da habe ich noch einen kleinen Leckerbissen für euch, John. Ich habe doch Kirstens Papierkram durchgesehen. Stell dir vor, sie hat vor zwei Jahren eine ziemlich hohe Lebensversicherung abgeschlossen. Im Falle ihres Todes erbt ihr Mann runde 200.000 Euro! Und der ist mit seiner Werkstatt, wie sich inzwischen herausgestellt hat, hoch verschuldet, dem käme die Versicherungssumme gerade recht. Ohne eine ordentliche Finanzspritze muss er nämlich demnächst Insolvenz anmelden.«

»Und was ist mit der Buchhandlung?«

»Die trägt sich so gerade mal selbst, aber das Einkommen würde für den Lebensunterhalt von zwei Personen nicht reichen.«

Sie saßen am Frühstückstisch auf der Terrasse, Benthien, Fitzen, Lilly und Ben, dessen weiße Haare fröhlich im Wind wehten. Draußen war Ebbe, und die dänische Küste wirkte so nahe, als könnte man in wenigen Minuten hinüberlaufen. Schon jetzt, früh am Morgen, waren Eltern mit ihren Kindern im Wattenmeer, plantschten durch den Schlick und gruben Wattwürmer und Austernschalen aus. Benthien wünschte sich für einen kurzen Augenblick zu den unbeschwerten Augenblicken seiner Kindheit zurück. Doch er hatte drei Morde aufzuklären und keine Zeit, über vergangene Zeiten zu sinnieren. Während Ben noch einmal frischen Kaffee kochte, erzählte Benthien, was er eben von Jury erfahren hatte.

Fitzen, der offenbar noch in der Nacht den größten Teil von *Gefangen im Harem* gelesen hatte, staunte nicht schlecht. »Kein Kind, keine Knochenbrüche? Das beweist«, er klopfte auf das Buch, das in all seiner rot-goldenen Pracht auf dem Frühstückstisch lag, »dass Chrobak recht hat und die ganze Geschichte erstunken und erlogen ist. Laut ihrer eigenen Erzählung ist Alina schwanger geworden; man hat sie kurz vor der Geburt betäubt, und als sie wieder zu sich kam, war das Baby geboren und verschwunden, sie hat es angeblich nie gesehen. Außerdem hatten beide Schwestern immer wieder Knochenbrüche, weil man sie geschlagen, gepeitscht und einmal sogar gesteinigt hat – allerdings wurden sie dabei wie durch Zauberhand gerettet, sonst hätten sie diese Prozedur wohl kaum überlebt.«

Ben erschien wieder mit frischem Kaffee.

Seinem Sohn fiel endlich ein, was er ihn schon gestern

Abend hatte fragen wollen, nämlich ob er Waldemar Ingwersen kenne.

Ben nickte überrascht. »Er besucht hin und wieder unseren Literaturzirkel. Ein sehr belesener und auch sehr netter Mann. Wir hatten schon einige interessante Gespräche.«

»Auch über dieses Buch?« John zeigte auf die goldene Pracht neben seiner Kaffeetasse.

Sein Vater verzog das Gesicht. »Ich mag solche Schauer- und Sexgeschichten nicht, das weißt du doch. Ingwersen an sich auch nicht, aber er war ja mit den Ashburys befreundet, da hat er es natürlich gelesen. – Ich glaube«, fügte er hinzu, »Ingwersen hat Agnes Ashbury wirklich geliebt. Ich kannte sie nicht, aber er hat mir viel von ihr erzählt, auch über die Gespräche, die sie hatten. Sie muss ganz anders gewesen sein, als man nach diesem Schmöker erwarten könnte.«

Seltsam, dachte Benthien, wie oft immer wieder zur Sprache kam, dass die Zwillinge so ganz anders gewesen sein sollten als in ihrem Buch geschildert. Was wiederum dafür sprach, dass die ganze Geschichte erfunden war. Was aber wiederum so gar nicht zu den Schwestern passte. Wie ein ewig wiederkehrendes Leitmotiv zog sich dieses Thema durch seine gesamten Ermittlungen. Aber brachte es ihn weiter?

Während sich sein Vater in den kühlen Keller zurückzog, um dort weiter zu weißen, packte Benthien den Laptop der Ashburys und alle Papiere, die sie bisher zusammengetragen hatten, auf den großen Familientisch im Esszimmer.

»Folgendes Programm haben wir heute: Tommy, wir beide werden Michael Behr und seine Freundin gegen elf Uhr abholen und zum Orthopäden bringen, danach, wenn der Gips ab ist, werden wir die beiden auf der Polizeistation verhören. Lilly, du fährst zu Hedwig Nonnenmacher. Offenbar kannte sie die Ashburys ganz gut. Rede mit ihr, vielleicht hat sie ja Dinge beobachtet, die ihr noch gar nicht so bewusst sind. Danach gehen wir zu Cornelius Greve.«

»Wo stehen wir eigentlich?«, fragte Lilly und strich sich energisch ihre Haare hinter die Ohren. »Ich sehe noch überhaupt kein Land. Fest steht ja nur, dass alle drei Frauen auf die gleiche Art und Weise gestorben sind, nur zu unterschiedlichen Zeiten. Die Ashburys wurden vor ihrem Tod offenbar irgendwo gefangen gehalten, wahrscheinlich mehrere Tage lang.«

»Die Frage ist: Wo?«, warf Fitzen ein.

»Wohingegen Kirsten Behr sofort getötet wurde, einige Tage *vor* dem Tod der Ashburys, aber *nach* ihrem Verschwinden. Die nächste Frage ist, wer hatte ein Motiv, alle drei Frauen zu töten? Michael Behr? Seine Frau, ja, aber warum sollte er die Ashburys töten? Cornelius Greve? Falls er ein Motiv hatte, alle drei zu töten, müssen wir noch ziemlich tief graben.«

»Aus verschmähter Liebe?«, überlegte Fitzen. »Weil Alina ihn nicht wollte?«

»Dasselbe könnte auch für Waldemar Ingwersen gelten«, fuhr Lilly fort, »dennoch kommt mir das alles sehr unwahrscheinlich vor. Erst recht, dass seine Frau da involviert sein sollte, selbst wenn sie hundertmal eifersüchtig war.«

»Und Chrobak nicht zu vergessen«, sagte Fitzen. »Immerhin hat er uns sauber abgehängt.«

»Ihr glaubt, Liebe war da als Motiv im Spiel?«, fragte Benthien. »Ich sehe in erster Linie eine Menge Geld, und das nicht nur bei Kirsten Behr. Vergesst nicht, das erste Buch der Ashburys war schon weltweit ein Mega-Erfolg, jetzt kommt der zweite Band heraus, und der Rummel ist enorm. Da sind enorme Summen im Spiel, die Begehrlichkeiten wecken. Die Frage ist: Wer profitiert davon? Wisst ihr, was ich glaube? Kirsten Behr könnte so eine Art Kollateralschaden sein, so schlimm das auch klingt.«

»Du meinst, sie hat etwas gesehen, was sie nicht sehen

sollte? Sie war zur falschen Zeit am falschen Platz?«, meinte Lilly. »Dann wäre ihr Mann aber aus dem Schneider, trotz seines 200.000-Euro-Motivs. Denn was hat der mit den Ashburys zu tun?«

»Interessant wäre zu wissen, wer die Erben der Ashburys sind. Haben sie noch Verwandte? Freunde? Sollte vielleicht Kirsten Behr etwas erben? Juri ist da jedenfalls dran, und ich hoffe, er hat bald Neuigkeiten für uns.«

»Vielleicht sagt uns ja auch der Computer der Zwillinge schon etwas.«

Doch der Laptop war eine Enttäuschung. Für zwei Frauen, die seit zwei Jahren als erfolgreiche Autorinnen in Deutschland lebten und zwei Bücher herausgebracht hatten, war er seltsam unergiebig.

Sicher, es gab die beiden Originalmanuskripte auf der Festplatte, aber keine weiteren Informationen dazu, keine Notizen, keine verworfenen Texte, keine Recherchen. Die Korrespondenz mit dem Verlag war da, außerdem hatten die Schwestern Briefe gespeichert, die sie an drei Freundinnen in Alice Springs geschickt hatten. Eine von ihnen führte offenbar das Café weiter, das die Schwestern vor einigen Jahren eröffnet und dann aufgegeben hatten, als sie nach Deutschland gezogen waren.

Wieder fragte sich Benthien, was sie dazu veranlasst haben mochte. Die Sehnsucht nach dem Heimatland ihrer Mutter? Doch die Zwillinge hatten nur wenige Jahre in Deutschland gelebt. Juri hatte ihren Lebenslauf recherchiert, hatte aber nicht jede Lücke schließen können. Der britische Vater, Alan Ashbury, war ein angesehener Diplomat gewesen. Nach der Hochzeit der Eltern hatten die Ashburys fünf Jahre in Bonn gewohnt, danach in verschiedenen Ländern, darunter Kanada, Australien, Südafrika, Großbritannien, Neuseeland, die letzte Station war Kairo. Damals waren die Zwillinge sechzehn Jahre alt gewesen. Auf einem Rundflug über den Nil war das Flugzeug mit den Eltern von Agnes und Alina abgestürzt, keiner hatte überlebt. »Danach war es mir unmöglich, herauszufinden, was mit den beiden Mädchen geschehen ist«, hatte Juri gesagt, als er Benthien am frühen Morgen angerufen hatte. »Ich konnte ihre Spur erst wieder in Alice Springs aufnehmen, wo sie vor ein paar Jahren das Café namens ›Ashbury‹ aufgemacht hatten. Was davor war – keine Ahnung. Nur geheiratet haben beide offenbar nie. Es gibt in den entsprechenden Datenbanken von Deutschland, Australien und Großbritannien jedenfalls keinen Hinweis darauf. Ich bleibe aber dran. Von einer Ausbildung weiß ich auch nichts. Und Verwandte scheinen sie keine mehr zu haben, zumindest nicht von väterlicher Seite. Sie tauchten vor ein paar Jahren auf einmal im australischen Outback auf, wie gerade vom Himmel gefallen.«

Und kurz darauf schreiben sie einen Megaseller, offenbar auf Deutsch, bieten ihn einem deutschen Verlag an und ziehen von Alice Springs nach Deutschland, auf eine kleine Insel am Rande der Republik, sinnierte Benthien. Um dort dann zwei Jahre später ermordet zu werden.

»Habt ihr auch den Eindruck«, fragte Lilly, »dass man nicht richtig an die Ashburys herankommt? Wir sehen sie die ganze Zeit von außen, durch die Augen von Personen wie Ingwersen oder Greve, die sie aber offenbar auch nicht besonders gut kannten. Es ist, als hätten die beiden hinter einer gläsernen Wand gelebt, als wären sie nur Kunstfiguren, aber keine lebendigen Menschen gewesen. Selbst hier, am Computer, der doch eigentlich immer eine Menge über die privaten Vorlieben und Beziehungen verrät, bleiben sie einem vollkommen fremd.«

»Und doch sind sie bedroht worden«, sagte Fitzen, »der Verlag hat uns gerade diese beiden Mails übermittelt:

Es wird ein Unglück passieren, sollte die zweite Geschichte auf den Markt kommen. Dies ist die letzte Warnung!

Und dann:

Hütet euch, denn euer Leben ist bedroht. Auge um Auge, Stein um Stein.

Wie es aussieht, hat der Verlag die Mails nicht sehr ernst genommen. Aber zu ein paar Kommentaren in den Medien hat es gereicht. Keine schlechte Werbekampagne.«

»Was soll das heißen, Stein um Stein?«, fragte Lilly.

»Vielleicht ein Hinweis auf eine Steinigung, wie sie ja auch im Buch beschrieben wurde?«, meinte Fitzen. »Ehrlich gesagt, würde ich diese Drohungen nicht besonders ernst nehmen. Sie klingen ziemlich dilettantisch. Verschickt wurden sie jedenfalls aus einem offenen WLAN aus Flensburg, und dort endet auch die Spur.«

»Rätsel über Rätsel«, sagte Benthien. »Lasst uns weiter die Sachen durchgehen, Tommy und ich müssen sowieso bald los.«

»Die Handys«, sagte Lilly, »habe ich überprüft. Es gibt wenig Anrufe, und das Adressbuch ist ziemlich leer. Sie haben immer wieder dieselben Leute angerufen: den Verlag, Kirsten Behr, Hedwig Nonnenmacher, den Hausmeister, Greve, Ingwersen. Die Sylter Touristik. Auch mal ein Restaurant. Alles sehr unergiebig.«

Fitzen schielte über den Tisch. »Und es sind natürlich ganz altmodische Handys, keine Smartphones, die uns mehr verraten könnten.«

»Nein, sie haben damit nur ganz einfach telefoniert«, sagte Lilly betrübt.

Sie arbeiteten eine Weile schweigend vor sich hin.

Als Erstes nahm sich Benthien, der am Laptop der Ashburys saß, die Briefe vor, die Agnes an zwei Frauen namens Susanna und Irmgard geschrieben hatte. Allerdings waren sie eher enttäuschend. Auch hier hatte er den Eindruck, als lebten die Ashburys, wie Lilly treffend formuliert hatte, hinter einer

Glaswand. Von ihrem Buch, der Resonanz auf ihre Biografie oder deren Inhalt war so gut wie nie die Rede; einmal schilderte Agnes eine Lesung, die sie »machen mussten«, wobei sie, wie sie schrieb, vor Scham beinahe im Boden versunken wäre. Sie erzählte von einem warmherzigen, freundlichen Mann, den sie kennengelernt hätte, zwar viele Jahre älter als sie, aber sie könnte sich durchaus vorstellen, eine gemeinsame Zukunft mit ihm zu haben – rein theoretisch. Spätere Briefe wiederum klangen nach Trauer und Verzicht. Auch Alinas Briefe an Susanna und eine gewisse Naomi beschränkten sich auf Schilderungen des Alltagslebens auf Sylt. Sie handelten vor allem von Kochrezepten, ihren Lektüreerlebnissen, dem unberechenbaren Wetter, dem Ärger wegen eines Rohrbruchs in der Wohnung. Dann allerdings stieß Benthien in einem ihrer letzten Briefe auf eine äußerst interessante Passage. Cornelius Greve laufe »wie ein Hündchen hinter ihr her«, klagte sie der Freundin, oft habe sie Mühe, ihn loszuwerden. Dann fuhr sie fort: »Er und Du-weißt-schon-wer könnten sich durchaus zu einem Problem auswachsen. Wir überlegen, ob es nicht an der Zeit ist, dieses Experiment zu beenden und zurück nach Alice Springs zu gehen. Aber ob man uns lässt? Manchmal habe ich einfach nur eine seltsame, ganz unbestimmte Angst, ohne genau zu wissen warum. Ach Naomi, warum haben wir uns nur darauf eingelassen?«

Fieberhaft suchte Benthien nach weiteren Schriftwechseln, bis ihm allmählich dämmerte, dass offenbar nicht mehr alle Briefe vorhanden waren. Irgendjemand – die Ashburys oder ein unbekannter Dritter – hatte einen Teil der Dateien gelöscht. Aber warum nur einen Teil? War der Computer sorgfältig präpariert worden? Ließ man die Polizei nur das sehen, was zu diesem perfiden Spiel gehörte?

»Wir werden hier nicht weiterkommen«, sagte Fitzen, »der Laptop muss schnellstens in die KTU. Mit ein bisschen Glück werden sie die gelöschten Daten dort wieder sichtbar machen können.«

»Und wir verlieren wieder einmal wertvolle Zeit«, brummte Benthien resigniert, während er telefonisch einen Boten organisierte, der den Laptop abholen sollte.

Lilly, die den Papierkram durchgesehen hatte, den sie aus der Ashbury-Wohnung mitgenommen hatten, war ebenfalls ziemlich frustriert. »Die Adressen auf diesem gelben Zettel, von denen ich mir einiges versprochen hatte, sind leider völlig uninteressant; sie gehören zu Lesern, die in einem Online-Portal jeweils ein Belegexemplar von *Gefangen im Harem* gewonnen haben. Die Ashburys hatten sich darauf nur ihre Adressen notiert. Irgendwie kommen wir hier nicht weiter.«

»Ich habe hier etwas, das euch aufmuntern wird«, sagte Fitzen lebhaft und wedelte mit Papieren. »Nämlich eine Kopie ihres Testamentes. Das Original liegt, wie hier notiert, bei einem Notar in Westerland.«

»Und was steht drin?«

»Es ist eigentlich ganz einfach: Alles, was sie haben, und alle Tantiemen, die noch kommen werden, vermachen sie einem Elias Wallroth, ihrem ›einzigen und letzten Verwandten‹, der ebenfalls in Australien lebt, in der Nähe von Alice Springs, wo die Ashburys ja auch herkommen.«

»Und wer ist das?«, fragte Benthien.

Fitzen zuckte mit den Schultern. »Auf jeden Fall muss er gründlich überprüft werden, er wird ja bald ein schwerreicher Mann sein.«

»Mich wundert, dass sie ihre Freundinnen so gar nicht bedacht haben«, murmelte Lilly vor sich hin.

Doch Fitzen verfolgte einen anderen Gedanken. »Wie wäre es, wenn sich Wallroth auf Sylt aufhielte – unter anderem Namen, versteht sich. Vielleicht wollte er nicht noch Jahrzehnte auf das Ableben der Zwillinge warten?«

»Das Buch muss irgendwie auf dich abgefärbt haben«, meinte Benthien lakonisch. »Deine Theorien werden immer abenteuerlicher. Aber hier habe ich einen einzelnen Kontoauszug gefunden, von einer spanischen Bank in Kiel. Nettes kleines Guthaben, aber jetzt kommt es: Die Zwillinge haben rund 80 Prozent ihres Sparvermögens abgehoben, und zwar in bar!«

»Und was ist mit den restlichen Kontoauszügen?«, fragte Lilly.

»Sind keine da«, antwortete Benthien und griff zum Telefonhörer. »Ich werde mich mal mit der Bank in Verbindung setzen.«

»Die Ashburys sind möglicherweise erpresst worden«, meinte Fitzen, der seine abenteuerlichen Gedanken offenbar noch nicht ganz aufgeben wollte.

Wenig später spuckte das Faxgerät ein paar Blätter aus, die die Bank geschickt hatte. Es handelte sich um eine Liste aller Kontobewegungen der letzten beiden Jahre. Viele Transaktionen hatte es auf den Konten nicht gegeben. Im Schnitt hatten die Zwillinge im Monat nur einige hundert Euro abgehoben – nicht viel, wenn man bedachte, dass Sylt ein durchaus teures Pflaster war. Offenbar hatten sie mehr als bescheiden gelebt. Zweimal im Jahr, wenn die Tantiemen und einmal auch ein Vorschuss kamen und höhere Summen auf das Konto flossen, hatten sie kurz nach der Überweisung den größten Teil der Summe in bar abgehoben.

»Würde mich brennend interessieren, was sie mit diesen Barbeträgen angestellt haben«, meinte Benthien. »Ob sie noch ein anderes Konto hatten?«

»Auf jeden Fall wieder eine Menge Ermittlungsbedarf«, sagte Lilly. »Ich hasse solchen Fitzelkram!«

»Wer nicht«, brummte Benthien. »Aber das halsen wir dem guten Juri auf. Der sitzt in Flensburg und hat Zeit.«

»Mir geht gerade etwas Seltsames durch den Sinn«, meldete

sich Fitzen, der schon eine ganze Weile auf zwei Blätter starrte. »Was, wenn es zwei Arten von Drohbriefen gab? In denen, die der Verlag an uns geschickt hat, wird davor gewarnt, das neue Buch auf den Markt zu bringen. Aber erinnerst du dich, John, was nach Greves Aussage in den Drohbriefen stand? Da war die Rede von einer Lüge, davon, dass eine solche Täuschung der Leser unfair sei und hart bestraft werden müsse. Das geht doch eher in die Richtung Holger Chrobak. Lügen erzählen! Aber diese Drohbriefe sind nirgendwo zu finden und wurden auch nicht bei der Polizei gemeldet!«

»Du meinst, da waren zwei Leute am Werk?«, überlegte Lilly.

»Ja, und die einen Drohbriefe passten in den Kram und wurden an den Verlag geschickt, die, in denen von den Lügen die Rede war, wurden unterschlagen.«

»Es wird immer komplizierter«, stöhnte Benthien. »Aber jetzt müssen wir los, Behr abholen, sonst können wir den Arzttermin nicht einhalten. Heute Abend haben wir noch ein schönes Stückchen Arbeit vor uns!«

Dienstag, 28. Juni, 11:55 Uhr

Im Verhörzimmer 2 in der Polizeistation von Westerland war es unerträglich heiß, sodass Benthien es nicht mehr aushielt und eins der Fenster öffnete. Ihm gegenüber saßen Michael Behr und seine Freundin Elena Neudeck Hand in Hand und musterten mürrisch die Wand; Behr hatte den Arztbesuch verweigert, aber eingestanden, dass er seine Verletzung nur vorgeschoben hatte, um ein Alibi zu haben.

Fitzen schenkte reihum Mineralwasser ein.

»Sie glauben doch wohl nicht im Ernst, dass ich meine Frau getötet habe?«, ließ sich Behr nach einigen Minuten des Schweigens vernehmen, während er gierig nach seinem Glas griff.

»Dann erklären Sie uns doch einfach mal, was dieses Affentheater mit dem Gips, den Krücken und dem gefälschten Arztbericht sollte«, sagte Benthien scharf.

Behr zuckte die Achseln. »Ich gebe ja zu, dass ich hier auf Sylt war. Ursprünglich wollten Elena und ich am 22. nach Belgien fahren. Aber dann fuhr Elena allein, und ich beschloss, doch noch mal mit Kirsten zu reden. Mann, das müssen Sie verstehen, ich stehe kurz vor der Pleite! Ich wollte Kirsten fragen, ob sie nicht ihre Lebensversicherung beleihen könnte, ich hätte es ihr ja früher oder später zurückgezahlt. Deshalb habe ich mich kurzfristig dazu entschlossen, ihr nach Sylt hinterherzufahren. Kirsten ist ja ein verständiger Mensch. Ich habe gehofft …«

»Und das, obwohl Sie Ihre Frau immer wieder misshandelt haben?«

»Das ist nicht wahr! Wer das sagt, der lügt. Kirsten ist damals die Treppe zum Garten hinuntergestürzt, damit hatte ich nichts zu tun!«

»Ja, lassen wir das«, kommentierte Fitzen sarkastisch. »Dafür erzählen Sie uns jetzt einmal ganz ausführlich und der Reihe nach, was sich vor ein paar Tagen hier abgespielt hat. Auf geht's!«

Behr warf ihm einen wütenden Blick zu. »Ich bin Freitagabend von Flensburg nach Westerland gefahren, mit Bus und Zug, denn Elena war ja mit dem Auto unterwegs. Ich dachte natürlich, dass Kirsten wieder bei ihren Busenfreundinnen übernachtet, wie immer, wenn sie auf Sylt war, deshalb bin ich zu deren Wohnung gestiefelt. Dass die Ashburys verschwunden waren, wusste ich ja nicht. Zu meinem Erstaunen traf ich Kirsten vor der Tür der Ashburys an.«

»Was machte Ihre Frau dort?«, fragte Benthien.

»Was?« Behr war irritiert. »Keine Ahnung, sie klopfte und klingelte und rief nach Agnes und Alina.«

»Ich dachte, Ihre Frau hätte einen Schlüssel zu der Wohnung?«

»Den hatte sie offenbar in der Eile in Flensburg vergessen«, erklärte Behr. »Jedenfalls, sie machte sich Sorgen, weil sie die beiden seit Tagen nicht erreichen konnte. Als sie mich sah, war sie ziemlich ärgerlich, aber dann gingen wir in ihre Ferienwohnung und ich machte ihr den Vorschlag mit der Versicherung.« Behr verstummte.

»Und dann?«, drängte Fitzen.

»Lassen Sie mich raten«, sagte Benthien, »es gab Streit, denn Ihre Frau dachte natürlich nicht daran, ihre Lebensversicherung zu beleihen.«

»Sie sagen es!« Michael Behr wischte sich über die schweißnasse Stirn. »Trotzdem, wir haben uns wie zivilisierte Menschen benommen und sind friedlich zusammen essen gegangen. Danach bin ich nochmal mit zu ihr, aber sie wollte nicht, dass ich in der Wohnung übernachte, und so habe ich eine Kneipentour gemacht. Um halb fünf bin ich in die Nord-Ostsee-Bahn gestiegen und nach Hamburg gefahren. Von dort bin ich nach Brüssel geflogen, wo Elena mich dann abgeholt hat.«

»Und wieso kamen Sie auf die Schnapsidee, den Arztbericht vom letzten Jahr mit einem falschen Datum zu versehen?«, fragte Fitzen streng.

»Kapieren Sie das nicht? Meine Frau ist nur wenige Stunden, nachdem ich mich von ihr getrennt hatte, ermordet worden. Ich hatte Streit mit ihr, ich hatte ein Motiv, und ich war vor Ort gewesen. Ich hatte Angst, Mann! Aber immerhin habe ich auch so was wie ein Alibi.« Er holte einen Zettel aus seiner Hosentasche. »Hier habe ich aufgeschrieben, in welchen Kneipen ich war. Dort kann man sich wahrscheinlich noch an mich erinnern.«

Benthien schob das Blatt Papier zurück. »Ihr Alibi ist nicht allzu viel wert, Herr Behr, denn es wird wohl kaum lückenlos sein. Sie bleiben auf jeden Fall erst einmal hier bei uns!«

»Und jetzt?«, fragte Fitzen. »Zu Greve?«

»Ja, gleich. Ich möchte vorher aber noch einmal mit dem Hausmeister der Ashburys sprechen. Er scheint die Zwillinge doch ganz gut gekannt zu haben. Vielleicht weiß er etwas, von dem er gar nicht weiß, dass er es weiß.«

Doch der junge Hausmeister war in dem Gebäudekomplex, der von der Anlage her an eine riesige Bienenwabe erinnerte, nicht zu finden. »Sein Büro scheint immer offen zu stehen«, wunderte sich Fitzen, »dabei wohnt er doch hier. Anscheinend kann hier jeder nach Belieben ein- und ausgehen.« Sie riefen nach Börnsen, der vielleicht in einem der Kellerräume steckte, doch auch dort war er nicht zu finden. Benthien als alter Büchernarr angelte nach einem der Bände, der obenauf in einer der Bücherkisten lag. Es war eine alte Ausgabe von Melvilles *Moby Dick*.

»Scheint nicht ganz wertlos zu sein, dieser alte Schmöker hier«, sagte er überrascht und blätterte darin. Jemand hatte mit ungelenker Kinderschrift folgenden Spruch auf das Deckblatt geschrieben: »Dieses Buch gehört Jan Börnsen. Wenn es wegläuft, gib ihm eine Ohrfeige und bring es zurück.«

»Hallo?«, sagte eine ungeduldige Stimme von der Tür her. »Finde ich hier den Hausmeister? Könnten Sie unser Gepäck nach oben bringen?«

»Bedaure, nein«, sagte Fitzen und drängte sich an dem wohlbeleibten Herrn vorbei. »Das müssen Sie schon selber machen. – Jetzt zu Greve?«

Benthien nickte. Doch Cornelius Greve war nicht in seinem Apartment, und ein Anruf erbrachte, dass er nicht zu seinem Dienst am Strand erschienen war.

»Seit er erfahren hat, was mit den Ashburys passiert ist, habe ich ihn nicht mehr gesehen«, sagte Elmar Siepe, als er ihnen die Tür zu Greves Wohnung aufschloss.

Eine schnelle Durchsuchung ergab, dass ein Koffer, den sie bei ihrem ersten Besuch bemerkt hatten, verschwunden war, ebenso wie fast alle persönlichen Gegenstände, die Toilettenartikel und viele Kleidungsstücke. Greve hatte offenbar die Insel fluchtartig verlassen.

»Fahndung«, kommandierte Benthien, während Fitzen bereits telefonierte.

»Könnte auch eine Schockreaktion sein«, meinte Fitzen nach dem Telefonat.

»Völlig egal, wir müssen mit dem Kerl sprechen, jetzt dringender denn je«, kommentierte Benthien grimmig.

Ihre Augen waren gerötet, die Lider vom Weinen geschwollen, doch als sie Lilly erblickte, stahl sich ein verhaltenes Lächeln auf ihre eingefallenen Wangen.

»Wie lieb, dass Sie mich besuchen«, sagte die alte Frau und bot Lilly einen Sessel auf dem Balkon an, auf dem ein erfrischendes Lüftchen wehte. Am Strand herrschte reger Betrieb; das Meer war flaschengrün und rollte in recht anständigen Wellen ans Ufer. Frau Nonnenmacher manövrierte ihren Rollstuhl geschickt neben Lillys Stuhl.

»Wären Sie so lieb, meine Liebe, und würden uns etwas zu trinken holen? Und ein paar Kekse, die liegen auf der Anrichte. Ich habe Kaffee da und im Kühlschrank ein paar kalte Getränke, suchen Sie sich was aus.«

Nachdem Lilly mit einer Tasse Kaffee, einem Glas Cola und ein paar Leibniz-Keksen zurück war, tranken sie in einträchtigem Schweigen und betrachteten das Treiben am Strand.

»Ich kann es immer noch nicht fassen«, sagte die alte Frau schließlich. »Hat es auf Sylt jemals solch eine Mordserie gegeben? Wer tut denn so etwas Schreckliches?«

Lilly legte der alten Dame die Hand auf den Arm. »Ich kann es Ihnen nicht sagen, und ich dürfte es auch gar nicht. Wie gut kannten Sie die Ashburys denn?«

»Wir haben uns angefreundet. Als sie gesehen haben, dass ich nicht so mobil bin, haben sie mich ab und zu spazieren gefahren. Ich hatte den Eindruck, dass sie sehr einsam waren. Sie hatten keine wirklichen Freunde hier und taten sich schwer damit, Anschluss zu finden. Aber mit mir haben sie sich immer gerne unterhalten.«

»Wohnen Sie ständig hier?«

Frau Nonnenmacher lachte. »Schön wär's. Aber das könnte ich mir gar nicht leisten. Nein, ich hatte in den letzten Monaten eine wahre Pechsträhne. Zuerst hat mich mein Mann verlassen – natürlich wegen einer Anderen, Jüngeren –, dann gab es einen Wasserrohrbruch in meinem Haus, und zu guter Letzt bin ich über ein paar Kabel gestolpert und habe mir einen Oberschenkelhalsbruch zugezogen. Deshalb der Rollstuhl. Allerdings geht es nun langsam aufwärts. Mein Sohn kümmert sich um die Reparaturarbeiten, und mich hat er hier einquartiert, damit ich mich in der guten Nordseeluft erhole. Eigentlich wohne ich im Harz, in einem kleinen Ort in der Nähe von Osterode.« Sie lächelte wehmütig. »Und dann habe ich hier so eine nette Gesellschaft gefunden. Die beiden waren wie zwei Töchter für mich. Sie hatten ja auch keine Eltern mehr – vielleicht haben sie in mir so eine Art Ersatztante gesehen.«

Gerade als Lilly sich fragte, welche gemeinsamen Themen die alte Dame und die beiden jungen Frauen wohl gehabt haben mochten, fuhr Frau Nonnenmacher lebhaft fort: »Haben Sie schon mal Ahnenforschung betrieben? Nein? Das ist faszinierend, sage ich Ihnen. Es gibt da eine Website, da meldet man sich an und kann sofort loslegen. Mein Sohn hat mir gezeigt, wie das geht. Und was meinen Sie, was ich herausgefunden habe?«

Lilly tat ihr den Gefallen. »Was denn?«

Die alte Frau strahlte. »Ich habe einen Cousin gefunden, der in den 50er Jahren mit seiner Familie nach Kanada ausgewandert ist. Er wiederum hat eine Australierin geheiratet und ist mit ihr nach Queensland gezogen. Ich dachte, er wäre längst tot, aber er lebt dort heute noch … Vor ein paar Jahren haben wir ihn besucht, ich und mein Sohn. Die Mädchen haben sich riesig gefreut, als ich ihnen von unserem Besuch in Australien erzählte und sie mit mir von ihrer Heimat sprechen konnten. Ich glaube«, setzte sie hinzu, »sie haben ihr Heimweh nie ganz überwunden. Aber sie haben sich nie beklagt, das muss ich sagen.«

»Sie hatten ja auch zwei glühende Verehrer hier auf der Insel, habe ich gehört?«

»Ach ja, der junge Mann«, sagte Hedwig Nonnenmacher

verächtlich, »der war hinter Alina her wie der Teufel hinter der armen Seele. Aber wenn Sie mich fragen, der hatte es in erster Linie auf ihr Geld abgesehen. Da war der ältere Herr schon ein anderes Kaliber. Der hat Agnes richtig den Hof gemacht, obwohl er verheiratet war. Einmal ist seine Frau hier aufgetaucht und hat einen Affenzirkus veranstaltet.«

»Was hat sie getan?«, fragte Lilly gespannt.

»Sie wollte in die Wohnung gelassen werden, weil sie dachte, ihr Mann wäre dort mit Agnes zugange … na, Sie wissen schon, was ich meine. Aber niemand hat aufgemacht. Da hat sie auf dem Flur rumgeschrien und gegen die Tür gehämmert. Das halbe Haus ist zusammengelaufen. Als der Hausmeister kam, hat er das Apartment aufgeschlossen – er wusste wohl, dass niemand drin war –, nur damit endlich Ruhe herrschte. Soviel ich weiß, hat sie später Hausverbot erhalten.«

»Also gab es einige Unruhe durch die Ashburys im Haus?«

Hedwig schüttelte den Kopf mit den sorgfältig gelegten grauen Löckchen. »Eigentlich nicht. Sie galten zwar als Prominente – hier gibt es so einige im Haus, vor allem Möchtegern-VIPs –, aber die Mädchen waren doch sehr bescheiden und haben nie ein Aufsehen um ihre Person gemacht. Ich kann mich nur noch an einen Abend erinnern, als es unangenehm wurde; da kam so ein widerlicher Reporter, der immer hinter den Mädels her war und sie belästigte. Agnes, die ja immer alles gütlich regeln wollte, hat ihn hereingelassen, aber dann wurde er wohl aufdringlich oder handgreiflich und sie hat meinen … ja, sie hat dann um Hilfe gerufen, und letztendlich wurde auch er aus dem Haus geschmissen. Er hat gottsjämmerlich geflucht, als er ging, und den Mädchen gedroht, dass der ganze Schwindel irgendwann auffliegen werde, sie würden schon sehen. Ein schrecklicher Mensch!«

»Haben Agnes und Alina Ihnen erzählt, worum es dabei ging?«

»Nein. Sie waren, was ihr Buch und alle geschäftlichen Dinge anging, immer sehr zurückhaltend.«

Lilly konnte sich die Frage nicht verkneifen. »Haben Sie das Buch jemals gelesen?«

Die alte Dame wurde rot. »Nein, das wollte ich mir nicht antun. Wissen Sie, wenn man die Leute persönlich kennt, ist das so, als würde man in ihre Intimsphäre eindringen.«

Wenn ich groß bin ...

Wolle:
... will ich jeden Tag auf einem Pferd reiten
Dude:
... will ich das Rennen Paris-Dakar gewinnen
Löffel:
... will ich zum Mond fliegen und dort hoch oben auf einem Berggipfel wohnen und auf die Erde gucken
Hasi:
... will ich berühmt sein

Lilly war gerade dabei, sich zu verabschieden und den Balkontisch abzuräumen, um der alten Frau Arbeit zu ersparen, als vom Flur laute Geräusche in die Wohnung drangen. »Aber das ist doch schon wieder ...«, rief Hedwig und schien aufspringen zu wollen, doch dann sank sie kraftlos in den Rollstuhl zurück.

»Ich sehe mal nach, was los ist«, sagte Lilly und lief zur Tür.

Auf dem Flur erkannte sie zu ihrem Erstaunen Sylvia Ingwersen, die mehrere Schlüsselbunde in der Hand hielt und verbissen versuchte, die Wohnungstür zur Ashbury-Wohnung aufzuschließen. Der Hausmeister, adrett in einen sauberen blauen Kittel gekleidet, schien mit allen Bemühungen, sie von diesem Vorhaben abzubringen, gescheitert.

»Erstens«, leierte er mit lauter Stimme herunter, »haben Sie hier Hausverbot, schon vergessen? Zweitens ist diese Wohnung versiegelt. Sie machen sich strafbar, wenn Sie sie aufbrechen.«

»Das will ich doch gar nicht!«, keuchte Sylvia Ingwersen. »Ich will doch nur sehen, ob mein Mann einen Schlüssel zu dieser Wohnung hatte.«

Lilly kam näher. »Und was haben Sie davon, wenn Sie das wissen?«

Überrascht trat Sylvia Ingwersen einen Schritt zurück. Börnsen atmete dagegen erleichtert auf, als er die Polizistin bemerkte.

Sylvia musterte sie hochmütig. »Dann weiß ich, dass mein Mann mich angelogen hat. Er behauptete nämlich, er hätte keinen Schlüssel zu der Wohnung der Ashburys. Aber das glaube ich ihm nicht.«

»Stecken Sie die Schlüssel ein«, ermahnte Lilly die Frau. »Wenn hier einer die Tür öffnet, ist es die Polizei!«

»Wann«, fragte Börnsen geradezu schüchtern, »kann die Wohnung ausgeräumt werden? Der Eigentümer wird sie wieder vermieten wollen.«

»Tut mir leid, vorläufig bleibt die Wohnung noch versiegelt, bis unsere Ermittlungen abgeschlossen sind.«

Sylvia Ingwersen hatte sich inzwischen aufs Bitten verlegt. Sie müsse, sagte sie, unbedingt in die Wohnung, weil sie ein paar kostbare alte Bücher holen wollte, die ihr Mann den Ashburys geliehen hatte. »Nicht, dass die noch irgendwo verloren gehen!«

Lilly entschied sich, ihrem Wunsch nachzugeben. Sie war gespannt darauf, wie Sylvia Ingwersen auf die Wohnung reagieren würde. Immerhin würde sie dort ein Bild ihres Mannes finden.

Zuerst widmete sich Sylvia den Büchern in den Regalen. Sie wählte die vier Bücher aus, die ihrem Mann gehörten – was sie durch Namenseinträge sogar beweisen konnte –, dann entdeckte sie das Foto auf dem kleinen Schreibtisch, packte es in jäher Wut und schleuderte es auf den Boden, wo das Glas in ein Dutzend Scherben zersprang.

Börnsen suchte stumm Lillys Unterstützung. »Ich glaube, Sie gehen jetzt besser«, sagte er schließlich zu der Frau, deren Blicke noch immer angriffslustig durchs Zimmer schweiften.

»Was haben Sie hier eigentlich zu sagen?«, fuhr Sylvia ihn plötzlich an, »Sie sind doch nur der Hausmeister. Trotzdem sind Sie ständig um die beiden herumscharwenzelt und haben von ihnen profitiert, das weiß ich von meinem Mann!«

Jetzt wurde Börnsen energisch, von seinem Teddybär-Charme war nicht mehr viel zu spüren. »Sie gehen jetzt, Frau Ingwersen, und Sie werden nicht mehr wiederkommen! Ich habe diesen Nachmittag frei und werde mit meiner Verlobten eine Theateraufführung besuchen, und Sie hindern mich nicht daran, indem Sie weiter Ärger machen!«

»Ihre Verlobte? Die schöne Apfelkönigin?«, höhnte Sylvia. »Das glauben Sie doch selbst nicht. Die guckt doch jemanden wie Sie nicht mal mit dem Hintern an.«

Wie auf Kommando erschien auf dem Flur ein zierliches blondes Mädchen mit einem hübschen, wenn auch stark geschminkten Gesicht, das Lilly anlächelte, Sylvia Ingwersen einen wütenden Blick zuwarf und sich an Börnsens Arm schmiegte.

»Hüten Sie mal Ihre vergiftete Zunge! Ist doch kein Wunder, wenn Ihr Mann seine Vergnügungen außer Haus sucht!«, fauchte die junge Frau zurück. Lilly fand es an der Zeit, einzugreifen. Sie schickte Sylvia Ingwersen nach Hause und bat auch den Hausmeister, der vor Ärger rot angelaufen war, die Wohnung zu verlassen. Börnsen verabschiedete sich höflich von Lilly, stellte ihr dann aber noch seine Verlobte vor: »Martina Lesch. Wir kennen uns seit der Schulzeit.« Er lächelte stolz. »Sollten Sie noch etwas brauchen, Frau Kommissarin, Sie finden mich unten im Keller, neben dem Fahrstuhl. Also heute wieder ab 18 Uhr.«

»Sind Sie eigentlich Tag und Nacht im Einsatz?«

Börnsen lachte und strich sich etwas verlegen über sein dichtes Stoppelhaar. »Das nicht gerade, aber an manchen Tagen habe ich Dienst bis 24 Uhr, dafür dann aber auch tagsüber mal frei. Ansonsten vertritt mich der Nachtportier.«

Bevor Lilly das Haus verließ, schaute sie noch einmal kurz bei Frau Nonnenmacher herein, die verständlicherweise wissen wollte, was auf dem Flur los gewesen war. »Wissen Sie, das ist hier eigentlich ein so ruhiges Haus – es sind ja auch nicht immer alle Wohnungen belegt –, dass man sich schon wundert, wenn so ein Radau auf dem Flur ist.« Neugierig sah Frau Nonnenmacher Lilly an, doch Lilly hütete sich, der alten Dame Details zu verraten.

»Ich muss leider gehen«, sagte Lilly. »Aber falls ich noch etwas für Sie tun kann?«

Ihr Blick streifte die Anrichte in der Küche. Wo waren die Kekse? Sie hatte sie auf den Tresen gelegt, damit die alte Frau sie erreichen konnte, aber jetzt lagen sie weiter oben im Regal?

»Ein bisschen Gesellschaft wäre nicht schlecht«, sagte Frau Nonnenmacher wehmütig, »man ist doch manchmal sehr alleine hier. Aber ich verstehe natürlich, meine Liebe, dass Sie Ihre Arbeit tun müssen und nicht stundenlang mit einer alten Frau plaudern können. Aber schauen Sie doch mal wieder rein, wenn Sie in der Nähe sind, ich würde mich freuen!«

Nachdem Benthien Michael Behr für die nächsten vierundzwanzig Stunden in eine Zelle verfrachtet hatte – so lange konnte er ihn festhalten –, führte er ein kurzes Gespräch mit Hinnerk Petering, während sie sich auf einer der zahlreichen Bistroterrassen ein alkoholfreies Bier gönnten.

»Hinnerk, du kennst hier in Westerland doch jeden Stein und jedes Sandkorn. Erzähl mal. Was weißt du über Holger Chrobak? Er ist Reporter und Fotograf. Freelancer. Wie mir scheint, eine ziemlich zwielichtige Figur.«

»Ist das einer eurer Verdächtigen?« Hinnerk schüttelte seinen Rotschopf. »Den seh ich nicht im Rennen. Er trinkt hin und wieder einen über den Durst und wird dann auch mal laut, hat auch schon mal randaliert, als er aus einem der Clubs geschmissen wurde, aber im Grunde ist er ein Hanswurst. Er legt sich nur dann mit jemandem an, wenn er mit Freunden in der Überzahl ist. Dass er sich an drei gestandene Frauen heranwagt, halte ich für ausgeschlossen. Was soll er denn für ein Motiv gehabt haben?«

Benthien blickte tiefsinnig in sein Glas. »Keine Ahnung, wir sondieren noch, Hinnerk. Im Grunde fischen wir im Trüben, deswegen brauche ich ja deine Hilfe. Was ist mit Cornelius Greve? Arbeitet am Strand als Aufsicht.«

»So ein Hübscher, Blonder mit beachtlichen Muckis? Kommt gut bei Frauen an, war hinter einer der beiden Ashburys her, habe ich gehört. Ja, mit dem gab's mal Ärger, ist aber schon 'ne Weile her. Eine Frau hat behauptet, er hätte sie am Strand sexuell belästigt. Greve wiederum sagte, er hätte sie in Gefahr geglaubt und deshalb aus dem Wasser geholt … an dem Tag gab es ziemlich hohe Wellen. Jedenfalls verlief die Sache dann im Sande, im wahrsten Sinn des Wortes. Hilft dir das weiter?«

Benthien grinste. »Kein bisschen. Was ist mit Elmar Siepe? Er ist Hausverwalter im Schering-Komplex, in dem Greve wohnt. Mürrischer Kerl, schon etwas älter, Mitte fünfzig?«

»Kenne ich nicht.«

»Jan Börnsen? Hausmeister im Wohnblock der Ashburys?«

»Dito. Mensch, John, ich kann doch nicht jedes Schäfchen auf dieser schönen Insel kennen!«

»Waldemar Ingwersen?«

Hinnerk nickte anerkennend. »Der hat mal meinen Hund behandelt, als er Gift gefressen hatte. Und hat ihn durchgebracht, das war schon eine tolle Leistung. Soll aber 'ne komische Frau haben.«

»Ja, und ich nehme stark an, dass er in Agnes Ashbury verliebt war. Was hältst du von ihm?«

»Du verdächtigst ihn doch nicht etwa?«

»Hinnerk!«

Der junge Polizist nahm einen tiefen Schluck aus seinem Glas. »Auf Ingwersen lasse ich nichts kommen, ist ein feiner Mann, John. Zurückhaltend, gibt nicht an, spendet hin und wieder für gute Zwecke. War auch ein toller Tierarzt, schade, dass er aufgehört hat.« Er überlegte. »Im Grunde haben er und Agnes Ashbury gut zueinander gepasst, trotz des Altersunterschieds. Sie waren beide ... wie soll ich sagen ... nicht so ganz von dieser Welt, verstehst du, für die zählten andere Werte als für die meisten von uns. Ausgehen, Leute treffen, gesehen werden, Partys, Remmidemmi, sich amüsieren, das war nichts für die beiden. Die saßen lieber am Strand und lasen sich Gedichte vor oder erzählten sich was. Auf eine gewisse Weise waren sie ... altmodisch. Alle beide. Aber warum rede ich eigentlich in der Vergangenheit von ihnen? Zumindest Ingwersen ist ja noch am Leben!«

Benthien sagte leise: »Ich habe den Eindruck, der Tod von Agnes hat ihm einen schweren Schlag versetzt.«

Wieder einmal beschloss Benthien, Waldemar Ingwersen aufzusuchen, zumal er von Tommy Fitzen, der inzwischen wieder nach List ins alte Friesenhaus zurückgekehrt war, eine interessante Neuigkeit erfahren hatte. Auch mit Lilly hatte er telefoniert, die ebenfalls auf dem Rückweg war. In dem improvisierten Büro in Benthiens Esszimmer gab es für die beiden genügend zu tun. Überdies hatten Juri und die KTU in Kürze neue Informationen angekündigt.

Als Benthien Ingwersens Haus in Archsum betrachtete, kam ihm unwillkürlich der Gedanke, dass dies eigentlich ein sehr geeigneter Ort wäre, um zwei Frauen über mehrere Tage hinweg gefangen zu halten. Es stand allein, der nächste Nachbar war einige hundert Meter entfernt, und Schreie würden schwerlich zu hören sein.

Hatte sich Sylvia Ingwersen aus Eifersucht dazu hinreißen lassen, die beiden Frauen zu entführen? Und sich dann nicht anders zu helfen gewusst, als sie zu töten? Und wusste Ingwersen Bescheid und schützte seine Frau? Benthien schüttelte den Kopf. Egal, was Lilly erzählt hatte, egal, wie seltsam Frau Ingwersen sich verhalten hatte, diese Version entbehrte jeglicher Logik. Es hatte keinen Sinn, mit Gewalt eine Lösung konstruieren zu wollen. Er hatte noch immer zu wenige Fakten, zu viele Fragen waren offen, es fehlte einfach der rote Faden. Vielleicht half ihm ein weiteres Gespräch mit Ingwersen weiter.

Benthien fand ihn, wie vermutet, im Garten.

Ingwersen empfing ihn stumm, doch so vertraut, als wäre er ein alter Freund. Benthien setzte sich zu dem Mann an den Tisch. Eine Weile schwiegen sie, während Ingwersen ihm ein Glas und eine Flasche Wasser kredenzte. Benthien nahm einen Schluck.

»Ich würde Sie gerne noch einmal zu Agnes befragen. Haben Sie jemals mit ihr über den Inhalt ihres Buches gesprochen? Über das, was sie und ihre Schwester damals in Marrakesch und in Ägypten erlebt haben?«

Ingwersen musterte angelegentlich den Rasen im Garten, der langsam anfing, braun zu werden. »Nein«, sagte er, »niemals. Diese Geschichten haben wir nie berührt.«

»Sie haben sie nie danach gefragt?«

»Ich habe angenommen, das Thema wäre ihr und ihrer

Schwester peinlich. Wenn die beiden aus ihrem Buch vorlesen mussten – sie taten es immer abwechselnd –, wählten sie meist den Anfang, die Zeit, als sie mit ihren Eltern nach Kairo gezogen sind. Ausflüge zu den Pyramiden, die Sehenswürdigkeiten der Stadt, Schulalltag, solche Dinge eben. Alles andere … wurde außen vor gelassen.«

Dann konnten die Lesungen nicht allzu lange gedauert haben, dachte Benthien. Denn die schlüpfrigen Passagen nahmen doch wohl den größten Raum dieses Buches ein.

Wieder verfielen sie in ein einträchtiges Schweigen, bis Benthien wie beiläufig äußerte: »Wie haben Sie eigentlich die Tatsache aufgenommen, dass Agnes und ihre Schwester wieder nach Australien zurückkehren wollten? Und zwar schon in wenigen Tagen?«

Ingwersens Kopf ruckte nach oben. »Was sagen Sie da? Wie kommen Sie auf die Idee? Das ist doch Blödsinn!«

»Oh nein, das ist kein Blödsinn. Wir haben ein Schreiben gefunden, in dem Agnes einer Freundin mitteilt, dass sie in wenigen Tagen wieder zurück in Alice Springs sein werden. Genauer gesagt, am 25. Juni wollten sie dort ankommen. Ihren Flug hatten sie für den 24. gebucht.«

Ingwersen sprang wie von der Tarantel gestochen auf. »Niemals! Niemals hätte Agnes mir das angetan! Sie wäre nicht heimlich von der Insel verschwunden, ohne mich darüber zu informieren. So war Agnes nicht. Und warum hätten sie auch zurückkehren sollen? Für immer? Vielleicht«, langsam beruhigte er sich wieder, »wollten sie Urlaub machen, alte Freunde besuchen, das ist ja verständlich.« Er fuhr sich mit einem nicht sehr sauberen Taschentuch über die Stirn. »Aber für immer? Niemals! Da muss jemand etwas falsch verstanden haben!«

»Sie hatten beide ein One-Way-Ticket«, sagte Benthien ruhig, »ein Ticket of no return. Aber offensichtlich wussten Sie das nicht.«

Ingwersen konnte ihn nur stumm anstarren. Immer wieder murmelte er vor sich hin, dass Agnes ihm das niemals angetan hätte.

»Hatten Sie ein Verhältnis mit Agnes Ashbury?«, fragte Benthien rundheraus.

Ingwersen, aus seinen Gedanken gerissen, sah ihn verstört an. »Meine Frau dachte es, aber nein, nein, so weit ist es nicht gekommen. – Das war auch nicht so wichtig«, fuhr er erregt fort, »es war zweitrangig, verstehen Sie? Viel wichtiger war uns etwas ganz anderes, früher hätte man es Seelenverwandtschaft genannt. Wissen Sie, wovon ich spreche? Es ist so selten im Leben, dass man solch einen Menschen findet. ... Nein, ich bin sicher, Agnes wollte mich nicht verlassen.« Er schien über das One-Way-Ticket nicht hinwegzukommen.

»Wo ist Ihre Frau zur Zeit?«, fragte Benthien.

»Weg«, sagte Ingwersen gleichgültig. »Sie hat sich angewöhnt, in der Gegend herumzufahren. Aber zum Essen wird sie wieder zurück sein, das ist sie immer.«

»Ich würde mir gern mal Ihr Haus ansehen. Würden Sie es mir zeigen?«

In Ingwersens Augen blitzte es spöttisch, aber er stand ohne ein weiteres Wort auf. »Machen Sie, was Sie wollen, das ist mir so was von egal ...«

Das Haus war gepflegt, aber weder stylisch noch besonders modern, sondern vor allem nützlich und bequem eingerichtet. Unten gab es zwei ineinander übergehende Zimmer, eine Küche und ein Gäste-WC, im oberen Stockwerk zwei Schlafzimmer, ein Bad und einen kleinen Raum, aus dem Sylvia Ingwersen ein Bügel- und Wäschezimmer gemacht hatte.

»Den Keller wollen Sie doch wohl auch noch sehen«, sagte Ingwersen ironisch und führte Benthien nach unten. Der Keller bestand aus einem einzigen gemauerten Raum und war bis auf die Heizungsanlage, ein paar ausrangierte Möbel und genügend Brennholz, um über einen langen Winter zu kommen, aufgeräumt und leer.

»Und wo hatten Sie Ihre Arztpraxis?«

»Sie war im Anbau, aber den habe ich abreißen lassen, dafür ist jetzt der Garten größer«, antwortete Ingwersen lakonisch. »Glauben Sie wirklich, meine Frau oder ich hätten die armen Frauen entführt und hier gefangen gehalten?«

Den Nachmittag verbrachten Benthien, Lilly und Fitzen im improvisierten Esszimmer-Büro in Benthiens Haus auf einer Düne in List. »Tja, dann werde ich mich mal an Chrobaks Fotos machen«, stöhnte Benthien und steckte den USB-Stick des Fotografen in seinen Laptop. »Irgendetwas ist faul an diesem Kerl.«

»Wir hätten seine Wohnung filzen sollen«, meinte Fitzen.

Benthien sah auf. »Und mit welcher Begründung? Dafür hätten wir nie eine Genehmigung bekommen.«

»Er könnte die Ashburys in seiner Wohnung gefangen gehalten und getötet haben. Vielleicht hätte man Blutspuren gefunden.«

»Wie gesagt, es gab keinen Grund für einen Durchsuchungsbeschluss, Tommy, das weißt du genau!«

»Vielleicht ist er ja dieser Erbe Elias Wallroth«, meinte Lilly spöttisch mit Blick auf Fitzen, aber der schüttelte nur den Kopf.

»Den habe ich inzwischen überprüft«, sagte er ganz ernsthaft. »Er ist ein alter Mann, über achtzig und herzkrank. Der arme Kerl wird sich seines Reichtums nicht lange erfreuen können, nehme ich mal an, aber vielleicht erleichtert er ihm seine letzten Tage. Ich habe mit seinem Arzt telefoniert, sehr freundlicher Mensch und relativ auskunftsfreudig, trotz der späten Uhrzeit. – In Queensland ist es jetzt nach Mitternacht«, fügte er hinzu. »Der alte Elias ist übrigens deutscher Abstammung, hat als Kind im Elsass gelebt, bevor er mit seinen Eltern ausgewandert ist.«

»Nach Kanada?«, fragte Lilly, nach dem Gespräch mit Hedwig Nonnenmacher plötzlich hellhörig geworden.

»Nein, nach Neuseeland. Sein Vater hat sich dort eine Schaffarm gekauft.«

Für einen kurzen Augenblick gönnte sich Benthien den Luxus, sich vorzustellen, selbst auf einer Schaffarm in Neuseeland zu leben, abends auf der Terrasse zu sitzen, über welliges Weideland zu blicken und die ländliche Ruhe und Stille zu genießen. Und eine Art Sehnsucht überkam ihn, ein Hauch von Unwirklichkeit. Lillys Stimme holte ihn in die Gegenwart zurück.

»Also können wir Wallroth als Mörder vergessen!«

»Aber vielleicht hat er jemanden geschickt?« Fitzen gab nicht auf. »Chrobak vielleicht?«

Benthien warf ihm einen genervten Blick zu. »Was ist eigentlich mit den Spuren und Fingerabdrücken aus der Ferienwohnung von Kirsten Behr?«

Fitzen stand auf und reckte sich. »Das Fax von der KTU muss vorhin gekommen sein. Hatte noch keine Zeit, es anzusehen.«

Er holte es und vertiefte sich in den Text. »Man hat herausgefunden, dass die drei Zitate alle auf demselben Laserdrucker gedruckt wurden, ein altes Modell, aber die Marke konnte man nicht feststellen. In Behrs Wohnung gab es viele Fingerabdrücke, aber keine, die wir kennen, also keine von Chrobak und Greve. Auch keinerlei Blutspuren. Aber, das ist interessant!« Triumphierend sah er auf. »In der Wohnung der Ashburys fand man die Fingerabdrücke von Holger Chrobak! Sieh an, sieh an, und da hat dieser Kerl doch behauptet, er habe die Ashburys zuletzt vor drei Wochen gesehen und niemals näheren persönlichen Kontakt zu ihnen gehabt! Was für ein Lügenbolzen!«

Benthien machte sich eine Notiz. »Chrobak ist morgen dran! Vielleicht bekommen wir dann doch noch einen Durchsuchungsbeschluss für seine Wohnung. Gibt es was Neues über Cornelius Greve?«

Fitzen schüttelte den Kopf. »Nein. Hinnerk hat herausgefunden, dass Greve am Montagabend mit seinem Wagen die Insel verlassen hat. In seiner Studentenbude in Göttingen wurde er seit Wochen nicht gesehen. Auch seine Eltern und Freunde wissen nicht, wo er steckt. Die Eltern meinten allerdings, dass er so geschockt war über den plötzlichen Tod von Alina – er hatte mit ihnen telefoniert –, dass man so eine Kurzschlusshandlung bei ihm erwarten konnte. Sie glauben, dass er sich an einen einsamen Ort zurückgezogen hat, an dem er seine Wunden lecken kann. Aber sie sind überzeugt, dass er über kurz oder lang wieder auftauchen wird.«

»Wäre schön, wenn ich diese Überzeugung teilen könnte«, meinte Benthien trocken. »Wissen sie denn auch, wo dieser einsame Ort der Besinnung und des Trostes sein könnte?«

»Offenbar nicht, sonst hätten sie es uns wohl mitgeteilt.«

»Er wird sich doch nichts angetan haben?«, meinte Lilly besorgt.

»Auf jeden Fall muss weiter mit Hochdruck nach ihm gefahndet werden«, sagte Benthien grimmig.

Dann widmete er sich wieder Chrobaks Fotos. Hauptsächlich hatte er sich wohl als Paparazzo betätigt und neben den Ashburys auch noch viele andere Promis und Möchtegern-VIPs fotografiert. Gelangweilt ließ Benthien die wenig aussagekräftigen Bilder an sich vorbeirauschen, bis er auf ein Foto stieß, das er kannte und erst kürzlich gesehen hatte. Dabei fiel ihm etwas auf, das er das erste Mal nicht gesehen hatte, nicht hatte sehen können. Er zoomte einen bestimmten Ausschnitt so groß heran wie eben möglich.

Am Abend wehte endlich ein laues Lüftchen. Ben hatte es sich mit einem Barolo und der »Geschichte von zwei Städten« auf der Dünenterrasse bequem gemacht, sein Sohn hielt sich mit spitzen Fingern *Gefangen im Harem* vor die Nase, spöttisch beäugt von seinem Vater. »Und, wie gefällt es dir?«

Benthien musterte ihn streng durch seine Lesebrille. »Mein Lieber, ich lese das hier beileibe nicht zum Vergnügen. Ich versuche einfach nur herauszufinden, was die Ashburys dazu bewogen hat, solch eine Geschichte aufzuschreiben. Ich tappe da noch völlig im Dunkeln. Und du weißt ja, je besser man die Opfer kennt ...«

»Na, dann noch viel Spaß, mein Junge.«

Fitzen hatte auf jeden Fall den besseren Part erwischt. Statt zu arbeiten, skypte er mit den Urlaubern am Gardasee. Benthien war beinahe erleichtert, als Fitzen ihn hereinrief. »Karin will dich sprechen!« Obwohl Karin zeitweise auch ganz schön anstrengend sein konnte.

Lilly war noch nicht in ihre Pension zurückgekehrt, sondern saß gedankenverloren an dem großen Tisch in Benthiens Esszimmer vor ihrem Laptop und scrollte hin und her. Sie war unentschlossen, was sie tun sollte. Sollte sie wirklich die alte Frau überprüfen? Und wie gründlich sollte sie dabei vorgehen? Im Polizeiregister war sie nicht aufgeführt, sie hatte sich nie etwas zuschulden kommen lassen. Aber war sie eine Betrügerin? Betrog sie die Krankenkasse? Aber wie, und was hatte sie davon, wenn sie jedem vormachte, dass sie kaum gehen könne, wenn sie es in Wirklichkeit sehr gut konnte?

Alles, was Lilly bisher herausgefunden hatte, war, dass sie tatsächlich in Osterode wohnte und dort ein kleines Haus besaß, das kurz vor der Zwangsversteigerung stand. Offenbar konnte sie die Hypothek nicht mehr bedienen. Lilly erinnerte sich, dass sie von einer Scheidung gesprochen hatte. Vielleicht war die der Grund für die finanzielle Schieflage. Allerdings wunderte sich Lilly, dass Hedwig Nonnenmacher dann Geld für einen Sylt-Aufenthalt besaß. Aber vielleicht hatte ja der Sohn etwas spendiert. Dass Hedwig einen Sohn besaß, hatte sie allerdings bisher nicht feststellen können.

Als Benthien das Zimmer betrat, entschloss sich Lilly, mit ihm die Sache zu besprechen. Doch Benthien zeigte sich wenig überrascht, sobald er begriff, worum es ging. »Hedwig Nonnenmacher muss auf jeden Fall überprüft werden, ich habe das bereits angeleiert«, sagte er zu Lillys Erstaunen. »Juri und Kollegen aus Osterode arbeiten daran. Sie haben auch Siegfried Nonnenmacher ausfindig gemacht und werden ihn befragen, nur so zur Sicherheit.«

»Du glaubst also, sie hat etwas mit unseren Mordfällen zu tun? Diese alte Frau?«

»Lilly, sie war zu dicht an den Ashburys dran, um nicht überprüft zu werden. Und so alt ist sie ja nun auch nicht, sie wirkt nur etwas gebrechlich durch ihren Sturz.«

»Meinst du«, fragte Lilly nachdenklich, »ich sollte noch mal ein bis zwei Stunden dranhängen und auf Hedwigs Spuren Ahnenforschung betreiben?«

»Um festzustellen, ob auch sie mit diesem Elias Wallroth verwandt ist? Und damit um zig Ecken herum auch mit den Ashburys?«

»Immerhin hat sie mir erzählt, dass sie vor einigen Jahren einen Verwandten in Australien besucht hat, der nach Kanada ausgewandert war.«

»Was ja nicht auf Wallroth zutrifft, wie wir wissen!«

Lilly klappte ihren Laptop wieder auf. »Ach was, ich habe ja sonst nichts zu tun!«

Wenn ich groß bin ...

Hasi:
... will ich jemanden mit goldenen Haaren heiraten
Wolle:
... will ich alte und kranke Leute pflegen und ihnen Geschichten erzählen, die sie ablenken
Löffel:
... will ich einen Hund haben
Dude:
... will ich in einem Solarflugzeug einmal um die ganze Welt fliegen

Mittwoch, 29. Juni, 12:23 Uhr

»Was machen wir mit Michael Behr?«, fragte Lilly am nächsten Tag, als sie wieder ins Zimmer trat. Es war drinnen so heiß wie draußen, sodass sie sich auf der Terrasse eine halbe Flasche Wasser über den Kopf gegossen hatte, anders war es nicht auszuhalten. Auch Benthien und Fitzen stöhnten.

»Steht dein Vater jetzt wirklich in der Küche und macht Essen für uns?«, klagte Fitzen. »Ich glaube kaum, dass ich was Warmes runterbringen kann.«

»Ich schon«, erwiderte Benthien. »Ich habe Hunger! Er macht wunderbare Frikadellen und einen schönen frischen Salat.« Dann ging er auf Lillys Frage ein. »Während du draußen eine Dusche genommen hast, haben wir beide gearbeitet«, sagte er in einem gespielt tadelnden Ton und grinste. »Wir, beziehungsweise ich, habe mit unserem unbezahlbaren Juri telefoniert. Der hat Behrs Alibi bestätigt. Er hat tatsächlich am Samstagmorgen gegen 10 Uhr in Hamburg ein Flugzeug nach Brüssel genommen, von wo seine Freundin ihn abgeholt hat. Ein Telefonat mit der Vermieterin des Ferienhauses hat ergeben, dass er am Nachmittag tatsächlich dort aufgetaucht ist, sie hat ihn gesehen und mit ihm gesprochen.«

»Wir werden ihn entlassen müssen«, ergänzte Fitzen bedauernd. »Hinnerk ist gerade dabei.«

»Schade«, sagte Lilly. »Er hatte so ein schönes, klares Motiv. Könnte er seine Frau nicht umgebracht haben, bevor er morgens um halb fünf in den Zug gestiegen ist? Nein, das konnte er wohl nicht«, verbesserte sie sich gleich selbst, »für eine Vergiftung – das Gift musste ja auch erst wirken –, die Verstümmelung und den Transport der Leiche an den Strand hatte er dann wohl doch zu wenig Zeit. Und wer sollte danach die Ashburys auf dieselbe Art und Weise umgebracht haben? Nein, das passt alles hinten und vorne nicht. – Sag mal, hat Juri schon etwas darüber rausgefunden, wen die Nonnenmacher damals in Queensland besucht hat?«

»Lass ihm doch etwas Zeit, Lilly. Er ist noch dabei!«

»Dafür ist heute unser höchst ominöser Holger Chrobak dran«, verkündete Fitzen freudig, »ich habe ihn gerade überprüft. Hinnerk hat recht, er prügelt sich gern, wenn er genügend getrunken hat, und legt sich dann auch mit der Polizei an. Allerdings hat er noch nie jemanden ernsthaft verletzt, nur mal seinem Cousin den Kiefer gebrochen.«

»Na dann«, sagte Lilly ironisch. »Das ist ja harmlos.« Sie wandte sich an Benthien. »Was ist mit dem Buch? Hast du es gestern noch ausgelesen? Sollen wir dir auch noch den zweiten Band kaufen?«

Benthien warf ihr einen gequälten Blick zu. »Manchmal kann man mich gar nicht ausreichend bezahlen für das, was ich tun muss. Sag mal, ist dieser gelbe Zettel noch hier irgendwo?«

»Der mit den Adressen der Bücherfans? Natürlich. Aber die habe ich alle durch. Sie hatten keine weitere Beziehung zu den Zwillingen, sie haben nur jeweils ein Buch bei der Verlosung gewonnen.«

»Egal. Gib ihn mal her.«

»John, vergiss nicht, wir haben noch einen möglichen Erpresser«, mahnte Fitzen. »Wir müssen herausfinden, wohin der größte Teil der Tantiemen gewandert ist, den die Ashburys von ihrem Konto in bar abgehoben haben – und die Stelle des Drohbriefschreibers ist auch noch vakant. Wir sollten uns besser mit diesen Dingen beschäftigen als mit alten Schmierzetteln!«

»Chrobak?« Halb im Scherz, halb im Ernst warf Lilly den Namen des Journalisten in die Runde, der nach Fitzens Ansicht ganz oben auf der Liste der Favoriten stand.

»Sehe ich auch so«, bestätigte Fitzen. »Wir sollten ihn schleunigst aufsuchen, sonst ist der auch noch weg.« Er hatte die letzten Worte immer lauter gesprochen und sich dabei dicht zu Benthiens Ohren niedergebeugt.

Benthien schlug nach ihm wie nach einer lästigen Fliege. Er war immer noch in seinen gelben Zettel vertieft. Doch dann stand er auf, holte *Gefangen im Harem* von der Terrasse – Benthien hatte noch während des Frühstücks darin gelesen –, blätterte darin, sah augenscheinlich etwas nach, dann warf er das Buch auf den Tisch und rannte hinaus zum Wagen. »Los, kommt«, rief er ungeduldig, und Lilly und Fitzen sahen sich bedeutungsvoll an.

»Ich hoffe doch, wir fahren jetzt endlich zu Holger Chrobak?«, fragte Fitzen mit einem ganz leisen Hauch von Aggression in der Stimme.

»Aber ja doch, mein Lieber«, meinte Benthien, »bleib du mal ganz ruhig.« Er fuhr die Strecke nach Westerland in hanebüchenem Tempo, aber es stellte sich heraus, dass Chrobak nicht zu Hause war. Auch sein Auto war nirgends zu sehen.

»Der wird doch nicht auch von der Insel getürmt sein?«, fragte Fitzen wütend, gerade, als Benthiens Telefon klingelte. Lilly und Tommy hörten Juris Stimme am anderen Ende, aufgeregt, wie ihnen schien, doch sie konnten nichts verstehen. Als Benthien auflegte, war sein Gesicht hart und angespannt.

»Ein weiterer Bericht der KTU«, sagte er und biss die Zähne zusammen. »Wie es scheint, sind die Ashburys in ihrer eigenen Wohnung vergiftet und vielleicht sogar auch dort gefangen gehalten worden. Die KTU hat Flecken auf dem Teppich rund ums Bett gefunden, und es hat sich herausgestellt, dass es Flüssigkeiten waren, die erbrochen wurden. Wie es scheint, Saft und Kaffee – mit einer ordentlichen Portion Ketamin darin. Auf zur Ashbury-Wohnung.«

Mittwoch, 29. Juni, 13:41 Uhr

Dann aber fuhr er doch noch nicht los, sondern starrte über das Steuer hinweg auf eine auf Antik getrimmte Gipsstatue, die in dem Garten stand, vor dem sie parkten.

»Eingeschlafen?«, erkundigte sich Fitzen.

»Hätte mir nicht jemand kürzlich eine dumme, völlig sinnlose Lüge erzählt«, erklärte Benthien wie geistesabwesend, »wäre ich möglicherweise nicht so bald darauf gekommen, wer die drei Frauen getötet hat.« Damit startete er den Wagen.

»So weit würde ich nicht gehen«, sagte Fitzen. »Juri und die Kollegen haben doch alle gute Arbeit geleistet. Ich glaube nicht, dass wir schon jemals einen Mordfall so schnell aufgeklärt haben. Aber verrätst du uns auch, wer der Mörder ist, du Nase?«

Benthien antwortete nicht. Nach kurzer Fahrt brachte er den Wagen direkt vor dem Eingang des Bienenwaben-Hauses mit quietschenden Reifen zum Stehen. Ungeduldig wartete er auf den Fahrstuhl zum fünften Stock. So überlaufen Sylt zu sein schien, seit sich zu den üblichen Sommergästen auch noch Scharen von Journalisten gesellten, die die Insel nach den spektakulären Morden überfluteten, so still, leer und kühl war es hier im Haus. Offenbar hatte sich noch nicht herumgesprochen, wo die Schwestern gewohnt hatten. Oben vor der Ashbury-Wohnung angekommen, streckte Benthien die Hand nach dem Schlüssel aus.

»Was ist?«, fragte er, als Lilly nicht reagierte.

»Er ist in meiner anderen Tasche, sorry«, sagte sie kleinlaut.

»Fitzen, such den allgegenwärtigen Hausmeister, aber schnell«, sagte Benthien resigniert.

Fitzen verschwand brummend.

Während Lilly und Benthien in dem stillen, leeren Flur warteten, drang ein Geräusch an ihre Ohren, das im ersten Augenblick nur schwer einzuordnen war.

»Es kommt von nebenan«, sagte Benthien, während er angestrengt lauschte. Sie setzten sich in Bewegung. Nebenan, das war die Wohnung von Hedwig Nonnenmacher. Benthien, der klingelte und dann probeweise gegen die Tür stieß, bemerkte, dass sie nicht fest ins Schloss gedrückt worden war, denn sie öffnete sich lautlos.

Die Geräusche wurden lauter, und jetzt konnten sie sie auch zweifelsfrei identifizieren: Ein Mensch übergab sich heftig im Badezimmer.

Lilly rannte in die Wohnung und steuerte das Bad an, Benthien folgte ihr. Sie hatten Hedwig Nonnenmacher in hilfloser Lage erwartet, aber es war eine junge, blonde Frau, die kraftlos über dem Waschbecken hing. Nach näherem Hinsehen schien Lilly sie zu erkennen; sie drehte sich zu Benthien herum und informierte ihn flüsternd, dass die Frau Martina Lesch war, die Verlobte des Hausmeisters.

Martina hob ihr gerötetes, angestrengtes Gesicht. »Rufen Sie die Rettung«, keuchte sie, »ich muss sofort ins Krankenhaus! Bitte, es ist dringend!«

Mehr konnte sie nicht sagen, denn es kam schon wieder ein Schwall giftgrüner Flüssigkeit und schwappte ins Waschbecken. Benthien riss sein Handy aus seiner Jeans.

»Bleibst du hier bei ihr, bis die Sanitäter kommen?«, bat er Lilly, »ich muss nach Fitzen sehen, der geht nicht an sein Handy. Bis gleich!«

Da Benthien annahm, dass Fitzen zum »Facility-Manager« gegangen war, nahm er denselben Weg. Doch noch ehe er ganz unten war, hörte er wütendes Geschrei, eine raue, undeutlich fluchende Stimme und einen Hilferuf. Er beschleunigte seine Schritte. Hinter der Schwingtür in den Keller stand die Tür der Hausmeisterwohnung sperrangelweit offen. Ein Rollstuhl lag, zur Seite gekippt, auf dem Boden, nicht weit davon, einen Fuß noch im Pedal verhakt, lag Hedwig Nonnenmacher mit verdrehten Gliedern und leise wimmernd vor Börnsens Schreibtisch. Dahinter stand Holger Chrobak, in den Schwitzkasten genommen von Freund und Kollege Tommy Fitzen.

»Was soll das, Mensch!«, schnaufte Chrobak und versuchte sich loszumachen. »Ich habe der Alten nichts getan!«

Benthien warf Fitzen einen befremdeten Blick zu, ging zu der alten Frau und befreite ihren Fuß vorsichtig aus dem Pedal des Rollstuhls. Er hoffte, dass der Fuß nicht verstaucht oder gebrochen war, aber so, wie sie jammerte, war die Hoffnung wohl vergeblich. Vorsichtig setzte er sie auf, doch sie wollte nicht in den Rollstuhl zurück.

»Helfen Sie mir einfach dort auf den Stuhl«, sagte sie keuchend. Den Vorschlag, gleich mit den Sanitätern in die Nordseeklinik zu fahren, lehnte sie ab.

»Hilf mir mal und lass Chrobak los«, forderte Benthien Fitzen auf, denn die hilflose Frau, die sich selbst kaum noch abstützen konnte, allein hochzuheben, erwies sich als mühseliger, als er erwartet hatte.

»Chrobak?«, keuchte Fitzen. »Und wenn er abhaut?«

»Sie kapieren einfach gar nichts«, fauchte Chrobak. »Ich bin hier, weil ich nach Beweisen suche, da denke ich doch nicht daran, abzuhauen.«

»Fitzen, los jetzt!«, herrschte Benthien ihn an.

Gemeinsam setzten sie Frau Nonnenmacher auf einen gepolsterten Stuhl, gerade als Lilly in der Tür erschien. Sie winkte Benthien auf den Flur hinaus.

»Ich fahre mit Frau Lesch in die Klinik«, informierte sie ihn, »mal sehen, was die Ärzte sagen. Sie selbst behauptet steif und fest, sie sei vergiftet worden.«

Benthien sah Lilly betroffen an. »Hat sie das näher erläutert?«

»Konnte sie nicht, es geht ihr tatsächlich nicht gut. Aber als die Sanitäter mit ihr zugange waren, habe ich mich noch einmal in der Wohnung umgesehen. Auf dem Tisch stehen zwei Becher, in denen noch Reste von einem Getränk waren – Pharisäer, du weißt doch, dieses Kaffeegetränk mit Rum und geschlagener Sahne. Schmeckt ein bisschen bitter …«

»Und du meinst …?«

»Ich finde, wir sollten auf jeden Fall, zur Sicherheit, die Spurensicherung rufen. Lass Frau Nonnenmacher also nicht in die Wohnung, bevor die Spusi dort gewesen ist«, sagte Lilly, bevor sie wieder nach oben eilte, weil die Rufe der Sanitäter verrieten, dass der Rettungswagen angekommen war.

Hedwig Nonnenmacher schien gute Ohren zu haben; einen Teil der Unterhaltung hatte sie mitbekommen. »Das ist doch alles Schwachsinn«, rief sie in den Flur hinein, »Martina ist schwanger und hysterisch. Seit diesen schrecklichen Morden sieht sie überall Gespenster.«

Sie unterbrach sich, weil im Zimmer ein Tumult ausbrach.

»Was fällt Ihnen ein?«, hörte man Fitzen rufen, und Chrobak fing an zu fluchen. Benthien, der für einen Moment noch Lilly nachgesehen hatte, stürzte in den Raum. Chrobak saß vor Börnsens Computer und versuchte, Dateien aufzurufen, woran er aber von Fitzen gehindert wurde. »Ich nehme Sie fest, wenn Sie jetzt nicht augenblicklich kooperieren!«, rief Fitzen wütend. Er zeigte auf einen Stuhl an der Wand. »Hinsetzen, Ruhe geben und Maul halten!«

Chrobak schüttelte den Kopf. »Sie kapieren einfach rein gar nichts! Ich will Ihnen doch nur helfen, und zufällig weiß ich anscheinend mehr von dieser Sache als Sie!«

»Von welcher Sache?«, fragte Benthien.

»Von den Drohbriefen!«, sagte Chrobak. »Ich fress meine Socken, wenn die nicht hier auf dem Computer zu finden sind! Na los«, herrschte er Fitzen plötzlich an, »dann machen Sie schon, wenn Sie mich hier schon kaltstellen!«

»Was geht hier vor? Wer gibt Ihnen das Recht, meinen Computer zu untersuchen?«

Plötzlich stand Börnsen im Raum, und von seinem Teddybär-Charme war nichts mehr übrig.

»Martina behauptet, ich hätte sie vergiftet, dabei ist sie doch nur schwanger. Wusstest du das eigentlich, Jan?« Hedwig fing wieder an zu schluchzen. »Wie kommt sie dazu, mich dermaßen zu beschuldigen?«

Börnsen wirkte äußerst irritiert, entschloss sich dann aber, diesen Einwurf zu ignorieren. Stattdessen näherte er sich Fitzen. Dieser zeigte auf einen zweiten Stuhl.

»Sie setzen sich auch!«, kommandierte er.

»Ich denke gar nicht daran«, protestierte Börnsen und zerrte an seinem Schnäuzer. »Wie kommen Sie überhaupt dazu, mir Befehle …?«

»Hinsetzen«, sagte Benthien gefährlich leise, und diesmal wirkte es. Börnsen ließ sich verdattert auf einen Stuhl sinken.

»Was, zum Teufel, geht hier eigentlich vor?«

»Sie behaupten, ich hätte Martina vergiftet«, fing die alte Frau wieder an, doch Börnsen wollte Antworten von den beiden Polizeibeamten haben; Frau Nonnenmacher beachtete er gar nicht.

»Nur kurz zu Ihrer Information«, sagte Benthien. »Ihre Verlobte ist in der Nordseeklinik, es geht ihr nicht gut. Der Kreislauf ist schwach, und sie erbricht sich dauernd. Eine Kollegin von mir ist mitgefahren. Sobald wir etwas Näheres wissen, werden wir Sie informieren.«

Jan Börnsen schien langsam etwas überfordert zu sein. Er verdaute diese Nachricht schweigend, ließ seine Blicke aber zwischen Fitzen, Benthien und Chrobak, der diabolisch grinste, hin und her schweifen.

»Und was soll das alles hier?«, stotterte er und strich sich über seinen Schnäuzer.

Benthien ergriff einen Stuhl, drehte ihn herum und setzte sich zu Börnsen.

»Wissen Sie was? Eine kleine dumme Lüge von Ihnen hat mich auf eine Spur gebracht.« Er deutete auf die Bücherkisten. »Sie haben behauptet, diese Bücher gehörten nicht Ihnen, sondern wären für die Hausbibliothek bestimmt – die aber gar nicht existiert, wie ich inzwischen herausgefunden habe. Warum also, habe ich mich gefragt, tischten Sie uns diese Lüge auf? Denn eins der Bücher, eine alte Ausgabe von *Moby Dick*, trug ja einen durchaus originellen Eintrag von Ihnen.«

Börnsen starrte ihn an, und Benthien fuhr fort: »Sie wollten uns glauben machen, dass Sie sich weder für Bücher interessieren noch überhaupt welche lesen.« Er stand auf und ging zu einer der Bücherkisten. Obenauf lag ein Buch von Karl May mit dem Titel *Krüger Bei.*

»Und warum sollte ich das tun?«

Benthien ignorierte den Einwand, er blätterte konzentriert in dem Buch. Als er sich wieder setzte, glänzten seine Augen. »Ein gelber Aushangzettel, den Sie vor zwei Jahren wegen Renovierungsarbeiten für die Hausbewohner geschrieben haben und den die Ashburys zufällig als Schmierpapier verwendet hatten, ergab einen weiteren wertvollen Hinweis. Und dann fiel mir ein Foto auf, das Herr Chrobak auf einer Lesung in Husum gemacht hatte. Darauf waren die Ashburys zusammen mit Cornelius Greve zu sehen, und im Hintergrund einige andere

Personen. Eine davon waren Sie! Ich habe Sie nicht gleich erkannt, weil Sie damals noch einen Vollbart trugen.«

»Tja, und was soll das beweisen?«

»Sag ich doch«, murmelte Chrobak auf seinem Stühlchen. »Meine Fotos sind ...«

»Klappe halten!«, fuhr ihn Fitzen an, der noch immer vor Börnsens Schreibtisch saß.

»Mir fiel Ihr Blick auf«, sagte Benthien, »die Art und Weise, wie Sie die Ashburys ansahen ... als wären es Ihre ureigensten Geschöpfe, Ihre Marionetten. Und so war es ja auch, nicht wahr? Sie haben Sie veranlasst, nach Deutschland zu kommen, und Sie hatten einen sehr guten Grund dafür ...«

»Natürlich«, mischte sich Frau Nonnenmacher ein, »die beiden sind ja mit uns verwandt, es sind seine Cousinen. Er ist stolz auf sie.«

»Mutter, halt den Mund!«, fuhr Börnsen sie an.

»Ich fang mal ganz von vorne an«, sagte Benthien. »Sie sind in Osterode im Harz aufgewachsen, Ihre Mutter« – er warf Hedwig Nonnenmacher einen Blick zu – »war geschieden. Sie lebten in bescheidenen Verhältnissen in einer kleinen, beengten, düsteren Mietwohnung, ähnlich wie dieser hier. Als Kind hatten Sie eine Kiefer- und Gaumenspalte, volkstümlich Hasenscharte genannt, die erst im Alter von acht Jahren operiert werden konnte. Sie hatten Sprachprobleme, und ich kann mir vorstellen, dass Sie in der Schule ziemlich gehänselt wurden.

»›Hasi-Hasenscharte‹ haben sie ihn genannt«, sagte Börnsens Mutter bitter.

»Sie haben mich ja wunderbar ausspioniert«, fauchte Jan Börnsen. »Warum eigentlich? Sind im Dorf schon Ihre Kollegen ausgeflogen und haben die Nachbarn befragt?«

Benthien beachtete die Einwürfe nicht. »In der Schule waren Sie jedoch ein guter Schüler, besonders das Aufsatz-Schreiben lag Ihnen. Sie haben sich, verständlicherweise, in die Fantasie und in Bücher geflüchtet und fingen bald an, selbst Geschichten zu schreiben. Wilde Abenteuer, in denen Sie, ähnlich wie Kara Ben Nemsi, in Gefahr gerieten, gerettet wurden und sich am Schluss in ein schönes Mädchen verliebten.«

»Hat Ihnen das Klausi erzählt, mein ehemals bester Freund?«, fragte Börnsen verächtlich. »Der alte Schwätzer?«

»Das schöne blonde Mädchen, in das Sie verliebt waren, war schon damals Martina Lesch gewesen, die sich aber nicht im Mindesten für Sie interessiert hat«, sagte Benthien und deutete an die Wand, an der zahlreiche Fotos von der späteren »Apfelkönigin« hingen.

»Das hat Sie geärgert, denn Ihr größter Wunsch war es, Martina zu beeindrucken, um in ihrem Leben eine Rolle zu spielen. Sie versuchten es mit Ihren Geschichten, doch vergebens. Martina war nicht so der Büchertyp. Dennoch schrieben Sie weiter, über Jahre hinweg. War das eine Art Therapie für Sie? Ich denke schon.«

Benthien unterbrach sich, um dem Mann vor ihm die Gelegenheit zu einer Entgegnung zu geben, doch Jan Börnsen blieb still. Auf seiner Stirn hatten sich Schweißperlen gebildet.

»Dann kam der Tag, an dem Sie Ihr großes Werk anfingen, nämlich die Geschichte der beiden Mädchen, die in Nordafrika entführt und gefangen gehalten wurden. Eine pseudo-authentische Abenteuerschmonzette mit einem kleinen Touch von Fifty Shades of Grey. Sie dachten wahrscheinlich, das wird der ganz große Wurf, der Knaller, denn da war alles drin, was ein gewisses Lesepublikum sich wünscht: zwei unschuldige Mädchen, die von düsteren Gestalten entführt wurden, Gefangenschaft, Sex, Sadismus, Folter, Dramatik … das Dumme war nur, niemand wollte dieses Geschreibsel haben. Vielleicht, weil der Autor ein Mann war?«

»Ich habe es mir die ganze Zeit gedacht«, sagte Chrobak. »Alles erstunken und erlogen. Die ganze Story.«

»Und jetzt kommen Sie ins Spiel«, fuhr Benthien fort und nahm Frau Nonnenmacher ins Visier, »allerdings in aller Unschuld. Sie hatten inzwischen wieder geheiratet, waren in ein nettes kleines Haus gezogen – das jetzt kurz vor der Zwangsversteigerung steht – und hatten ein neues Hobby entdeckt, nämlich die Ahnenforschung. Auf der Suche nach Ihren Vorfahren entdeckten sie die Spur der beiden Ashbury-Schwestern wieder. Später, als Erwachsene, sind Agnes und Alina nach Australien ausgewandert. Außerdem sind Sie noch auf einen gewissen Elias Wallroth gestoßen, einen Cousin Ihrer verstorbenen Mutter.«

Hedwig nickte. »Ja. Ist das verboten? Ich habe mich gefreut, Familienmitglieder wiederzufinden, von denen wir seit Jahrzehnten nichts gehört hatten.«

»Dass Sie mit den Ashburys verwandt sind, haben Sie aber schön geheim gehalten«, sagte Fitzen. »Ebenso wie Ihre Verwandtschaft mit unserem fleißigen Hausmeister hier.«

»Ist alles nicht verboten«, murmelte die alte Frau. Sie blickte auf. »Geht das hier noch lange weiter? Mein Fuß ist angeschwollen, wahrscheinlich muss er doch schnellstens geröntgt werden. Sie können mich doch nicht einfach hier so sitzen lassen!«

Benthien stand auf, und auch Fitzen ging auf Frau Nonnenmacher zu, um den Fuß zu begutachten. Diesen Augenblick nutzte Börnsen, um aufzuspringen und auf den Flur zu laufen. Dabei zerrte er den Rollstuhl hinter sich her und warf ihn Fitzen in den Weg, als der gerade die Verfolgung aufnehmen wollte. Krachend stolperte er über das Gefährt, konnte sich aber aufrappeln und leicht hinkend Jan Börnsen nacheilen. Dieser rannte durch mehrere Kellergänge zu einem Nebenausgang. Fitzen fluchte, als er sah, dass Börnsen dort draußen am Haus ein Mofa stehen hatte. Es gelang ihm, das Gefährt zu starten.

Fitzen sah sich um. Börnsen zu Fuß zu verfolgen war sinnlos. Aber vielleicht konnte er ein Fahrrad beschlagnahmen? Der ältere Mann, der gerade durch die Fußgängerzone fuhr, schaute mehr als verblüfft, als Fitzen ihn anhielt, ihm zurief, dass sein Rad durch die Polizei beschlagnahmt sei, sich in den Sattel schwang und in die Pedale trat. Dass der Mann lauthals danach schrie, den Dieb zu halten, bekam Fitzen gerade noch mit.

Börnsen schlängelte sich halsbrecherisch zwischen den Fußgängern durch, offenbar war der Bahnhof sein Ziel. Seinen Verfolger bemerkte er nicht. Fitzen fragte sich, was er am Bahnhof wollte. Abhauen, sich verstecken? Was versprach er sich davon? Von der Insel verschwinden konnte er nur mit dem Zug. Und dort würde er in jedem Fall geschnappt werden. Er hatte einfach keine Chance.

Und doch versuchte er es. Und er hatte Glück. Es gelang ihm, in Windeseile vom Mofa abzusteigen und auf einen Auto-Shuttle aufzuspringen, der gerade den Westerländer Bahnhof verließ. Fitzen war fassungslos; nicht nur, weil es gefährlich war, dort auf den Plattformen während der Fahrt herumzulaufen, es war auch völlig sinnlos. Börnsen musste in dem Verfolgungsstress den Verstand verloren haben. Oder wollte er sich in einem der Pkw verstecken? Etwa Geiseln nehmen? Den Wahnsinn noch weitertreiben?

Fitzen zückte sein Handy.

Benthien war ein paar Meter hinter Fitzen hergelaufen, entschloss sich dann jedoch, Tommy allein die Verfolgung zu überlassen, alarmierte aber die Kollegen von der Westerländer Polizei. Als er den Raum erneut betrat, war Holger Chrobak schon wieder hinter Börnsens Schreibtisch zugange. Frau Nonnenmacher saß auf ihrem Stuhl und zeterte, und Chrobak hielt mit der rechten Hand etwas in die Höhe, das er wohl gerade aus einer der Schubladen ausgegraben hatte.

»Jetzt sagen Sie bloß nicht, ich wäre keine Hilfe für Sie!«, kommentierte er grinsend.

Benthien traute seinen Augen kaum. Chrobak hatte ein künstliches Gebiss zutage gefördert, das er sorgsam mit einem langen Lineal in die Luft hielt.

»Hinlegen, das Ding!«, donnerte Benthien. »Und hinsetzen! Sie kontaminieren mir jeden Beweis, wenn Sie noch weiter hier herumfummeln, Himmel noch mal!«

»Was ist mit meinem Sohn?«, zeterte Frau Nonnenmacher. »Warum ist die Polizei hinter ihm her? Sie haben ihn zu Tode erschreckt! Wehe, wenn ihm etwas passiert!«

Zu Benthiens Erleichterung erschien in diesem Augenblick Lilly wieder auf der Bildfläche. Er zog sie hinaus auf den Flur und informierte sie kurz darüber, was inzwischen vorgefallen war.

»Ich war gerade oben in Frau Nonnenmachers Wohnung«, sagte Lilly leise, »sie haben etwas gefunden, eine noch unidentifizierte Flüssigkeit in einer Phiole, dazu eine Packung Diazepam. Ob in den Pharisäer-Bechern Gift war, muss natürlich noch untersucht werden, vermutlich aber nicht. Jedenfalls hat Martina Lesch kein Gift geschluckt, ihre Übelkeit hat eine andere Ursache …«

»Ja, natürlich, sie ist schwanger«, rief Hedwig Nonnenmacher, die Ohren wie ein Luchs zu haben schien, aus dem Büro. »Außerdem ist sie hysterisch, wie kommt sie denn auf die Idee, ich würde jemanden vergiften?«

Benthien fasste Lilly am Arm. »Lass uns reingehen«, sagte er.

Die alte Frau empfing die beiden mit wütenden Blicken. »Bringt mich vielleicht endlich mal jemand zum Arzt?«

Lilly setzte sich neben sie. »Frau Nonnenmacher, was sagen

Sie dazu, dass wir oben in Ihrer Wohnung vermutlich das Gift gefunden haben, an dem die Ashbury-Schwestern gestorben sind?«

»Ketamin, meinen Sie? Mein Mann war Pharmareferent, er hat mir einige Medikamente dagelassen, zum Beispiel auch Ketamin für meine Schmerzen. Aber das heißt doch nicht, dass ich jemanden vergiftet habe!«

Die alte Frau wirkte so unschuldig entrüstet, dass Benthien beinahe Zweifel gekommen wären, wenn er es nicht besser gewusst hätte.

»Wollen Sie damit sagen, Ihr Sohn hat die drei Frauen auf dem Gewissen?«, fragte Lilly gespielt harmlos.

»Natürlich nicht! Niemand von uns hat irgendjemanden auf dem Gewissen!«

»Das sehen wir allerdings völlig anders«, sagte Benthien. »Aber lassen Sie mich der Reihe nach erzählen. Nachdem Sie die Ashburys in Australien gefunden hatten, kam Ihr Sohn auf die geniale Idee, die beiden als Autorinnen seines Schauerromans auszugeben. Er rechnete sich wahrscheinlich aus, dass sie die Leserschaft sehr viel mehr anrühren würden als ein männlicher Autor. Wie er die beiden überredet hat, weiß ich nicht, jedenfalls gelang es ihm, sie nach Deutschland zu locken …«

»Unsinn«, fiel ihm die alte Frau ins Wort, »Alina und Agnes waren so gut wie pleite, ihr Café verschlang viel mehr Geld, als sie einnahmen, da waren sie heilfroh, dass Jan sie nach Deutschland eingeladen hat.«

»Aber sie wussten nicht, was hier von ihnen verlangt wurde, und als sie es erfuhren, das heißt, nachdem sie das Manuskript gelesen hatten, das ihre Biografie darstellen sollte, waren sie entsetzt«, warf Lilly ein. »Nur, da war es schon zu spät, für eine Rückkehr fehlte ihnen das Geld, daher ließen sich die Ashburys darauf ein, das üble Spiel mitzuspielen – zumal sich inzwischen ein Verlag gefunden hatte, der das Werk veröffentlichen wollte.«

»Sie haben nicht schlecht dabei verdient!«, sagte Hedwig Nonnenmacher giftig.

»Ja, ganze zwanzig Prozent. Und die hätte man ihnen sicher früher oder später auch noch genommen. Es liegt einfach in der Natur des Menschen, dass er, je mehr er erreicht, immer gieriger wird«, sagte Benthien. »Und Sie sind da keine Ausnahme. Aber Ihnen kam etwas ganz anderes in die Quere: die Ashburys schmiedeten Pläne, wieder in ihre Heimat zurückzukehren. Sie hatten die Nase voll von dem Theater in Deutschland und wollten ein zweites Buch auf keinen Fall mehr mittragen. Deshalb mussten sie sterben.«

»Völliger Blödsinn!«, schnaubte Hedwig Nonnenmacher. »Mein Sohn und ich haben nichts mit ihrem Tod zu tun. Fragen Sie doch den da«, sie deutete auf Holger Chrobak, »der hat die Drohbriefe geschrieben und Agnes in ihrer Wohnung aufgesucht und bedroht.«

»Ja, und er war auch für Sie und Ihren Sohn eine Bedrohung, weil er stur an der These festhielt, die ganze Geschichte sei frei erfunden.«

»Was sie ja auch war«, sagte Chrobak befriedigt.

»Agnes und ihre Schwester hatten Angst vor diesem Menschen«, sagte Hedwig Nonnenmacher hartnäckig. »Sie sind ihm aus dem Weg gegangen, und wenn sie tatsächlich vergiftet worden sind, dann von ihm!«

»Ich möchte ganz etwas anderes von Ihnen wissen«, sagte Benthien ruhig. »Warum haben Sie auch Kirsten Behr in jener Nacht vergiftet? Was hat sie Ihnen getan?«

»Ihre zukünftige Schwiegertochter hat es mir erzählt«, erklärte Lilly, »vorhin im Krankenhaus. Sie hat mitbekommen, wie Sie zu Ihrem Sohn gegangen sind und ihm gestanden haben, Kirsten Behr ermordet zu haben. Ist sie Ihnen auf die

Schliche gekommen? Hatte sie herausgefunden, dass Sie Agnes und Alina in ihrer eigenen Wohnung gefangen gehalten haben? Ich glaube, dass Kirsten Behr an jenem Abend noch einmal zur Wohnung der Ashburys gekommen ist. Wahrscheinlich hat sie die Schwestern angerufen und das Handy in der Wohnung klingeln hören. Da ist sie natürlich misstrauisch geworden, vielleicht hat sie Lärm gemacht. Das wiederum hat Sie auf den Plan gerufen. Sie haben versucht, Kirsten zu beschwichtigen, haben sie wahrscheinlich in ihre Wohnung eingeladen und …«

»Es war ein Versehen!«, stieß Hedwig Nonnenmacher hervor, »es war keine Absicht! Ich hatte das Ketamin in meinen Kaffee getan, um in Ruhe schlafen zu können, und Frau Behr hat aus Versehen aus meiner Tasse getrunken.«

Benthien stand auf. »Frau Nonnenmacher, ich bitte Sie! Beleidigen Sie nicht unsere Intelligenz. Ich nehme Sie hiermit vorläufig fest wegen Mordes in drei Fällen. Alles, was Sie sagen …«

»Das werden Sie noch bitter bereuen, Herr Hauptkommissar! So einen Haufen Blödsinn habe ich ja noch nie gehört!«

Mittwoch, 29. Juni, 21:18 Uhr

»Ist Börnsen eigentlich inzwischen gefasst worden?« Waldemar Ingwersen schien kleiner geworden zu sein, in sich zusammengesunken, wie er so auf der Terrasse saß und in seinen Cognac starrte. Benthien tat er leid. Er war noch einmal zu Ingwersen nach Archsum gefahren, weil er der Meinung war, der Mann habe es verdient, die ganze Geschichte aus erster Hand zu erfahren.

»Ja, Börnsen haben sie in Niebüll vom Shuttle gefischt, er hatte sich in einem Boot auf einem Hänger versteckt, unter der Persenning. Er sitzt inzwischen in Untersuchungshaft, ebenso wie seine Mutter. Morgen werden die beiden dem Untersuchungsrichter vorgeführt.«

»Dann steht es fest, dass seine Mutter bei all dem die treibende Kraft war?«

Benthien atmete tief ein. »Das muss noch geklärt werden. Sicher ist, dass sie Kirsten Behr vorsätzlich vergiftet hat, damit die nicht dahinterkam, was Börnsen mit den Ashburys angestellt hatte. Denn als Kirsten Behr vor der Tür der Wohnung stand und das Handy klingeln hörte, waren Agnes und Alina schon seit einigen Tagen in der Hand von Jan Börnsen. Er hatte wohl zuerst noch die Hoffnung, sie doch noch dazu bringen zu können, sein Spiel weiterhin mitzuspielen. In dieser Zeit wurden sie immer wieder mit Ketamin ruhig gestellt. Wessen Idee das war, müssen wir noch herausfinden. Irgendwann muss er eingesehen haben, dass er gar nicht mehr anders konnte, als die beiden zu töten, weil es kein Zurück mehr gab. Mama Nonnenmacher kam das wahrscheinlich ganz gelegen – sie missgönnte den Ashburys ohnehin ihren Anteil. Martina Lesch, Börnsens große Liebe seit der Schulzeit – die sich allerdings erst für ihn interessierte, seit er in Geld schwamm –, also Martina Lesch glaubt sogar, dass Hedwig Nonnenmacher auch sie irgendwann in naher Zukunft beseitigt hätte, da sie um ihren Anteil fürchtete.« Benthien zuckte mit den Schultern. »Ich weiß es nicht. Fest steht, dass sie ziemlich skrupellos vorgegangen ist. Wir vermuten, dass sie Agnes und Alina das Gift zuerst ohne Wissen ihres Sohnes verabreicht hat. Er musste dann sehen, wie er damit zurechtkam.«

Ingwersen starrte eine Weile vor sich hin. »Und warum hat er ihnen diese lächerlichen Karl-May-Zitate auf die Augen geklebt?« fragte er leise.

»Damit wollte er uns wohl auf eine falsche Spur bringen«, sagte Benthien. »Er wollte von dem Gift ablenken, obwohl er natürlich wissen musste, dass man das kaum übersehen würde. Ich denke, er sah sich sehr plötzlich dazu gezwungen zu handeln. Seine Mutter hatte ihm ja in gewisser Weise das Heft aus der Hand genommen. Die Beweise gegen ihn sind übrigens erdrückend. Ich habe das Buch *Krüger Bei* in einer seiner Bücherkisten gefunden, darin hat er die Seiten mit den verwendeten Zitaten mit einem gelben Post-it markiert. Und der bewusste Laserdrucker steht in seinem Büro. Um die Leichen zum Strand zu transportieren, hat er dann den Rollstuhl seiner Mutter benutzt.«

»Dann hatte er also nicht von Anfang an geplant, Agnes und Alina zu töten? Ich meine, damals, als er sie überredete, mit ihm nach Deutschland zu kommen?« Ingwersen atmete schwer. Offenbar war dieser Gedanke für ihn kaum zu ertragen.

»Das kann niemand mit Bestimmtheit sagen«, antwortete

Benthien ehrlich, »aber ich glaube es nicht. Ich könnte mir vorstellen, dass seine Pläne damals noch ziemlich unausgegoren waren. Dass es dann mit allem so gut geklappt hat – ein Verlag hat angebissen, die Ashburys erwiesen sich als ideale und medienwirksame Werbeträger, man bot ihnen sogar einen Vertrag für einen zweiten Band an –, das war in gewisser Weise ein ungeheurer Glücksfall für ihn.«

»Warum hat er es bloß nicht dabei belassen können?« Ingwersen nahm einen tiefen Schluck aus seinem Glas. »Wie sind Sie eigentlich auf die Idee gekommen, dass ausgerechnet der Hausmeister dahinter steckt? Nur durch die Lüge mit den Büchern?«

»Nein, da gab es ja noch diesen gelben Aushangzettel. Mir fiel der Text auf, der an zwei Stellen ziemlich ungewöhnlich war. Ich dachte zuerst, da wollte sich jemand profilieren, eben gewollt originell sein. Zeigen, dass er mehr auf dem Kasten hat als eben nur ein Hausmeister.«

»Lange Rede, gar kein Sinn?«, zitierte Ingwersen.

»Und dann die Schlussformel: ›Mit Hirn, ohne Gespinste‹. Das war merkwürdig und blieb mir, ohne es zu wollen, im Gedächtnis. Zu meinem Erstaunen fand ich genau diese beiden Redewendungen dann auch in dem Buch *Gefangen im Harem*. Abgeschrieben konnte Börnsen die nicht haben, denn den Aushang hatte er schon zu einem Zeitpunkt verfasst, als das Buch noch gar nicht veröffentlicht war.«

Eine Weile herrschte einträchtiges Schweigen. Ingwersen griff wieder nach der Cognacflasche, doch Benthien nahm sie ihm aus der Hand. »Das wird Ihnen auch nicht weiterhelfen«, sagte er sanft.

»Ich hätte ja auf Holger Chrobak getippt«, fing Ingwersen nach einer Weile wieder an, »er erschien mir zwielichtig genug. Und hat er nicht Agnes bedroht, als er bei ihr in der Wohnung war?«

»Chrobak war besessen von der Idee, die gefakte Biografie aufzudecken und ganz groß rauszukommen. Daher hat er zwei Drohbriefe verfasst, um die Ashburys aus der Reserve zu locken. Ernsthaft bedroht hat er sie aber nicht. Er befürchtete allerdings, dass wir ihn verdächtigen und seine Wohnung durchsuchen könnten. Daher hat er den USB-Stick, auf dem er seine Drohungen gespeichert hatte, vorsorglich in den Müll geworfen.«

»Und woher stammen die anderen Drohbriefe, die der Verlag erhalten hat?«

»Von Jan Börnsen. Es sollte wohl so eine Art PR-Aktion sein. Werbung für das neue Buch. Sein Pech war nur, dass die Medien davon keinen Wind bekamen und daher auch nicht darüber berichten konnten.«

»Haben Sie eigentlich Greve inzwischen gefunden?«

Benthien lachte. »Der hat sich in ein äußerst komfortables Ferienhaus zurückgezogen, das den Eltern einer Kommilitonin gehört. Ich glaube, um den müssen wir uns keine Sorgen mehr machen.«

Nun griff Ingwersen doch wieder nach der Flasche. »Ich frage mich, ob auch Elias Wallroth in Gefahr war? Sagten Sie nicht, Sie hätten in Börnsens Schreibtisch zwei Flugtickets nach Australien gefunden?«

»Ja, für die nächste Woche, gebucht vor zwei Tagen. Für Jan Börnsen und Mama Nonnenmacher. Ich denke, sie wollten sicherstellen, dass Wallroths Testament zu ihren Gunsten ausfällt, schließlich steht eine Menge Geld auf dem Spiel. Aber ein Risiko war es eigentlich nicht, schließlich sind die beiden die letzten Verwandten, die Wallroth noch hat. Und allzu lange hätten sie auf ihr Erbe sicher nicht warten müssen, der Mann ist schließlich schwer herzkrank. – Aber was ist mit Ihnen? Was werden Sie jetzt tun?«

Ingwersen nahm einen letzten Schluck aus seinem Glas,

dann schleuderte er es gegen die Hauswand, wo es klirrend zerbrach.

»Ich werde dafür sorgen, dass Agnes und Alina ein anständiges Begräbnis bekommen, im Outback, in ihrer roten Erde. Das ist das Letzte, was ich für sie tun kann. Und dann – mal sehen, ob ich hierher zurückkehre.«

Sie betrachteten gemeinsam den Sonnenuntergang, der im Westen über den Wiesen hing. Ein Pferd lief als schwarze Silhouette mitten durch den roten Sonnenball, und Benthien dachte, dass man dieses Bild, wäre es eine Ansichtskarte, wohl als kitschig bezeichnen würde. Dabei war es nichts anderes als die andere, die bessere Seite der Wirklichkeit.

* * *

Was sie wurden, als sie groß waren:

Wolle – *Stina Lundén* – aus Schweden:
wurde Entwicklungshelferin in Ghana und eröffnete zusammen mit einem einheimischen Arzt eine Krankenstation.

Dude – *Craig Rees* – aus Wales:
wurde Tierarzt in Aberystwyth; hat eine große Familie mit sechs Kindern, Hunden, Katzen, Emus, Schweinen und zwei Kattas.

Löffel – *Gregor Ohrenschleger* – aus Österreich:
wurde ein berühmter Extremsportler, gewann mehrmals den Iron-Man auf Hawaii und bietet Survival-Training an.

Hasi – *Jan Börnsen* – aus Deutschland:
wurde zum Mörder.

Ein geheimnisvoller Fall, der John Benthien tief in die Vergangenheit führt

Nina Ohlandt
SCHWEIGENDE SEE
Nordsee-Krimi
DEU
528 Seiten
ISBN 978-3-404-17936-7

Am Strand von Sylt wird die Leiche einer Frau gefunden, die erst seit Kurzem auf der Insel lebte. Wer könnte ihr nach dem Leben getrachtet haben, fragt sich Hauptkommissar John Benthien. Schon einmal wurde ein Anschlag auf sie verübt. Benthiens Ermittlungen gestalten sich schwieriger als gedacht, denn der Mord führt ihn zu einem bislang unbekannten Ereignis der deutsch-deutschen Vergangenheit, das manche Menschen gerne für immer verbergen würden. Und zu seinem Entsetzen spielt auch sein Vater dabei eine nicht unwesentliche Rolle...

»Zum Begräbnis der Wahrheit gehören viele Schaufeln« DEUTSCHES SPRICHWORT

Eva Almstädt
OSTSEEGRUFT
Pia Korittkis
fünfzehnter Fall
DEU
400 Seiten
ISBN 978-3-404-17967-1

Kommissarin Pia Korittki steht am Grab einer Freundin, als ein Unbekannter die Trauerfeier stört und erklärt, dass der Tod kein Unfall gewesen sei, sondern Mord. Als Pia später nachhaken will, ist der Mann verschwunden. Pia beginnt zu recherchieren – und findet heraus, dass sich die Freundin von jemandem verfolgt gefühlt und große Angst gehabt hat. Und dann behauptet die Ex-Frau des Witwers, dass auch auf sie während ihrer Ehe ein Mordanschlag verübt worden sein soll ...
Pia Korittki ermittelt in ihrem persönlichsten Fall

Die Community für alle, die Bücher lieben

- ★ In der Lesejury kannst du Bücher lesen und rezensieren, die noch nicht erschienen sind
- ★ Gemeinsam mit anderen buchbegeisterten Menschen in Leserunden diskutieren
- ★ Autoren persönlich kennenlernen
- ★ An exklusiven Gewinnspielen und Aktionen teilnehmen
- ★ Bonuspunkte sammeln und diese gegen tolle Prämien eintauschen

Jetzt kostenlos registrieren: www.lesejury.de

Folge uns auf Instagram & Facebook:
www.instagram.com/lesejury
www.facebook.com/lesejury